Simon Green

ROBIN DES BOIS PRINCE DES VOLEURS

D'après l'histoire de Pen Densham
et le scénario de Pen Densham
et John Watson

Traduit de l'américain par
Françoise Fauchet

FRANCE LOISIRS
123, boulevard de Grenelle, Paris

Édition du club France Loisirs, Paris, avec l'autorisation des Éditions Fixot.
© 1991 Morgan Creek Productions Inc.
« Robin des Bois : Prince des voleurs ».
Un film de Kevin Reynolds avec Kevin Costner
TM & © 1991 Morgan Creek Productions Inc.
© Fixot, 1991, pour la traduction française.
ISBN : 2-7242-5423-6

Il fut un temps où pour être juste, il fallait aller contre la loi.

1

Jérusalem

L'obscurité tomba sur le désert comme un aigle fond sur sa proie, et le soleil couchant éclaboussa les nuages de ses rayons couleur de sang. Les ombres s'allongeaient tandis que la lumière fuyait et que la nuit assiégeait Jérusalem. Le soleil cramoisi dardait ses traits éblouissants sur les murs de boue de la ville tentaculaire, tel un œil malveillant et imperturbable rappelant à chacun, comme si besoin était, que Dieu voit tout, même au cœur des ténèbres.

Une silhouette de vieillard ratatiné, toute de noir vêtue, observait attentivement le couchant du haut d'un minaret. L'homme entonna de sa voix criarde et obsédante l'appel à la prière de la communauté musulmane. Les lumières de la cité se mirent à trembloter pour mieux affronter le crépuscule, et la populace se pressa dans les ruelles étroites, telles des fourmis dont le nid aurait été menacé. Pour certains, la véritable obscurité ne faisait que commencer.

Jérusalem, en l'an 1194 de notre ère, alors que la IIIᵉ Croisade en était à sa troisième année, était une ville arabe. Il n'y faisait pas bon être chrétien, et encore moins un prisonnier chrétien.

Les cachots de la ville ne voyaient jamais le jour. Les captifs y passaient des heures interminables, enfermés dans de minuscules cellules étroites, sans même le confort d'une lampe ou d'une chandelle. Les gardes apportaient des torches lors de leurs rares passages, mais leur apparition signifiait beaucoup trop souvent une visite au geôlier ou au bourreau, et les hommes, qui avaient appris à craindre la lumière, se recroquevillaient dans l'ombre dès qu'une lueur pointait dans le couloir longeant leur cellule. Seule une partie des cachots était éclairée en permanence : la salle de torture.

La salle de torture, au plafond bas noirci par la suie de l'énorme fourneau surplombant le fond de la pièce, était humide, oppressante. Le fourneau dégueulait d'immenses lances de fer, des crochets et des lames d'acier, toujours prêts à l'emploi. La chaleur était étouffante, et des flots d'eau se mettaient parfois brusquement à couler le long des murs de pierre piqués. Certains prisonniers enchaînés près de la porte tentaient de lécher cette eau pour apaiser leur soif, en dépit de son insoutenable amertume. C'était là un supplice de plus, le plus raffiné peut-être. Les rats couraient partout sous les yeux des hommes affamés, qui attendaient le sort que leur réservait le geôlier. Mais les rats savaient se tenir à l'écart, même si parfois l'un d'entre eux se précipitait pour ronger un pied ou une cheville restés trop longtemps immobiles.

10

Les prisonniers, apathiques, étaient assis tous ensemble à même le sol, la tête baissée aussi bas que le leur permettait la chaîne qui leur enserrait le cou. Leur visage ruisselait de sueur, autant par peur qu'à cause de la chaleur. Le silence régnait, le temps des supplications et des marchandages était depuis longtemps oublié. Tout ce qu'ils diraient finalement aurait été décidé par le geôlier. Personne ne viendrait à leur secours. Personne ne se préoccupait de ce qu'il leur arrivait. Ils étaient la lie, la pire des engeances. Les égorgeurs et les droit commun côtoyaient les politiciens aux ennemis puissants, ou ceux qui se trouvaient simplement au mauvais endroit au mauvais moment, ou encore qui adoraient le mauvais Dieu. Ils étaient désormais tous égaux.

Parmi la vingtaine de visages sombres, deux visages au teint pâle. Des Blancs, des infidèles, les plus haïs et les plus méprisés de tous. Leurs vêtements en loques et leur peau crasseuse trahissaient un long emprisonnement, mais quelque chose dans leur attitude les distinguait de leurs compagnons de misère. En un autre lieu et à une autre époque, ce quelque chose aurait pu être qualifié de noblesse.

C'était une quête glorieuse qui avait amené Robin de Locksley et Pierre Dubois jusqu'en Orient : la reconquête des lieux saints de la chrétienté. Ils avaient perdu leurs illusions sur les champs de bataille baignés de sang, où l'honneur et l'esprit chevaleresque se faisaient rares, où la gloire revenait aux plus rapides et aux morts. Puis, la chance s'était détournée d'eux et, comme tant d'autres avant eux, ils avaient été faits prisonniers. Soixante-quatorze Anglais avaient été capturés ce jour-là. Ils furent enchaînés et traînés le long des rues de Jérusalem, sous les cris de joie de la populace qui leur assenait des coups de bâton, de dagues, leur lançait des pierres. Lorsqu'ils eurent atteint les cachots souterrains de Jérusalem, sept hommes étaient morts. Pendant les semaines et les mois d'enfer qui suivirent, les survivants commencèrent à se demander si ces sept hommes n'avaient pas été les plus chanceux.

Cinq années s'écoulèrent, et les Anglais moururent les uns après les autres. Ils succombèrent aux coups, à la torture, à la faim ou simplement à l'abandon. Certains perdirent l'espoir et la foi dans cette obscurité sans fin, et se suicidèrent. Robin de Locksley et Pierre Dubois pliaient sous la douleur et le désespoir, mais ne cédaient pas. Tel l'acier qui durcit sous les coups et la chaleur, ils s'endurcirent et s'obstinèrent dans leur attente vigilante d'une occasion de s'échapper. Ou même, si cela n'était pas possible, de l'occasion au moins de se venger de ce qu'on leur avait fait subir.

Robin de Locksley était grand, maigre et nerveux. Ses muscles longs conféraient à ses traits une sinistre intensité, qui lui donnait l'air renfrogné. Il avait dû être beau, mais la faim qui le rongeait avait creusé son visage, qui avait perdu depuis longtemps toute trace de douceur. Assis en silence, ignorant la chaleur et l'inconfort, il guettait les moindres mouvements du geôlier. Il se pouvait que celui-ci devienne un jour un peu moins prudent et s'aventure juste un peu trop près. Robin l'étranglerait avec ses chaînes, placerait un genou au creux de son dos et accomplirait enfin ce qu'il attendait depuis des jours et des nuits. Les gardes le tueraient, bien sûr, mais cela en aurait valu la peine.

Cela n'arriverait jamais. Le geôlier était un professionnel, trop expérimenté pour se fourvoyer de la sorte. Robin soupira en silence, ferma les yeux et s'imagina l'Angleterre : ses vastes prairies et ses forêts verdoyantes. Parfois, l'Angleterre lui semblait un rêve, il avait l'impression qu'il n'avait jamais connu autre chose que cette chaleur, cette obscurité et ces tourments infinis. Malgré tout, il ne se résignait pas à oublier. Ses souvenirs lui procuraient la force et la volonté dont il avait besoin pour tenir. La pensée de son pays, là-bas, l'empêchait de succomber.

Pierre toussa bruyamment à côté de lui ; Robin lui jeta un regard inquiet. Sous la crasse et les haillons, il ne restait plus guère de Pierre Dubois que la peau et les os, et seule la haine de ses geôliers et le refus obstiné de mourir le maintenaient en vie. Pierre avait été un géant en son temps, un guerrier et un aventurier qui combattait, riait et aimait avec la même bravade. Il ne restait plus grand-chose de cet homme, aujourd'hui squelette ambulant, qui côtoyait Robin.

Rempli de colère et de désespoir, Robin détourna

la tête, et son regard tomba sur le Maure aux larges épaules, enchaîné au mur opposé. L'état de ses muscles laissait penser qu'il était emprisonné depuis longtemps, et ses yeux brûlaient d'un fier stoïcisme, qui impressionnait Robin malgré lui. Alors que ce dernier tentait de se redresser, son regard croisa celui du Maure. Aucun des deux hommes n'ouvrit la bouche. Il n'y avait rien à dire. Ce qui les avait amenés là n'avait plus aucune importance, et ils savaient tous deux ce que l'avenir leur réservait.

Une torche troua brièvement l'obscurité lorsque l'un des hommes du geôlier entrouvrit la porte du fourneau afin d'y glisser une lame d'acier rougeoyante. Une légère fumée s'éleva du métal chauffé au rouge dans l'air humide, et le sang de Robin ne fit qu'un tour. Le garde cracha sur la lame et observa sa salive chuinter et danser sur le métal incandescent.

Le geôlier était flanqué de deux aides, mais Robin n'arrivait pas à les distinguer. Tous deux étaient petits, courtauds et trapus ; leur visage était figé dans un large sourire surplombé d'une paire d'yeux avides. Ils se déplaçaient avec lourdeur, et leur démarche avait quelque chose de terrible. Ils ne prêtaient aucune attention aux supplications, aux menaces ni aux propositions de marchandage.

Celui qui se tenait près du fourneau enfonça à nouveau la lame rougeoyante dans les braises et adressa un large sourire aux prisonniers qui l'observaient. Il les toisa lentement, prenant son temps, et Robin dut se faire violence pour ne pas se dérober au regard qui se posa sur lui pendant quelques instants. L'homme désigna finalement d'un geste un captif décharné à face de rat, vers lequel l'autre assistant se dirigea sans hâte. Il lui enleva les menottes et le fit sortir du rang. L'Arabe à la face de rat poussa un cri perçant, bafouilla en s'adressant à l'aide qui le conduisit sans effort jusqu'à un billot couvert de taches brunes de sang séché, et avala le peu de salive qui lui restait. Un nombre incalculable d'hommes avaient déjà perdu main ou tête sur ce billot. Certains d'entre eux avaient été des amis de Robin.

Le geôlier jeta un regard impassible à sa victime tandis que ses aides lui attachaient une corde au poignet et lui étendaient le bras sur le billot. Le prisonnier continua à hurler et à se démener, tentant désespérément de se libérer de la prise de son tortionnaire, puis désigna brusquement du doigt les autres. Le geôlier suivit le mouvement des yeux. Le cœur de Robin se mit à battre à tout rompre tandis que le terrible regard se posait sur Pierre et lui. Sa respiration s'accéléra, mais il se força à fixer calmement son ennemi. On lui avait pris sa fierté et sa dignité ; il lui restait le courage et le sens de l'honneur.

De près, le bourreau paraissait encore plus gigantesque que Robin ne se l'était imaginé, et beaucoup plus inquiétant. Il devait mesurer plus d'un mètre quatre-vingts et semblait aussi haut que large. Ses énormes muscles luisaient de sueur, à tel point qu'ils donnaient l'impression d'être couverts d'huile, et sa démarche lente et arrogante soulignait l'autorité totale dont il jouissait. Sa parole avait force de loi dans cette enceinte, et il décidait de la vie, de la mort, de la souffrance. Son visage était sombre et féroce. Ses yeux retinrent l'attention de Robin : ils étaient froids, durs, insensibles; les yeux d'un homme capable de tout et de n'importe quoi, au tempérament excluant la pitié et la compassion. C'était un homme en mesure d'accomplir des choses épouvantables sans hésitation et sans contester les ordres, car son seul souci consistait à accomplir sa tâche aussi rapidement et aussi efficacement que possible. Il s'approcha de Robin et de Pierre, son regard passant lentement de l'un à l'autre. Il parla enfin d'une voix catégorique et sans émotion.

— Il dit que vous lui avez volé son pain.

— Mensonge, répondit aussitôt Pierre.

Il aurait aimé que ce soit sur un ton provocant, mais sa voix fatiguée et tremblante n'émit qu'un son pathétique.

— Je l'ai surpris en train de voler notre pain, et je lui ai ordonné de nous le rendre. C'est tout.

Derrière le geôlier, le prisonnier à la face de rat reprit de plus belle ses supplications et lança de nouvelles accusations. Mais le geôlier lui cloua le bec en quelques mots, sans se détourner de Pierre. Après de longues minutes, il se retourna lentement et hocha la tête en direction de ses assistants.

— Coupez la main à cet infidèle, dit-il avec calme, puis il recula en direction du billot.

L'un des aides écarta le mouchard, tandis que

l'autre se dirigeait vers Pierre pour lui détacher les menottes. Des écailles de rouille s'effritèrent des lourdes entraves. Lorsque Pierre se leva, son équilibre était précaire, et ses jambes osseuses tremblaient, tandis qu'il regardait en silence le geôlier. Il était si faible qu'il pouvait à peine marcher seul, mais il essaya malgré tout de se libérer de la prise de l'assistant qui l'obligeait à s'agenouiller au pied du billot et à y étendre le bras.

– Non! cria Robin, d'une voix si autoritaire que tout le monde reporta son attention sur lui.

Le geôlier le toisa, mais Robin respira profondément et garda la tête haute.

– Lâchez-le. C'est moi qui ai pris le pain.

– C'est faux!

Pierre se débattit.

«Tu sais que ce n'est pas vrai.

Robin lui sourit amèrement.

– Ils n'ont rien à faire de la vérité. Tu es trop faible, Pierre. Je ne peux pas les laisser te mutiler. Tu n'y survivrais pas.

Le geôlier observa les deux compagnons, puis hocha lentement la tête.

– Quelle générosité! Comme tu voudras, infidèle.

Il se tourna vers ses assistants.

– Coupez-lui aussi la main. Mais avant...

Il désigna le prisonnier à la face de rat. Pierre fut rejeté négligemment sur le côté afin de libérer la place pour l'Arabe. Ce dernier hurlait, tentant désespérément de se débattre, mais, en un rien de temps, il se retrouva le bras étendu en travers du bloc de bois maculé de sang. La sueur ruisselait sur ses tempes, il gémit lorsqu'on lui resserra à nouveau la corde autour du poignet. Le geôlier, debout devant lui, tenait négligemment un cimeterre chauffé au rouge. Le prisonnier eut le souffle coupé lorsqu'il vit la lame flamboyante s'élever, et il lança un regard pitoyable à son bourreau.

– Sois fort, dit celui-ci. Montre aux infidèles le courage d'Allah.

Le prisonnier fit la grimace, serrant et desserrant spasmodiquement les doigts. Dans la salle, on n'entendait que le craquement tranquille des charbons dans le fourneau et la respiration massive des prisonniers spectateurs. Le cimeterre s'abattit, mordant profondément dans le bois. La main coupée rebondit sur le billot. Le prisonnier perdit connaissance. Les deux aides le tirèrent sur le côté et badigeonnèrent le moignon ensanglanté de poix bouillante. Le geôlier fit tomber, de la pointe de son cimeterre, la main coupée dans un panier qui se trouvait un peu plus loin.

L'un des assistants revint vers Robin et le libéra de ses entraves. La peau blanche et à vif apparut sous les fers, et Robin la regarda d'un air plutôt étonné. Il y avait longtemps que le reste de son corps avait perdu cette blancheur. L'assistant le mit sur pieds, mais Robin lui fit lâcher prise et se dirigea seul vers son supplice. Il se mit tranquillement à genoux et étendit son bras d'un air provocant, levant un regard froid vers le geôlier. L'un des aides lui attacha le poignet à l'aide de la lanière qu'il serra fortement. La douleur soudaine fit grincer Robin des dents, mais il n'en laissa rien paraître. Le bourreau l'observait avec indifférence, tenant mollement, dans sa main de géant, le cimeterre chauffé au rouge. Il l'éleva avec une lenteur cruelle au-dessus du bras nu de Robin. Robin quitta la lame des yeux et chercha le regard froid et sans pitié du geôlier. Brusquement, il lui sourit en poussant un grognement féroce et sauvage, qui n'avait plus grand-chose d'humain.

— Vois le courage des Anglais, dit Robin doucement, d'un ton menaçant.

Le geôlier souleva le cimeterre puis l'abaissa d'un mouvement circulaire. Robin s'arc-bouta et fit un brusque mouvement en arrière pour repousser l'assistant qui lui tenait le bras sur le billot. L'Arabe poussa un cri violent lorsque le feu de la lame lui mordit profondément l'épaule. L'atmosphère s'emplit d'une entêtante odeur de viande grillée. L'homme tomba sur le flanc, hurlant toujours, et arracha l'épée des mains de son maître. Robin libéra son bras d'un mouvement violent, donna un coup de coude brutal dans l'estomac de l'homme qui le maintenait par derrière et sauta à la gorge du geôlier. Le géant chancela en arrière, toussant et suffoquant, et Pierre commença de l'étrangler.

Robin bondit, s'empara du cimeterre et le fit tournoyer. L'assistant désarmé fonça sur lui, les bras en avant. Robin avança brusquement, l'homme s'empala sur la lame rougeoyante. Puis il retira l'arme, et l'homme tomba mollement sur le sol, comme si seule l'épée l'avait maintenu debout. Son acolyte se déplaça péniblement derrière le billot et s'empara du long couteau qui pendait à sa ceinture. Robin fit un pas vers lui et lui assena un violent coup de pied dans l'entrejambes. L'homme ne bougea plus.

Le geôlier, chancelant, se cramponnait désespérément au bras de Pierre, qui lui serrait le cou, lui coupant toute respiration. Pierre ne pesait pas lourd face au tortionnaire, mais la haine et l'occasion inespérée de se venger lui redonnaient des forces. Malgré ses yeux exorbités par le manque d'air, le geôlier n'avait pas encore perdu tous ses esprits. Il se rendit compte de la proximité du fourneau et tenta de s'en approcher afin d'écraser Pierre contre le métal chauffé. Ce dernier regarda derrière lui et s'écarta au dernier moment, projetant l'homme en avant. Son propre poids le catapulta contre le fourneau. Il hurla de douleur et de surprise lorsqu'il sentit le métal brûlant lui dévorer la peau. Pierre le saisit par les cheveux et lui cogna à plusieurs reprises la tête contre la porte du four. Les genoux du geôlier fléchirent. Pierre lui enfonça la tête à l'intérieur du fourneau, puis referma violemment la porte sur son cou, afin de le maintenir prisonnier. Des hurlements terribles s'élevèrent du fourneau, mais Pierre tint bon. Il affichait un large sourire, ses yeux brillaient.

— Prends ça pour ces cinq années d'enfer, salaud, dit-il tranquillement.

Robin allait s'approcher de Pierre, lorsqu'une voix derrière lui le fit se retourner. Un des gardes arabes se tenait devant lui, balayant les airs d'une énorme hache. Robin se baissa et sentit le souffle de la hache lui frôler les cheveux. Le garde retrouva rapidement son équilibre et releva son arme pour frapper à nouveau. Robin para le coup à l'aide du cimeterre et, concentrant toute sa force, trancha le manche de la cognée d'un coup sec, arrachant les deux morceaux des mains du garde. Robin embrocha l'homme tandis que celui-ci regardait stupidement ses mains vides. Puis il jeta un regard mauvais au cadavre : si l'un des gardes avait entendu le tumulte, d'autres n'allaient pas tarder à venir voir ce qui se passait.

Robin se tourna vers le prisonnier qui, en l'avertissant du danger, lui avait sauvé la vie. C'était le Maure avec lequel il avait échangé quelques regards un peu plus tôt. Grand et musclé, l'homme avait la peau noire et le visage couvert de tatouages compliqués, qui s'étendaient jusque sur son crâne rasé. Sa stature imposante n'était pas la seule responsable de la force tranquille qui émanait de lui. Robin s'approcha et le regarda pensivement.

— Tu parles anglais, dit-il enfin.

— La langue de la Cour, répondit le Maure d'une voix profonde et calme, trahissant un très faible accent. Libère-moi.

Robin sourcilla. L'homme l'observait fixement.

— Par pitié, Anglais. Je suis condamné à mort.

— Ne lui fais pas confiance! coupa Pierre.

Il tituba vers Robin, tremblant non seulement de haine et de colère, mais de la fatigue que venait d'imposer la lutte à son corps famélique.

— C'est un sauvage, un de ces païens vermineux à qui l'on doit toutes ces années de captivité.

— Il m'a sauvé la vie, déclara Robin.

Pierre fit la grimace :

— Il avait sans doute ses raisons.

Tous trois se retournèrent au bruit de voix agitées et de pas précipités, en provenance du couloir. Robin claqua la porte et chercha du regard quelque chose qui lui permette de la barricader. Le Maure esquissa un sourire.

— Libère-moi, et je te montrerai une issue.

— Pourquoi devrions-nous te faire confiance? demanda Robin sèchement.

— Parce que, sinon, vous êtes morts.

Robin se tourna vers Pierre :

— Réponse pertinente.

La porte s'ouvrit violemment; un garde fit irruption. Robin l'abattit d'un seul coup d'épée et, adressant un sourire au Maure :

— Bien joué. Un instant, si tu permets.

Il se pencha sur l'assistant qui gisait à proximité et arracha les clés de sa ceinture. Il ne lui fallut que quelques minutes pour trouver la clé qui devait délivrer le Maure de ses entraves. Robin jeta les menottes sur le côté et lança un coup d'œil rapide vers la porte. Les pas se rapprochaient.

– Ils vont arriver d'une minute à l'autre. Montre-nous la sortie, l'ami, demanda Robin.

– Par ici, répondit le Maure en se dirigeant prestement vers la porte du fond.

Robin lança les clés aux autres prisonniers et se hâta sur les pas du Maure, accompagné de Pierre, qui s'appuyait lourdement sur son bras. Passant une main agile derrière le fourneau, le Maure tira fort sur un levier secret. Un grincement sourd se fit entendre. Une partie du mur pivota, découvrant un tunnel étroit et obscur. Robin se demanda brièvement comment l'homme connaissait l'existence de ce passage, mais décida que l'affaire pouvait attendre. Tout en soutenant Pierre, il saisit une des torches enflammées fixées au mur et suivit le Maure dans le tunnel. La porte se referma lourdement derrière eux. L'obscurité s'épaissit autour du faible faisceau de lumière.

La torche se mit à danser. Robin frissonna soudainement. Il faisait froid dans le tunnel, après la chaleur torride de la salle de torture. En entendant les gardes se battre de l'autre côté du mur avec les prisonniers détachés, il eut un petit sourire diabolique. Une main lui saisit tout à coup le bras, il sursauta, pétrifié. Le Maure lui sourit et prit la torche.

– Hâtons-nous, murmura-t-il. Ils ne tarderont pas à retrouver nos traces.

– Où allons-nous ? demanda Pierre avec méfiance.

Les dents blanches du Maure renvoyèrent un bref éclat dans la nuit.

– Dans un endroit de Jérusalem pire encore que les cachots, mon ami. Les égouts.

Et il se mit en route dans l'obscurité, tenant la torche aussi haut que possible afin d'éclairer le chemin. Robin et Pierre lui emboîtèrent le pas dans l'étroit tunnel, qui s'enfonçait sous terre pour déboucher plus loin sur une succession de goulots accidentés s'entrecroisant sous la ville. L'air s'emplit d'une insupportable odeur, qui s'amplifia jusqu'à ce qu'ils aient eu quitté l'un des tunnels pour plonger dans une eau parfaitement répugnante et désagréablement chaude. Robin décida de ne pas examiner de trop près les objets qui flottaient à la surface. Le Maure poursuivit imperturbablement sa route. Robin et Pierre se mirent à patauger à sa suite. Robin grimaça et s'efforça de respirer uniquement par la bouche, mais rien ne pouvait arrêter la puanteur. Il avait cru que toutes ces années passées dans les cachots de Jérusalem l'auraient immunisé contre toute forme de crasse et de puanteur, mais les égouts avaient une odeur plus que fétide. Robin sourit tout à coup. Cela valait quand même mieux que d'être enchaîné dans la salle de torture.

– Tu manies bien l'épée, mon ami, dit le Maure à brûle-pourpoint.

– Cela fait cinq ans que j'attendais l'occasion de retrouver la liberté, répondit Robin. De quoi rendre un homme habile.

– C'est encore loin ? demanda Pierre. Ces tunnels semblent interminables.

– Nous y serons bientôt, dit le Maure. Penses-tu y arriver seul, ou veux-tu que nous te portions ?

– Je suis capable de te suivre n'importe où, païen, répondit Pierre d'un ton sec, mais sa voix trahissait davantage la fatigue que la colère.

Robin lui jeta un regard inquiet. La rage et le désespoir avaient aidé Pierre à tenir bon pendant un temps, mais il était évident qu'il s'affaiblissait très vite. Robin essaya de soutenir davantage le poids de son ami, sans que ce dernier s'en aperçoive. Soudain, un éclair de lumière emplit l'égout. Ils s'arrêtèrent. Ils entendirent clairement dans le silence les voix criardes des hommes armés qui s'avançaient vers eux. Un bref grondement se fit entendre dans le tunnel au-dessus d'eux, puis brusquement ils virent déboucher dans l'eau, devant eux, des gardes brandissant torches et épées. Le Maure scruta rapidement les alentours et plongea dans un des goulots perpendiculaires. Robin et Pierre s'empressèrent de le suivre.

– Espérons que tu es aussi habile avec tes pieds qu'avec une épée, dit le Maure dans un souffle, sinon je crains que notre amitié ne connaisse une fin rapide et prématurée.

Robin, moitié tirant Pierre moitié le portant, s'efforça péniblement de suivre le Maure dans l'eau, qui leur arrivait à la poitrine. Il espérait que le Maure savait où il allait. Après tous ces tours et ces détours, Robin n'avait plus aucune idée de l'endroit où ils se trouvaient. Mais il avait fait confiance au Maure jusque-là, il pouvait bien continuer. Il sourit amèrement. Il n'avait pas vraiment le choix.

Les gardes les rattrapaient en dépit du poids de leur armure, qui freinait leur course dans l'eau.

Essoufflé par l'effort, Robin regarda par-dessus son épaule et poussa un faible juron lorsqu'il vit une demi-douzaine d'archers bander leurs arcs. Il replongea, s'efforçant de tirer Pierre. Les flèches commencèrent à pleuvoir, dégageant des nuages de fumée épaisse et étouffante.

– Air empoisonné, fit brusquement le Maure, sans se retourner. Retenez votre respiration.

Robin se couvrit la bouche de quelques haillons Il avait vu les Arabes user de ce genre de tactique avant la bataille et savait à quel point la fumée empoisonnée était mortelle. Pierre recommençait déjà à tousser bruyamment, malgré les guenilles qui lui protégeaient la bouche. Ils se débattirent, pataugeant lourdement dans l'eau répugnante, les gardes les talonnant de près. La torche illuminait les murs suintants, et le goulot au plafond bas paraissait interminable.

Tout à coup, Pierre trébucha et tomba, entraînant presque Robin dans sa chute. Le Maure s'arrêta et se retourna au moment où Robin s'efforçait de remonter Pierre à la surface. Un garde sorti de nulle part abattit son épée sur Robin. Celui-ci réussit à parer le coup, mais dut lâcher Pierre, qui décocha un coup de poing à l'adversaire surpris, mais n'eut pas la force d'en envoyer un autre. Le garde approcha sa torche enflammée de Pierre, qui n'eut pas le temps de lever les bras pour se protéger le visage. Une main noire empoigna brusquement le bras du soldat, et la torche s'immobilisa. Le Maure serra plus fort, et la torche tomba. Le Maure attrapa l'homme par le cou. Ses muscles se gonflèrent sous sa peau noire, et un craquement sourd se fit entendre au moment où le cou céda. Le Maure laissa tomber le cadavre et remit Pierre sur pieds.

— Merci, dit Pierre d'une voix rauque. Il semble que je me sois mépris sur ton compte.

— Économise ton souffle, dit le Maure, sans méchanceté.

Les trois hommes replongèrent dans l'obscurité. Soudain, le Maure se précipita sur le côté, dans une ouverture si étroite qu'il dut se tourner sur le côté pour y pénétrer. Robin et Pierre le suivirent. Le chenal déboucha rapidement au pied d'un puits d'aération. Le Maure leva la torche, mais la lumière ne put éclairer le haut du puits. Robin sentit un souffle d'air frais lui caresser le visage, émanant un délicat parfum de rose. Le Maure se mit à gravir le puits en prenant appui sur les briques disposées en saillie, comme les barreaux d'une échelle. Pierre observa son ascension.

— Je ne pense pas pouvoir y arriver, Robin.

— Essaie, répondit Robin. Nous n'allons pas renoncer maintenant, après tout ce chemin.

Il fit passer Pierre devant lui et l'engagea dans le boyau. Les gardes n'étaient pas loin. Robin se mit à grimper tant bien que mal à la suite de Pierre, l'encourageant par des paroles réconfortantes et le poussant de temps à autre. L'ascension fut longue et pénible, les muscles de Robin commençaient à trembler sous l'effort. La seule chose qui le poussait à continuer était de savoir que cela devait être encore plus dur pour Pierre, qui n'avait cependant pas émis la moindre plainte. La pierre était gluante et glissante, et, contrairement aux apparences, les briques n'étaient pas très sûres. L'une d'entre elles céda sous le poids de Robin, et celui-ci se retrouva suspendu par un bras au-dessus du vide. Il entendit la brique dégringoler dans les profondeurs du puits, le bruit s'affaiblissant petit à petit, pour finalement disparaître complètement. Il inspira profondément, expira lentement. Cela ne le calma pas autant qu'il avait espéré, mais le moindre effort comptait. Il retrouva un autre point d'appui et reprit son ascension. L'air se faisait de plus en plus frais.

Robin atteignit enfin le haut du puits et retrouva Pierre et le Maure, qui s'efforçaient de soulever la lourde grille fermant le puits. Robin se glissa entre eux, appuya son épaule contre la grille et tenta de la soulever. Elle bougea légèrement puis se remit en place. L'air frais les narguait. Robin et le Maure poussèrent à nouveau de tous leurs muscles. Un lent grincement métallique se fit entendre, et la grille s'ouvrit enfin. Robin la fit glisser avec précaution sur le côté, se hissa un peu plus haut, et passa enfin prudemment la tête par l'ouverture.

Il faisait nuit sur la ville ; Robin eut un large sourire en découvrant la rue déserte. Il se raidit tout à coup en entendant des clameurs, et jeta un regard affolé autour de lui avant de se rendre compte que cela provenait de derrière. Il se retourna et eut à peine le temps de replonger la tête dans le puits pour éviter l'escadron de la garde montée, qui passa juste au-dessus de lui dans un grondement de tonnerre. Robin attendit que le vacarme s'estompe et que son cœur se remette à battre raisonnablement, puis il ressortit la tête dans la nuit. Il regarda rapidement dans toutes les directions et se détendit en voyant la rue à nouveau déserte. Il se hissa dehors puis se retourna pour aider Pierre à sortir. Le Maure émergea à son tour avec une telle aisance que la manœuvre parut facile. Appuyés l'un contre l'autre pour se soutenir, Robin et Pierre respiraient à pleins poumons.

Robin fléchit le bras, dont il sentait les muscles durcis, et observa le cimeterre que, sans qu'il sache comment, il n'avait pas lâché durant leur fuite. Il regarda lentement autour de lui et se rendit compte qu'ils se trouvaient juste de l'autre côté du mur de la prison. Il fallait admettre que le Maure était un fameux guide. Résolu à ne prêter aucune attention à ses muscles, Robin se redressa lentement. Pierre l'imita en gémissant. Le Maure scrutait prudemment l'obscurité à la lumière vacillante de sa torche. Robin sourit à Pierre.

– Si Dieu le veut, nous serons bientôt saufs.

Pierre lui rendit son sourire, mais son visage se crispa soudain dans une grimace d'horreur. Il agrippa le bras de Robin d'un geste nerveux. Celui-ci le dévisagea, refusant de voir la pointe de flèche ensanglantée qui transperçait la poitrine de son compagnon. Le Maure s'empressa, et tous deux transportèrent hâtivement le blessé à l'abri de l'ombre dessinée par le mur de la prison. Robin fit une tentative pour retirer la hampe de la flèche mais à peine l'eut-il touchée que Pierre émit un sifflement de douleur. Robin jeta un regard plein de désespoir vers leur sauveur.

– Aucune trace de l'archer, dit celui-ci calmement. Il peut se trouver n'importe où.

– Nous ne pouvons pas rester ici, constata Robin. Pierre a besoin d'aide.

Le Maure regarda la blessure de Pierre, puis leva les yeux vers Robin, sans prononcer un mot. Cela était inutile. Des cris d'alarme leur parvinrent de l'autre côté du mur, puis ce fut le bruit de soldats approchant dans l'obscurité. Robin passa un bras autour de la poitrine du blessé et chercha à trouver l'équilibre qui lui permettrait de soutenir le plus possible son ami.

– Accroche-toi à mon épaule, Pierre. Il faut nous dépêcher.

Pierre se libéra de son étreinte dans un effort surhumain et s'adossa au mur de la prison. Il avait le visage blême, mais ses yeux noirs en disaient long.

– Je n'irai pas plus loin, Robin. C'est une blessure mortelle. Laisse-moi.

Il s'écarta du mur et se tint raide.

– Notre quête s'arrête ici. Nos chemins se séparent.

Il avala avec difficulté et grimaça, comme si ce simple mouvement déplaçait la flèche en lui.

– Tu as toujours été un ami fidèle, Robin. Ne gâche pas tout maintenant. Ma mère... ma petite sœur... dis-leur que je les aime. Dis-leur que... je suis mort libre.

Robin jeta à nouveau un regard désespéré à leur compagnon, mais celui-ci ne lui offrit ni soutien ni réconfort.

– La blessure est près du cœur. Nous ne réussirons pas à le sauver, ne nous attardons pas ici, lança le Maure.

Robin voulut répondre, mais les mots ne vinrent pas. D'une poche secrète cachée sous les haillons, Pierre extirpa une bague, aux emblèmes de sa famille, qu'il remit à Robin.

– Porte-la à ma sœur. Promets-moi que tu la protégeras pour moi... Jure-le, Robin!

Robin aquiesça à contrecœur, comme si le fait d'accepter rendait la mort de Pierre plus réelle.

– Je le jure.

Pierre lança un regard significatif au cimeterre que portait son ami, et celui-ci lui tendit l'arme. Le blessé souleva l'épée d'un geste sûr et regarda vers la ruelle où l'on entendait les soldats approcher. Il se mit lentement en marche dans leur direction, les jambes tremblantes mais le dos droit et la tête haute. Il accéléra le pas, refusant de céder à la douleur que lui infligeait sa blessure. Bien qu'agonisant, il se mit à courir dès qu'il vit les soldats se regrouper devant lui et brandit l'épée.

— Vive l'Angleterre! dit-il, et il sourit.

C'était là le seul cri de bataille dont il ait jamais eu besoin ou auquel il ait cru.

— Vive l'Angleterre!

Il se rua vers les soldats, l'épée à la main. Pour la dernière fois, il redevint le grand et puissant guerrier qu'il était à son arrivée en Terre sainte. Tout son être semblait embrasé. Il abattit d'un unique geste de mépris le premier soldat qu'il atteignit. Les autres déferlèrent autour de lui, telle une meute, mais Pierre ne recula pas, déterminé à ne pas céder. L'épée tournoyait sauvagement dans sa main expérimentée, sans qu'il sente le moindre des coups portés par ses adversaires.

Il tomba finalement sous les morsures des lames qui le taillaient en pièces, tentant malgré tout de rendre les coups.

Le Maure entraîna Robin dans l'ombre.

— Viens! Laisse-lui l'honneur de son sacrifice.

Robin lança un bref regard à l'essaim de soldats qui encerclait son ami, puis suivit l'homme noir dans la nuit.

32

Il s'arrêtèrent pour reprendre leur souffle dans une contre-allée déserte. Un chien, reniflant parmi les ordures, grogna à leur approche, puis disparut, la queue entre les jambes, sous le regard furieux du Maure. Des soldats armés de torches sillonnaient les rues autour de leur refuge, mais la nuit était suffisamment épaisse pour les dissimuler. Robin serra la bague dans son poing. L'Angleterre lui semblait loin. Hésitant, il se tourna vers son compagnon, dont l'imposante silhouette se détachait à ses côtés.

— Il est temps de se dire adieu, l'ami. Que Dieu te protège.

— Je reste avec toi, répondit le Maure. Avec la protection d'Allah.

Il sourit à Robin, qui se prit à lui rendre son sourire. Le Maure était sans doute un personnage étrange, énigmatique, mais au moins il avait le sens de l'humour.

— Pourquoi ? demanda enfin Robin. Qu'est-ce qui te retient à mes côtés ?

— Tu m'as sauvé la vie, dit le Maure. Je dois rester près de toi jusqu'à ce que je sauve la tienne.

— Merci, répondit Robin. Mais je vais en Angleterre, une contrée qui t'est tout à fait inconnue. Je te décharge de ton obligation.

Le Maure secoua la tête.

— Seul Allah le peut.

— Et si je refuse que tu m'accompagnes ?

— Tu n'as pas le choix... à moins que tu envisages de me tuer.

Il afficha un large sourire et tendit la main à Robin.

— Je m'appelle Azeem.

Robin poussa un soupir de résignation et serra la main tendue.

— Robin. Robin de Locksley.

2

Locksley

Ses hauts murs de pierres inégales, grêlées et piquées par les vents et les pluies, n'enlevaient rien à la fierté du château de Locksley. Le lierre recouvrait les murs et les tours, et l'eau des douves verdissait sous la mousse. Locksley avait connu des jours meilleurs. Des tourbillons de brume nocturne, tels des fantômes du temps jadis, s'engouffraient entre les tours et les créneaux en ruine, et seule la présence d'un panache de fumée s'élevant d'une unique cheminée trahissait âme qui vive.

A l'intérieur, calfeutré dans une immense cape malgré le feu ouvert crépitant dans l'âtre, Lord Locksley, assis seul à une longue table, fixait le vide. Bien que loin d'être un vieillard, le seigneur des lieux, la tête penchée et les épaules courbées par le poids de chagrins trop nombreux, paraissait plus que son âge. Malgré ses cheveux gris et son visage ridé, une force, une puissance, brûlait en lui en dépit de toutes ces années de souci. Il soupira de fatigue, porta son gobelet à ses lèvres, puis le reposa. Il buvait trop ces temps derniers.

Le vieux chien couché au pied du feu aboya soudain, grognant et donnant des coups de patte dans son sommeil, comme pour chasser un mauvais rêve. Locksley sourit tendrement à son compagnon. Il avait été un fier animal en son temps et l'avait accompagné à plus d'une chasse, mais son poil était désormais d'une couleur poivre et sel, ses os craquaient, son souffle était devenu court. Tout comme son maître. Cette pensée fit surgir un bref sourire sur les lèvres de Locksley, qui s'adossa au dossier du fauteuil et rajusta son manteau. Il devenait de plus en plus frileux. Il fallait bien admettre que le monde lui semblait beaucoup plus froid, depuis que sa femme s'était éteinte et que son fils était parti, voilà plus de six ans.

Le seigneur jeta un regard déprimé à la correspondance étalée devant lui, sur la table. Il dut réprimer son envie de balayer d'un geste toutes ces lettres. Des papiers, des papiers et encore des papiers. Les fermages, la dîme, les impôts, les jugements, la politique et toute la paperasserie, qui occupaient beaucoup trop de ses journées. Plus rien n'avait d'importance. Plus rien n'avait vraiment d'importance, puisqu'il était seul. La famille, les amis, tout son entourage avait disparu dans les Croisades, ou alors l'avait abandonné, car il refusait de participer au complot des tristes sires qui entouraient le prince Jean. Ces voix s'amplifiaient et s'affirmaient au fil des années, qui voyaient le roi Richard retenu à l'étranger.

Locksley se renfrogna tristement. Le roi était parti depuis trop longtemps. Et, quand le chat n'est pas là, les souris dansent. Certains avaient même, apparemment, déjà acclamé Jean comme roi et lui faisaient allégeance en pleine Cour. Locksley soupira bruyamment. Qu'il soit damné s'il devait faire une telle chose! Son honneur et son devoir n'étaient pas à vendre. C'étaient là les seules choses qui lui restent.

Il contempla la table et les chaises vides. Il revoyait chacune d'entre elles occupée par ses amis, ses alliés, ses conseillers : des hommes braves et fidèles, qui se battaient pour faire respecter la loi et vaincre l'injustice. Ils étaient tous partis, l'un après l'autre, pour suivre telle croisade ou telle autre, les yeux emplis du saint Graal, la tête pleine de sermons véhéments, de rêves d'or, de trésors. Ils étaient partis, mais n'étaient pas revenus. Parfois, Locksley recevait des nouvelles lui annonçant que certains étaient morts, d'autres blessés. Mais, le plus souvent, il devait se contenter du silence. Ceux qui cherchaient à connaître le sort de leurs proches devaient user de tous les moyens pour dépister le moindre espoir, la moindre rumeur. Locksley regarda la lettre qui gisait devant lui et qu'il avait écrite, comme tant d'autres, pour ne recevoir que peu ou pas de réponse. Toujours les mêmes mots pour un maigre espoir. Il jeta un coup d'œil au portrait accroché au-dessus de la cheminée et représentant un jeune homme grand et fier, au visage solennel illuminé d'une paire d'yeux rieurs. Robin de Locksley. Porté disparu, en captivité; présumé mort.

Locksley reprit sa plume. La reposa. Les mots feraient ou ne feraient pas l'affaire, que pouvait-il dire d'autre ? Il relut sa lettre une dernière fois, les mots familiers lui martelaient la tête comme une ancienne mélodie triste, émoussée par le temps, mais toujours prête à fendre le cœur de l'auditeur.

Sir,

On dit que vous avez combattu en Terre sainte aux côtés de mon fils aimé Robin, que je n'ai pas revu depuis plus de six ans. Avez-vous assisté à sa capture près de Saint-Jean d'Acre ? Connaissez-vous le nom du potentat qui le retient prisonnier ? Robin me porte-t-il toujours rancune ? Envoyez-moi des nouvelles, sir, je vous en prie.

Je donnerais tout ce que je possède pour son retour...

Prière à un chevalier qu'il connaissait à peine de nom, dont il ignorait la réputation. Mais il se devait d'essayer. Il ne renoncerait pas à son fils. Locksley ne doutait pas que Robin, lui, n'aurait jamais renoncé. Il savait que, si son fils était toujours en vie, il se battrait jusqu'à son dernier souffle pour revenir en Angleterre.

S'il était toujours en vie...

Locksley se retourna brusquement vers son chien,

qui se mettait tant bien que mal sur ses pattes et grognait devant le feu. L'animal fixait la porte, tendu et attentif, découvrant ses crocs. Locksley écarta son fauteuil de la table, afin de se ménager suffisamment de place pour manœuvrer en cas de nécessité. Des bruits confus de bagarre lui parvinrent du couloir. Sortant une dague cachée sous sa robe, il la glissa discrètement sous la pile de lettres.

La porte s'ouvrit violemment, et un personnage en haillons, désespéré, fit irruption dans la pièce en trébuchant, tentant frénétiquement, presque hystériquement, de se libérer de l'emprise d'un homme plus âgé. Locksley se détendit légèrement. Il connaissait les deux hommes. L'individu en haillons se libéra d'un coup et s'inclina devant le maître des lieux. Le plus âgé lui lança un regard furieux puis se tourna vers Locksley avec dignité.

– Je suis désolé de vous déranger, milord, dit-il essoufflé, mais ce personnage insiste pour vous voir et ne veut pas attendre.

– Milord, s'il vous plaît! dit l'homme en guenilles. Il faut que je vous parle!

Locksley fit un signe de tête au plus âgé.

– C'est bon, Duncan. Je vais lui parler, puisqu'il est ici.

Le serviteur s'inclina avec raideur, fit la grimace à l'autre homme, son visage ridé et taillé au couteau respirant le mépris, puis tourna le dos, son attitude indiquant clairement qu'il se lavait les mains de toute l'affaire. Il quitta la pièce d'un air digne et fit claquer la porte. Locksley ne put réprimer un sourire. Duncan avait passé toute sa vie au service de la famille Locksley et avait une opinion très stricte des comportements à adopter en toute circonstance. A tel point qu'il lui arrivait d'oublier qui était le maître des lieux. Il aurait mérité qu'on le remette à sa place de temps à autre, cependant, c'était un compagnon loyal et fidèle, et Locksley aurait donné sa main à couper plutôt que de le perdre. Il était resté près de son maître à l'heure où les autres serviteurs l'avaient abandonné à cause des crises de mauvaise humeur et de rage qui le secouaient, parfois, depuis la perte de ses proches.

Locksley se rendit compte que ses pensées divaguaient à nouveau et se força à se concentrer sur l'individu qui se tenait devant lui. Kenneth Quelque Chose, un fermier d'une quarantaine d'années. C'était un manant, petit, massif, dont la robuste musculature avait été forgée par le dur labeur dans les champs, de l'aube à la tombée de la nuit, et parfois même au-delà. Locksley prit conscience tout à coup des vêtements déchiquetés que portait l'homme, mais surtout de l'horrible blessure à la tempe qui couvrait de sang son visage.

— Tu es Kenneth de Crowfall, n'est-ce pas ? Que t'est-il arrivé ?

Kenneth, accablé de douleur, resta muet pendant quelques instants, puis réussit enfin à articuler :

— Ils m'ont pris Gwen, ma fille.

— Qui ? demanda Locksley sans attendre. Qui a pris ta fille ?

– Des hommes à cheval. Ils étaient masqués.

Kenneth toucha sa plaie sanguinolante d'une main tremblante et perdit légèrement l'équilibre avant de recouvrer ses esprits.

– Nous avons tenté de les arrêter. Mon fils est mort, poursuivit-il.

Il chancela à nouveau, les yeux embués de larmes; Locksley se leva précipitamment pour lui offrir son bras : il savait ce que signifiait la perte d'un fils.

– Courage, Kenneth. Nous vengerons ton fils et sauverons ta fille.

Locksley traversa la pièce à grands pas et regarda fixement l'énorme épée à double tranchant accrochée au mur dans son fourreau. Souriant calmement, d'un sourire qui n'inspirait aucune sympathie, il tendit le bras et décrocha l'arme. La lourde épée familière ranima en lui le souvenir d'émotions qu'il n'avait pas ressenties depuis longtemps. Voilà ce qui lui avait manqué toutes ces années : l'appel aux armes, le combat du bien contre le mal. Un problème simple, qui pouvait se régler par une action simple et directe : exactement ce dont il avait besoin. Sans doute n'était-il plus dans la prime jeunesse, mais il était toujours le seigneur sur ses terres, et il ne laisserait jamais personne attaquer ses gens impunément. Il adressa un sourire à Kenneth. Celui-ci se raidit sous le regard du châtelain.

– Allons, Kenneth, du travail nous attend, ce soir.

Il ne fallut que quelques minutes à Locksley pour réveiller ses domestiques et les mettre à pied d'œuvre. Il donna l'ordre à son palefrenier de seller sa monture et dépêcha des messagers auprès du shérif pour lui rapporter ce qui se passait. Il ne doutait pas que ce dernier lui enverrait des hommes, mais ceux-ci n'arriveraient pas avant le matin. Quant à ses propres hommes, ils étaient affairés un peu partout sur ses terres, et il ne pouvait pas les rappeler si facilement. Il décida donc de s'acquitter de la tâche lui-même, comme il l'avait déjà fait maintes fois. Quand il était plus jeune. Locksley écarta cette évocation et grogna à Duncan de l'aider à revêtir sa cotte de mailles. Le serviteur s'exécuta en dodelinant de la tête et avança mille raisons susceptibles de dissuader son maître de partir. Locksley n'y accorda aucune attention et, après avoir fixé son épée confortablement sur la hanche, se dirigea à grands pas dans la cour, Kenneth et Duncan se hâtant à sa suite.

Il faisait froid dans la cour, un vent glacial sifflait dans la nuit. Sautant en selle sur son meilleur destrier, Locksley fit signe à ses gens de lui ouvrir les grilles. A l'idée de prendre à nouveau sa vie en main, il se sentait fort et invincible. Il retrouvait sa jeunesse. Kenneth se tenait devant le cheval, se mordant les lèvres d'impatience en attendant l'ouverture des grilles. Le crâne vaguement bandé, son visage exprimait un nouveau sentiment de détermination. Duncan, au côté de Locksley, ne tenait pas en place.

— Je vous en prie, milord, ne faites pas cela! Attendez les renforts, ou, au moins, patientez jusqu'au matin! La lune est mauvaise, ce soir.

Locksley lui répondit par une grimace :

– Le bien vaincra, Duncan. Aie confiance. Prends soin de tout en attendant mon retour. Kenneth, montre-moi le chemin.

Le paysan acquiesça vivement et, d'un pas régulier, courut vers les grilles ouvertes. Locksley lança son cheval à sa suite. Duncan les regarda partir et murmura une prière silencieuse.

Un frissonnement soudain parcourut Locksley : une lente psalmodie, que l'on aurait pu prendre pour le bruit du vent, emplissait l'obscurité. Kenneth, qui courait aux côtés de Locksley, s'arrêta net, puis baissa la tête pendant quelques instants. Locksley freina son cheval, sous l'effet de la crainte qui s'emparait de lui.

Un groupe de silhouettes sortit de l'obscurité, avançant en direction du château. Torches à la main, le visage caché derrière des masques, telles d'affreuses têtes de gargouilles, elles étaient vêtues de longues robes flottantes. Des adorateurs du Malin. Tandis que les silhouettes approchaient, la psalmodie s'amplifiait et s'intensifiait, et une sensation de sinistre malveillance planait dans l'air comme une brume.

N'ayant pas le choix, Locksley tira son épée. Le chant s'interrompit brutalement lorsque les adorateurs du Diable aperçurent le crucifix sculpté sur la garde du glaive. Locksley dévisagea longuement Kenneth, qui lui répondit doucement, le regard rempli de honte :

— Je suis désolé, milord. Je n'avais pas le choix.

Le grand prêtre apparut soudain devant le cheval de Locksley, et enfonça un tison ardent dans le crâne de l'animal. Le cheval hurla et se cabra, Locksley fut éjecté de la selle. Il roula et heurta le sol en souplesse, ses vieux réflexes de combat venant à son secours, pour se remettre sur pieds en un instant. Il jeta un regard furieux et rageur autour de lui, brandissant son épée qu'il avait malgré tout réussi à garder en main et s'efforça de réfléchir rapidement tandis qu'il reprenait difficilement son souffle. « Je ne suis plus tout à fait aussi jeune que par le passé... » Il chercha à reprendre la bride de son cheval, mais la bête, prise de panique, s'échappa au galop. Locksley émit un juron et se jeta sur le grand prêtre. Du plat de son épée, il lui arracha le tison des mains et le plaqua violemment, le suppôt de Satan, contre le pilier de pierre le plus proche. Puis il le menaça à la gorge de la pointe de son arme. L'homme s'immobilisa. Locksley cracha un peu de sang et lança un regard menaçant vers les acolytes de sa victime.

— Écartez-vous si vous ne voulez pas sa mort !

Le ton ferme et assuré de sa voix lui redonna courage, et un sourire se dessina sur ses lèvres ensanglantées lorsqu'il vit les officiers du démon échanger des regards d'incertitude. Il se retourna vers le grand prêtre et lui arracha son masque. Des yeux cruels et sardoniques rencontrèrent les siens ; Locksley eut le souffle coupé en reconnaissant le visage auquel ils appartenaient.

– Vous !...

Son épée vacilla un instant. Le grand prêtre en profita pour lui assener un violent coup de genou. Locksley suffoqua et tomba à la renverse ; l'épée s'échappa de ses doigts inertes. Des bras l'attrapèrent et le maintinrent au sol. Les acolytes du grand prêtre l'encerclèrent et le rouèrent de coups de pied vicieux. Locksley se recroquevilla pour se protéger, mais cela ne l'empêcha pas de sentir le craquement de ses os qui se brisaient. Puis il reçut en pleine tête un coup de botte, qui lui donna, l'espace d'un instant, l'agréable sensation que le monde s'estompait dans la brume. Les adorateurs du Diable finirent par se lasser de leur divertissement et relevèrent leur victime. Le visage maculé de sang tel un masque, Locksley ne tenait plus debout que grâce au soutien de ses assaillants. Il reprenait déjà ses esprits.

Le grand prêtre lui saisit le menton et obligea Locksley à tourner la tête vers lui. Il afficha un sourire moqueur.

– Inutile de chercher de l'aide ici, Locksley. Vous n'avez aucun allié parmi nous. En fait, vous êtes le plus malvenu de nos invités.

Locksley regarda son adversaire droit dans les yeux.

– Le roi en sera informé !

– Je ne pense pas, dit le grand prêtre. Personne ne lui dira quoi que ce soit.

Il fit un geste impérieux, et ses comparses abaissèrent leur masque un à un. Locksley écarquilla les yeux d'horreur : il connaissait chacun de ces hommes. Certains d'entre eux avaient partagé sa confiance, d'autres avaient, pensait-il, été ses amis. Dans leur regard, cependant, il ne lisait plus que la mort.

– Que Dieu nous garde, murmura-t-il. Que Dieu nous garde tous.

Une vieille femme albinos lâcha un rire rauque et s'avança lentement vers lui.

– Ton Dieu t'a abandonné. Un jour, toute l'Angleterre adoptera notre culte.

– Soyez des nôtres, Locksley, dit le grand prêtre. Nous représentons l'avenir.

– Jamais, lui cracha Locksley à la figure.

Il tenta de se libérer, mais les mains qui le retenaient étaient trop nombreuses. On le traîna, tandis qu'il s'acharnait à se débattre, jusqu'à un énorme pilier de pierre, et on lui lia les mains avec une corde. Les suppôts de Satan lui rirent au nez et lui crachèrent au visage tandis que le grand prêtre faisait passer l'extrémité de la corde par-dessus le haut linteau de pierre. Les gardes attrapèrent la corde de l'autre côté et la tirèrent, hissant Locksley. Tandis qu'il pendait là, se balançant lentement, la vieille sorcière s'approcha de lui. Elle sourit en voyant la douleur tordre le visage du châtelain, et ses yeux injectés de sang s'exorbitèrent avidement. Elle retroussa la cotte de mailles et déchira la chemise que Locksley portait dessous. L'air froid cingla la peau nue. La vieille le fixa en souriant.

– Tu nous supplieras de te laisser être des nôtres... ou tu nous supplieras de te laisser mourir.

Le grand prêtre la rejoignit, l'épée de Locksley dans la main. Il examina le fil de la lame et sourit d'un air approbateur. Puis il s'avança lentement. Locksley ferma les yeux.

En haut de la colline, Kenneth se retourna lorsqu'il entendit le premier hurlement d'agonie s'élever dans la nuit. Il s'apprêtait à gagner les bois, lorsque la vue de plusieurs silhouettes masquées, qui lui barraient la route, le figèrent sur place. Il tenta de s'échapper, mais n'alla pas loin.

3

Retour au pays

Le gréement faisait entendre des craquements et
les voiles se gonflaient, tandis que le bateau français
se dirigeait vers les côtes anglaises. Les embruns
balayaient la proue dans une brume qui laissait
cependant l'homme immobile comme une statue,
totalement indifférent, tant il était absorbé par l'idée
d'accoster bientôt dans sa patrie. Les majestueuses
falaises de Douvres surplombaient l'horizon, s'élevant comme d'imposantes tours d'ivoire dans le ciel
gris. Des mouettes poussaient des cris perçants dans
les airs, et, pour la première fois depuis longtemps,
Robin se sentait paisible. Il allait retrouver son foyer,
la guerre d'Orient ne lui semblait plus qu'un mauvais rêve, bientôt oublié. L'Angleterre s'étalait devant
lui telle qu'elle était restée dans son souvenir et telle
qu'il l'imaginait du fond de son cachot, dans les profondeurs de Jérusalem.

L'Angleterre avait revêtu une nouvelle signification pendant son séjour au loin : elle était devenue le
pays de la lumière et de la liberté, avant tout, mais

aussi un endroit où l'honneur et la justice n'étaient pas de vains mots. Ce sont ces pensées et ces rêves qui l'avaient aidé à conserver la raison dans l'obscurité sans fin ; ce sont eux qui avaient maintenu son espoir en vie. L'idée de savoir qu'au-delà de la chaleur et des horreurs de l'Orient l'Angleterre était toujours là, intacte, loin des guerres et des massacres. Un endroit où, s'il pouvait jamais l'atteindre, il retrouverait la paix et la joie de vivre. Robin avait accompli son devoir, servi son roi, et souffert plus que de raison. Il rentrait maintenant sain et sauf et ne serait jamais plus tenté de repartir pour de vaines promesses d'honneur et de gloire lancées au plus fort de la bataille.

Il s'étira en douceur, ne quittant pas des yeux les falaises blanches qui s'érigeaient devant lui. Il avait l'air plus robuste, et beaucoup plus soigné, mais les longues années de captivité avaient laissé leur marque sur son visage émacié et dans ses yeux hagards. Il portait des vêtements bon marché et pratiques sous une cape de pèlerin, et n'avait plus rien du jeune damoiseau fier, vêtu à la dernière mode, qui avait quitté ce même rivage six ans plus tôt. Son propre père aurait du mal à le reconnaître. Robin sourit avec un air d'ironie désabusée à cette pensée. Ils s'étaient séparés en mauvais termes après que Robin avait insisté pour rejoindre la IIIe Croisade en dépit des vœux de son père. Robin avait amplement eu le temps de le regretter dans les nombreux moments de désespoir, qui lui faisaient penser qu'il ne reverrait jamais plus ni son pays ni sa famille. Il pensa tout à coup à autre chose et regarda par-dessus son épaule, en direction d'Azeem le Maure, qui se tenait debout en silence sur le côté, regardant impassiblement la côte se rapprocher. Ce que Lord Locksley allait faire du nouvel ami de son fils, nul n'en avait la moindre idée. Comme pour tant d'autres Anglais, un bon Maure, pour Lord Locksley, était un Maure mort. De préférence avec beaucoup d'or et de bijoux sur le corps.

Le bateau mouilla enfin. Robin et Azeem se retrouvèrent dans une chaloupe, que les marins français dirigeaient à la rame vers le rivage. Robin s'agitait et remuait impatiemment sur le banc de bois en voyant la plage se rapprocher avec une lenteur désespérante. Finalement, il n'y tint plus, et le Maure, amusé, regarda Robin sauter par-dessus bord et nager tant bien que mal jusqu'à la plage afin de mettre enfin le pied en Angleterre. Une fois sur le rivage, Robin se tint immobile, les yeux fermés, et respira profondément en savourant l'instant.

— De retour, enfin, dit-il doucement. Merci, mon Dieu.

Derrière lui, la chaloupe accosta. Les marins sautèrent dans l'eau peu profonde afin de hisser l'embarcation à sec. Azeem mit pied à terre avec une dignité désinvolte et rejoignit Robin à grands pas. Les Français s'écartèrent sur son passage. Malgré le temps passé en mer avec lui, ils ne savaient toujours qu'en penser. Robin ne leur jetait pas la pierre. Le

Maure était un personnage imposant non seulement de par sa musculature, mais également à cause de ses effroyables tatouages. Robin observa son compagnon avec intérêt tandis que celui-ci respirait sa première bouffée d'air anglais.

— Eh bien ? demanda-t-il enfin. Qu'en penses-tu ?

— Un tantinet trop léger et trop doux, répondit Azeem. Je suis habitué à un air un peu plus corsé. A Jérusalem, certaines rues dégagent des parfums épicés à te faire tomber à la renverse et t'asphyxier. Ça, c'est de l'air. De l'air qui a du caractère. De l'air que tu pourrais mâcher. L'air de l'Angleterre est plat et faible, en comparaison.

Robin sourit.

— Il va falloir que je t'emmène faire un tour à Londres. En attendant, puisque ta religion païenne t'interdit de boire de l'alcool, je suppose qu'il est naturel que tu sois connaisseur dans un autre domaine.

Il fit une pause, regarda ses pieds, puis, relevant les yeux sur le Maure, l'observa attentivement.

— Ami, tu m'as escorté sain et sauf à bon port, ta compagnie m'a été des plus agréables, et je suis heureux que nous soyons amis. Je t'en supplie, délivre-toi de ta promesse. Rejoins le navire et retourne chez toi. Je sais ce qu'il en coûte d'être loin des siens et de sa patrie.

Azeem secoua la tête négativement, les bras fermement croisés sur son immense poitrine.

— C'est justement parce qu'ils me sont si chers

que je ne peux pas les déshonorer en rompant mon vœu.

Robin lui dit tristement :

— Je savais que telle serait ta téponse.

Il fit un signe de tête en direction du marin qui s'était approché en rampant silencieusement derrière le Maure, une massue à la main. Affichant un large sourire, le marin éleva le gourdin dans les airs et le fit tournoyer au-dessus de la tête d'Azeem. Celui-ci esquiva le coup au dernier moment, sans même faire volte-face. L'homme tomba lourdement, face contre terre. Azeem se retourna sans hâte, releva le marin comme s'il ne pesait guère plus qu'une plume et le jeta dans les vagues. Les amis du matelot se lancèrent à la rescousse de leur compagnon, avec autant d'empressement que leur fou rire le leur permettait. Azeem adressa un regard de colère froide à Robin.

— Personne ne décide de mon destin. Et encore moins un homme qui pue l'ail et m'attaque le vent dans le dos.

Robin pouffa de rire, donna une claque sur l'épaule de son compagnon et hissa son baluchon sur son dos.

— C'est d'accord, Azeem, suis-moi. Dans quelques semaines nous festoierons chez mon père pour célébrer mon retour. Je suis sûr que vous aurez beaucoup de choses à vous raconter. Tu peux rester avec moi aussi longtemps que tu le désires, mais si tu attends l'occasion de me sauver la vie, j'ai bien peur que ton séjour ne se prolonge. Le temps des combats est passé, l'ami.

Ils remontèrent à la plage d'un même pas ; Robin entama une vieille chanson à boire anglaise d'une voix rauque, mais quasiment juste. Azeem sourcillait de temps à autre, mais gardait ses réflexions pour lui-même.

Les grondements et les hurlements féroces d'une meute de chiens poursuivant sa proie emplirent la lande. Le fracas des chevaux galopant à leur suite traduisait la sombre détermination de leurs cavaliers à participer au massacre. Comme toujours, Sir Guy de Guisbourne chevauchait en tête. Grand de sa personne, le cavalier affichait une beauté altière que seuls un regard mauvais et une oreille manquante ternissaient. Le plus rapide sur sa monture et fin chasseur, Guisbourne menait toujours la partie de chasse. Personne n'osait lui disputer sa place. Sir Guy était de nature coléreuse, et son carnet de duels comportait une longue liste de morts.

Il leva la tête, scrutant la lande de ses yeux perçants. La proie devait s'être dirigée vers la forêt, espérant ainsi semer ses poursuivants. Si on ne la rattrapait pas bientôt, elle finirait par s'échapper tout à fait. Guisbourne voulait bien être damné plutôt que de laisser cela arriver. Cela faisait déjà plus d'une heure que cette chasse avait commencé, et il s'était promis les oreilles du gibier. Sans oublier la mise à mort, bien sûr. Un sourire illumina son visage lorsque ses yeux pénétrants décelèrent enfin un mouvement dans le sous-bois. Debout sur ses étriers, il désigna triomphalement l'endroit.

– Le voilà!

Les aboiements des chiens s'intensifièrent lorsqu'ils reconnurent l'odeur de leur proie. Ils se remirent à sa poursuite, tête baissée, ventre à terre. La victime aventura un regard en arrière, par-dessus son épaule, puis fixa la forêt qui s'ouvrait devant elle. Petit Loup n'était qu'un enfant, dix ans tout juste, mais il savait exactement ce qui se passerait s'il se laissait rattraper. Il se lança en avant, la bouche grande ouverte pour retrouver son souffle. Il avait fait de son mieux pour masquer sa trace, usant de tous les trucs et de toute sa connaissance des lieux, mais les chiens le dépistaient à chaque fois, l'obligeant à quitter chaque nouvelle cachette.

La douleur lui martelait les côtes, ses jambes tremblaient de fatigue, et l'air commençait à manquer dans ses poumons. La forêt lui semblait encore loin. Petit Loup savait qu'il n'arriverait pas à l'atteindre à temps. Il allait mourir. Mais il préférait être pendu plutôt que de faciliter la tâche à ses ennemis. Il se demandait s'il allait souffrir beaucoup et espérait ne pas pleurer.

A l'orée du bois, Robin et Azeem suivaient une ancienne piste qui s'enfonçait vers le Nord. Robin allongeait un pas rapide, tandis que le Maure le suivait à son propre rythme tout en observant la forêt d'un œil intéressé. L'extrême abondance de la flore et de la faune fascinait le musulman. Cela ressemblait à une oasis interminable, une explosion de choses vivantes qui n'avait rien à voir avec la sévérité maîtrisée de la vie du désert. Il s'arrêta près des ruines d'un ancien mur romain et observa le vol d'un oiseau. Robin s'arrêta lui aussi, captivé par la vue de baies sauvages. Il tendit la main et arracha une branche de gui accrochée à un chêne. Il le montra fièrement à son compagnon, qui lui répondit par un sourire. Bien que Robin ne veuille rien en laisser paraître, il était autant transporté de joie par la forêt que le Maure, et plus ils se rapprochaient du domaine des Locksley, plus Robin devenait enjoué aux souvenirs qu'évoquait la vue de ces lieux familiers. Il tendit la fine branche de gui à Azeem afin que celui-ci puisse l'examiner de plus près.

— Le gui, dit Robin l'air rêveur. Le charme de cette petite plante a fait succomber plus d'une femme dans mes bras...

Il soupira d'un air pensif.

— Il semble que des siècles se soient écoulés depuis.

Azeem fronça les sourcils.

— Dans mon pays, c'est avec le verbe que nous charmons nos femmes; nous n'utilisons aucune drogue.

Robin éclata de rire.

— Que sais-tu des femmes, mon honorable et respectable ami ? Il ne me semble pas que tu aies levé ne serait-ce qu'un œil sur une femme depuis notre arrivée.

— Dans mon pays, répondit Azeem imperturbable, il y a des femmes d'une telle beauté qu'elles peuvent prendre l'âme d'un homme et lui donner envie de mourir pour elles.

Il détourna le regard, perdu l'espace d'un instant dans ses souvenirs. Robin se mit tout à coup à sourire, ayant l'impression d'avoir enfin mis la main sur un indice.

— Attends un peu... Serait-ce cela ? Était-ce la raison de ta condamnation à mort ? A cause d'une femme ?

Le Maure se raidit légèrement, mais ne répondit pas. Robin poussa un cri de joie :

— C'est bien cela ! Une femme !

Azeem lui lança un regard furieux, mais ne broncha pas. Robin se mit à danser autour de lui en riant, brandissant sa branche de gui. Le Maure poussa un profond soupir et fixant le ciel d'un air obstiné :

— Il se fait tard. La nuit ne va pas tarder à tomber.

— Ah ! s'esclaffa Robin en jetant la branche de gui. Qui était-ce ? La fille d'un mollah ? Une femme mariée ? Alors, l'homme peint, comment s'appelle-t-elle ?

Azeem observa le ciel qui s'assombrissait, sortit de son paquetage son tapis de prière et le déplia avec précaution. Alors qu'il allait l'étendre par terre, il eut un mouvement d'hésitation. Il scruta à nouveau le ciel nuageux, puis posa un regard fixe sur Robin.

– N'y a-t-il donc pas de soleil dans cette fichue contrée ? Où est l'orient ?

– Dis-moi son nom, insista Robin.

– De quel côté se trouve l'orient ?

Robin croisa les bras et sourit à Azeem, affichant sa détermination à attendre le temps qu'il faudrait.

– Au diable, gronda l'autre. Elle s'appelait... Jasmina.

Robin désigna la forêt du doigt.

– L'orient est par là.

Azeem déroula son tapis sur le sol et s'agenouilla dans la direction indiquée. Robin se pencha vers lui.

– Elle en valait la peine ?

Azeem le regarda sans ciller et répondit :

– Au point de mourir pour elle.

Il se détourna et se plongea dans ses prières. Robin sourit et s'écarta légèrement afin de le laisser en paix. Au même instant, il se retourna précipitamment, surpris par le son d'une corne de chasse, qui brisa la quiétude du soir, suivi de la clameur montante d'une meute de chiens aux abois. Il se rapprocha de l'orée du bois et jeta un regard circonspect sur la lande. La vue d'un jeune garçon faisant irruption parmi les arbres l'arrêta sur place. Celui-ci passa devant lui en courant et grimpa à l'arbre le plus solide, tel un écureuil un peu grand, mais visiblement désespéré.

Les chiens déboulèrent sur ces entrefaites dans un vacarme assourdissant, dépassèrent Robin et encerclèrent la base du tronc, aboyant de tous leurs poumons, mordant et grondant hargneusement, mais en vain. Le garçon grimpa sur une branche un peu plus haute, afin de se mettre définitivement hors d'atteinte. Les chiens piétinaient autour de l'arbre, levant de temps à autre les yeux sur Robin, mais apparemment trop bien dressés pour assaillir autre chose que la proie qui leur avait été désignée. Robin finit par se détendre et, soulagé, cessa de chercher lui aussi un arbre auquel grimper. Le bruit et l'agitation de la meute s'amplifièrent à l'arrivée de Guisbourne et de ses comparses. Les chevaux, galopant à travers les arbres, s'arrêtèrent dès que les cavaliers aperçurent l'enfant caché dans les branchages. Le regard de Guisbourne tomba sur Robin, remarqua le manteau de pèlerin que celui-ci portait, puis se détourna rapidement avec indifférence. Il donna l'ordre à ses hommes de mettre pied à terre et d'assiéger l'arbre. Ces derniers obéirent en hâte, tandis que le dresseur frappait ses chiens à grands coups pour les calmer. Guisbourne se pencha en avant sur sa selle et scruta les branchages.

— Tu ne respectes pas les règles du jeu, mon garçon, dit-il d'un air moqueur. Les cerfs ne grimpent pas aux arbres.

Il adressa un large sourire à ses hommes, dépourvu de toute chaleur.

— Peut-être se prend-il pour un gibier à plumes. Devrions-nous lui apprendre à voler ?

Le sourire disparut.

— Abattez cet arbre.

Les soldats tirèrent l'épée et attaquèrent le tronc avec des gestes maladroits. Des éclats volèrent dans les airs. L'arbre trembla sous la violence des coups. Le gamin s'agrippait désespérément aux branches, les yeux écarquillés de peur. La bouche de Robin s'était figée en une grimace menaçante. Il se dirigea sans bruit vers les chevaux et tira subrepticement d'une sacoche de selle une arbalète, qu'il cacha ensuite sous sa houppelande. Personne n'avait rien remarqué. Tous avaient les yeux rivés sur l'enfant qui les surplombait. L'arbre craquait et gémissait sous les morsures profondes qui entaillaient le bois, et les chiens, avides de sang, ne tenaient pas en place. Robin avança d'un pas pour s'immiscer entre Guisbourne et l'arbre.

— Arrête! cria-t-il. De quelle créature faut-il avoir peur pour s'attaquer à elle à six contre un?

Guisbourne le dévisagea de ses yeux vides, surpris qu'un roturier se permette de s'adresser à lui aussi librement. Une réponse pleine de colère lui vint aux lèvres, mais il la ravala en se souvenant qu'il avait affaire à un pèlerin. Il valait toujours mieux accorder une certaine liberté d'action aux pèlerins, rien n'indiquant s'il s'agissait d'un saint ou d'un lépreux. Guisbourne réussit, on ne sait comment, à esquisser un sourire poli et hocha la tête avec raideur.

— Reste à l'écart, bon pèlerin. Cela ne te regarde en rien.

— Est-ce le Diable lui-même que vous avez forcé à se réfugier dans un arbre? demanda Robin. Laissez-moi voir... Ha, ha! un chenapan! Dangereux animal, s'il en est.

Guisbourne s'efforça de maîtriser sa colère.

— Ce gamin a tué l'un des cerfs du roi.

— Vous nous affamez! cria le garçon sur le ton de la provocation. Il nous fallait cette viande.

— Le braconnage est puni de mort, dit Guisbourne, sans prêter la moindre attention à l'enfant. Je ne fais qu'appliquer la loi. Je vous conseille de passer votre chemin, bon pèlerin. Vous êtes sur les terres du shérif de Nottingham, et sa parole a force de loi, ici.

— Faux, affirma Robin d'un ton catégorique. Ces terres et cet arbre m'appartiennent. Par conséquent, tout ce qui s'y trouve m'appartient également. Rappelez vos chiens.

— Vos plaisanteries commencent à me fatiguer, dit Guisbourne. Partez pendant qu'il en est encore temps.

Il lança un regard furieux à ses soldats, qui observaient la scène, et ceux-ci reportèrent immédiatement leur attention sur leur chef.

— Ne restez pas là sans rien faire, vous autres! Abattez l'arbre!

Robin s'adressa directement à eux.

— Le premier qui touche à cet arbre est mort.

Le son de sa voix était calme, égal et dangereusement menaçant. Les soldats échangèrent un regard, puis s'écartèrent du tronc d'arbre pour affronter Robin. Ce dernier évalua ses chances, et l'idée qu'il avait peut-être agi précipitamment lui traversa l'esprit. Mais il leva les yeux sur le gamin, et sa colère redoubla. Il voulait bien être pendu plutôt que d'assister à une telle scène d'horreur, qui plus est sur ses terres! Cependant, personne n'avait que faire d'un héros mort. Robin jeta un rapide coup d'œil à Azeem. Toujours plongé dans ses prières, ce dernier était visiblement tout à fait indifférent à ce qui se passait autour de lui. Il se retourna alors vers Guisbourne, qui lui adressa un sourire froid et méprisant.

– Alors, étranger au capuchon, puis-je connaître le nom de celui que je m'apprête à faire embrocher ?

Robin repoussa son capuchon et découvrit son visage. Il grimaça un sourire à Guisbourne et lui répondit :

– Je suis Robin de Locksley, et ces terres font partie du domaine de Locksley.

Guisbourne le dévisagea un instant de ses yeux vides, puis le sourire froid réapparut lentement sur son visage.

– Eh bien, dans ce cas, bienvenue au pays, Locksley.

Et se tournant vers ses hommes :

– Tuez-le.

Le plus imposant des soldats brandit son épée et avança d'un pas assuré. Ouvrant sa houppelande, Robin découvrit l'arbalète, et décocha un carreau qui vint soigneusement se planter dans le biceps droit de son adversaire. L'homme, chancelant, fit un pas en arrière, lâcha son arme et jeta un regard hébété sur la pointe d'acier qui lui avait transpercé le bras. Les autres soldats regardèrent le blessé, puis Guisbourne, dont le visage s'était enflammé de colère.

– Lâchez les chiens sur lui! hurla ce dernier.

– Azeem! appela Robin, voilà peut-être déjà venue l'occasion d'honorer ta promesse!

Toujours perdu dans ses prières, le Maure ne lui prêta aucune attention. Robin sentit que le moment était sans doute venu pour lui de l'imiter et de s'en remettre à Dieu. Le soldat qui s'occupait de la meute se dirigea vers ses chiens d'un pas volontaire. Mais il eut à peine le temps d'ouvrir la bouche pour leur donner l'ordre de se jeter sur leur nouvelle proie : déjà, Robin lui avait décoché un carreau entre les deux yeux. Le dresseur tomba au beau milieu de la meute, qui, affolée par l'odeur du sang, le déchiqueta.

L'un des soldats tendit son arbalète. Robin lui lança son arme vide en pleine figure. L'homme chancela en arrière et porta les mains à son nez cassé. Guisbourne éperonna son cheval et tira son épée. Robin courut à sa rencontre, sauta à pieds joints sur une souche d'arbre pour y prendre appui et bondit sur lui. Le choc arracha Guisbourne de sa selle, et les deux hommes s'effondrèrent lourdement. Robin se redressa le premier. Il arracha l'épée des mains de son adversaire et le menaça à la gorge de la pointe de la lame. Il lança un regard lourd de signification aux hommes qui s'avançaient; ceux-ci ne firent pas un pas de plus et abaissèrent leurs armes.

Robin leur sourit, attendit un instant pour reprendre son souffle, puis, se tournant vers Guisbourne :

— Et maintenant, dit-il sur un ton enjoué, si vous me faisiez l'honneur de me faire connaître le nom de celui que je m'apprête à embrocher ?...

Guisbourne, en colère, voulut donner un nom qui n'avait rien à voir avec le sien. Robin accentua la pression sur sa gorge ; un mince filet de sang coula le long de la blessure dessinée par la fine pointe. Guisbourne resta immobile, s'efforçant de ne pas avaler. Puis il respira profondément et répondit prudemment :

— Je suis Sir Guy de Guisbourne, le cousin du shérif. Ce petit gredin braconnait un cerf appartenant à Sa Majesté le roi. Je ne faisais qu'appliquer la loi...

Il leva la tête vers Robin, qui le regardait d'un air menaçant et inflexible, et perdit de sa superbe.

— Pense à ce que tu es en train de faire, Locksley ! Tu n'as pas sérieusement l'intention de me tuer pour ce sale petit avorton de manant... Je t'en prie, Locksley ! Je t'en supplie !

Robin se souvint du visage désespéré du gamin à la vue de la meute de chiens, hurlant à la mort au pied de l'arbre. L'arrogance indifférente affichée sur le visage de Guisbourne et la soif de sang et de mort qui brûlait dans ses yeux lui revinrent également en mémoire. Il eut alors une telle envie de tuer qu'il eût presque pu en savourer le goût. Ses traits se durcirent. Un bruit lui fit tourner brusquement la tête :

un soldat, qui s'était glissé derrière lui, s'arrêta subitement, immobilisé par un cimeterre planté dans le sol devant ses pieds. Robin lança un regard à Azeem, toujours tranquillement agenouillé sur son tapis de prière. Il lui adressa un large sourire.

— Joli coup.

— Oui, dit le Maure. Je trouve aussi.

Le musulman se mit lentement sur ses pieds. Les deux soldats restants regardèrent, bouche bée, la silhouette noire, comme s'il s'était agi du démon en personne. Azeem leur décocha un coup d'œil qui les fit immédiatement déguerpir, laissant tomber leurs épées. Robin se tourna vers Guisbourne, qu'il maintenait toujours cloué au sol, et poussa un profond soupir. Il était trop tard, et, de toute façon, ce n'était pas dans son tempérament de tuer de sang-froid, même si Guisbourne l'avait mérité. Il se redressa, relevant son adversaire, qu'il secoua violemment. L'autre ne fit pas un geste pour se défendre, ses yeux regardaient fixement dans le vide. Robin le poussa en avant et le regarda droit dans les yeux.

— Du sang versé par vanité et stupidité, j'en ai vu assez pour le restant de mes jours. Je te laisse la vie sauve, Guisbourne. Maintenant, rappelle tes hommes et quitte mes terres. Et raconte au shérif, ton cousin, ce qui arrive aux crapules qui s'en prennent à mes gens.

Il fit pivoter Guisbourne et lui indiqua le chemin en le frappant sur les fesses du plat de son épée. Le vaincu bondit en avant comme s'il avait été piqué par une mouche et trébucha sur Azeem, qui s'affairait à rouler son tapis. Le Maure sourit calmement à l'homme, découvrant ses dents blanches, qui se détachaient nettement sur la couleur sombre de sa peau. Guisbourne ouvrit grand la bouche, sans qu'aucun son n'en sorte, puis se mit à courir à toutes jambes, comme si sa vie était menacée par tous les démons de l'enfer. Sourire aux lèvres, Robin et Azeem le regardèrent s'éloigner, suivi de ses deux soldats et d'une meute de chiens plutôt désordonnée. Robin émit un bref ricanement, se retourna vers le Maure et, lui jetant un regard furieux :

— Tu m'accompagnes sur des milliers de kilomètres uniquement pour me sauver la vie, et, lorsque l'occasion se présente, tu te contentes de me regarder me faire massacrer !

Azeem se dirigea vers le cimeterre fiché en terre et le ramassa nonchalamment. Il se retourna finalement vers Robin.

— Je m'acquitterai de ma promesse au moment où je le jugerai opportun. Je ne vois pas de quoi tu as à te plaindre. Tu es en vie, non ?

Ils se retournèrent vivement tous les deux en entendant des branches craquer. Le jeune garçon descendait prudemment de sa cachette haut perchée. Il s'aperçut qu'on le regardait et s'immobilisa. Robin lui adressa un sourire de réconfort et rengaina son épée.

— N'aie crainte, petit. Descends. Nous ne te voulons aucun mal.

L'enfant reprit lentement sa descente, sans quitter

des yeux Robin et Azeem, puis sauta finalement à terre afin de les examiner de plus près. Il se tenait à moitié accroupi, apparemment prêt à déguerpir au premier mouvement, tel un animal traqué ou un chien si souvent roué de coups qu'il se méfierait de tout le monde.

— Comment t'appelles-tu, mon garçon ? demanda gentiment Robin.

L'enfant renifla rapidement et s'essuya le nez dans sa manche, ses yeux ne cessant de passer alternativement de Robin à son compagnon.

— Petit Loup. On m'appelle Petit Loup.

— Est-ce que Guisbourne a dit la vérité ? demanda Robin. Est-il vrai que tu as tué un cerf ?

Petit Loup sourit.

— Des centaines.

Il se précipita alors dans la forêt et disparut si rapidement que les deux autres eurent l'impression que les bois l'avaient englouti. Robin cligna des yeux et regarda le Maure. Celui-ci secouait doucement la tête.

— Étrange contrée que cette Angleterre.

Robin lui tapa sur l'épaule.

— Allons, étrange ami. Derrière cette colline nous attend de quoi nous chauffer, nous nourrir et dormir, dans un lit si moelleux que tu pourrais te noyer dans la plume. Mon foyer, Azeem... ma maison.

Mais Robin avait le sentiment que quelque chose n'allait pas. L'Angleterre avait changé.

La nuit était tombée. Robin était complètement paralysé devant les ruines de ce qu'avait été le château de Locksley. Des incendies ravageurs avaient déchiqueté la fière demeure. Les hautes tours avaient été réduites à un tas de décombres noircis, et il ne restait de ce que l'on pouvait apercevoir de l'intérieur du château que des murs désertés. Robin fit quelques pas en avant, puis s'arrêta, effrayé à l'idée qu'il puisse rendre la vision d'horreur plus réelle et irréversible en s'approchant encore. Le château avait abrité des générations de Locksley. Il avait été érigé bien des siècles auparavant et Robin avait toujours pensé qu'il serait encore là longtemps après sa mort. C'était sa maison, l'asile, le refuge qui le protégerait de tout ce qui pourrait lui arriver. Pendant toutes ces années passées dans les profondeurs des cachots de Jérusalem, l'image du château de Locksley avait hanté Robin, lui donnant la force et le réconfort nécessaires pour surmonter la douleur. Il n'avait jamais perdu l'espoir de revenir un jour ici et de se sentir à nouveau en sécurité parmi les siens.

Il était enfin de retour, mais le château était en ruine. Et tous ses espoirs et ses rêves étaient bouleversés.

Il s'obligea à s'approcher des décombres. Azeem marchait en silence à ses côtés, sachant qu'aucun discours ne saurait réconforter son compagnon. Les deux hommes escaladèrent un restant de mur et se frayèrent un chemin jusqu'à ce qui avait été la cour.

Les grands pavés étaient craquelés, écrasés et couverts de monceaux de débris provenant des murs noircis. Le feu avait laissé sa trace sur tous les murs, et les taches sombres qui jonchaient le sol ne pouvaient être que du sang. Partout où Robin posait le regard ne régnaient plus que crasse et ordures. Les mauvaises herbes avaient envahi les pierres fendues. La gorge serrée, Robin se mit à appeler dans l'obscurité.

– Père ! c'est Robin ! Il y a quelqu'un ? Vous m'entendez ?

Les murs roussis et les créneaux vides renvoyèrent à Robin l'écho de sa propre voix, rapidement absorbé par le silence. Azeem effleura son épaule et lui désigna sans un mot la muraille du fond. Suspendu tout en haut d'un mur en partie dans l'ombre, un cadavre se décomposait. Les traits du visage avaient totalement disparu, mais la lune éclairait un médaillon autour du cou du malheureux. Robin le reconnut immédiatement. Ce médaillon aux armoiries de Locksley n'était porté que par le seigneur des lieux. Robin hocha la tête, sachant ce que cela signifiait, mais refusant de le croire. Son père ne pouvait être mort. Il ne pouvait pas...

La colère et le chagrin submergèrent Robin. Il pencha la tête en arrière et poussa un hurlement informe dans la nuit, puis tapa du poing contre le mur le plus proche, ensanglantant les articulations de ses doigts. Azeem l'arrêta en posant une main sur son bras, mais Robin ne s'en rendit même pas compte. Pantelant, poings fermés et tête baissée, il était comme un animal aux abois. Au même instant, les deux compagnons entendirent d'inquiétants petits coups frappés près d'eux.

Azeem tira son cimeterre et scruta les alentours. L'ombre enveloppait tout l'espace, assez profonde pour abriter n'importe quoi. Robin se frotta les yeux du revers de la main et tira son épée. L'idée de découvrir un ennemi lui éclaircit les idées, aussi vite que s'il avait reçu un seau d'eau froide sur la tête. Quelqu'un devait payer pour toutes ces horreurs. Le bruit se rapprocha, avec un rythme irrégulier, tel le bruit des doigts de quelqu'un enfermé dans un cercueil, qui tambourineraient contre le couvercle. Robin et Azeem se tenaient côte à côte, brandissant leur épée, lorsqu'ils virent tout à coup sortir de l'ombre un vieil homme bossu, enveloppé dans un manteau à capuchon usé jusqu'à la corde, qui s'aidait d'un bâton. Robin abaissa son épée d'un geste lent, dévisageant le personnage d'un air incrédule.

– C'est toi, Duncan?

La silhouette encapuchonnée s'arrêta brusquement et sembla vouloir se redresser un peu.

– Maître Robin? C'est vraiment vous! C'est un miracle! Je pensais que Dieu nous avait tous abandonnés.

Robin se précipita pour prendre le vieillard dans ses bras et fut choqué de voir à quel point ce dernier était devenu maigre et fragile. Le Duncan dont il avait souvenir était un homme dur et solide malgré

69

son grand âge. La colère envahit à nouveau Robin. Il attrapa Duncan par les bras et le secoua brutalement.

— Sois maudit, Duncan! Comment as-tu pu laisser mon père suspendu ainsi? Pourquoi ne l'as-tu pas fait descendre?

— Je suis désolé, milord, répondit Duncan. Je l'aurais fait si seulement j'avais encore mes yeux...

Il se découvrit la tête d'une main tremblante, et le clair de lune tomba brutalement sur son visage défiguré. De profondes cicatrices lui traversaient la face de part en part, et ses yeux n'étaient plus que deux orbites sombres et vides. La gorge serrée de dégoût, Robin relâcha le vieil homme, mais Duncan se cramponna à lui de toutes ses forces, comme s'il avait peur que Robin ne disparaisse. Ce dernier sentit les larmes lui piquer les yeux, mais il les ravala. Il serait temps de pleurer plus tard.

— Duncan, dit-il enfin, s'efforçant de ne pas laisser sa voix trahir son sentiment d'horreur, que s'est-il passé ici?

Duncan renifla.

— Ils disent que le shérif a surpris votre père en train d'adorer le Diable. Ils disent qu'il s'en est confessé à l'évêque.

— C'est impossible! répondit Robin sur un ton mordant. Mon père était un pieux chrétien. Tout le monde le sait. Y a-t-il eu des témoins?

— Un, répondit sinistrement Duncan. Kenneth de Crowfall. Il est mort, lui aussi. C'est le shérif qui a

70

tout manigancé et donné les ordres, et l'évêque a confisqué les terres de Locksley.

Robin opinait lentement du chef, s'efforçant de ne rien laisser échapper.

— Crois-tu ces accusations, toi, Duncan?

— Non. Je ne les ai jamais crues. Même lorsqu'ils m'ont crevé les yeux pour me faire parler.

— Qui? Qui t'a fait cela? demanda Robin sur un ton de rage et de haine contenue qui fit tressaillir Azeem.

— Sir Guy de Guisbourne, répondit Duncan d'un ton catégorique. Sur ordre du shérif.

Robin étreignit à nouveau le vieux serviteur. Ses yeux, par-dessus l'épaule du vieillard, contenaient tant de haine que les larmes n'auraient su couler.

— Ils paieront pour cela, Duncan, dit-il doucement. Je t'en fais le serment.

4

Ennemis

Le sinistre château de Nottingham surplombait la ville environnante de ses hauts murs silencieux, telle une araignée tissant sa toile. Le château était une véritable forteresse conçue pour surveiller et protéger les routes du Nord, destinées au commerce, et la façade austère et menaçante qu'il présentait au monde en disait long sur ses origines. Les murs de pierre grise s'élevaient dans la nuit, sous les reflets lugubres de la lune, et d'étranges lumières illuminaient ses étroites fenêtres. Le château de Nottingham n'était en aucune façon un lieu accueillant et chaleureux, et ne l'avait d'ailleurs jamais été. Durant sa construction, les pierres de fondation avaient été éclaboussées du sang des esclaves saxons morts sous la hache du bourreau, et leurs fantômes hantaient les lieux, enchaînés aux murs qu'ils soutenaient pour l'éternité. Naturellement, cela n'était qu'une légende, qui valait, d'ailleurs, de se faire rouer de coups ou de perdre une oreille à qui se laissait surprendre par les autorités en place en train de la raconter. Mais tout le monde la connaissait. Ceux qui vivaient dans la ville de Nottingham détournaient leur regard du château et se signaient dès que son nom était prononcé au cours d'une conversation. La seule chose qui soit davantage crainte que le château était l'homme qui y régnait en maître, ainsi que sur la ville. Le shérif de Nottingham.

Ces pensées traversèrent l'esprit de Sir Guy de Guisbourne tandis qu'il dévalait le couloir silencieux et désert qui conduisait aux quartiers privés du shérif. Ce dernier n'aimait pas les porteurs de mauvaises nouvelles, mais il devait savoir que Robin de Locksley était de retour. Le vieux lord avait été un personnage populaire très respecté, et nombreux étaient ceux qui refusaient encore de croire aux accusations portées contre lui. Si Robin de Locksley tentait de rallier ceux-ci à sa cause et de faire la lumière, un grand nombre de choses qui ne devaient en aucun cas être mises à jour referaient sans doute surface. Guisbourne contourna le dernier recoin et jeta un regard furibond au soldat qui gardait la lourde porte en bois. Celui-ci s'inclina avec respect, mais ne montra aucunement l'intention de relever sa hallebarde ou de s'écarter.

— Pousse-toi, abruti, grogna Guisbourne. Je dois voir le shérif.

— Excusez-moi, Sir Guy, lui dit le garde très respectueusement, mais Lord Nottingham a donné ordre de ne pas le déranger.

Guisbourne lui décocha un violent coup de poing

sous la ceinture et l'écarta du passage lorsqu'il se fut écroulé. Il ouvrit la porte sans frapper et fit irruption dans la pièce, les narines tout émoustillées par la lourde odeur de parfum et d'encens qui régnait chez le shérif. Il referma la porte avec précaution, s'avança et fit la révérence devant l'homme assis en face de lui.

Le shérif de Nottingham était un homme grand et mince, d'une trentaine d'années, dont les traits durs soulignaient les yeux froids et sombres. Le visage était beau en dépit de sa brutalité inflexible, et le vague sourire qui planait sur sa bouche dégageait peu de chaleur, et encore moins d'amabilité. Il était toujours vêtu des soies les plus fines, qu'il portait avec une élégance désinvolte, très peu étudiée. Il trônait sur sa chaise, une fille à demi nue accroupie à ses pieds. L'homme caressait avec indifférence les épaules nues, tout en observant Guisbourne. La fille ne pouvait réprimer un tremblement à ce contact, tel un chien de compagnie attendant une punition inévitable. Le shérif dévisagea Guisbourne des pieds à la tête, notant le délabrement et la crasse de son accoutrement, et leva enfin un seul et unique sourcil dans une élégante grimace.

— Eh bien, cousin, j'espère que tu peux justifier une pareille intrusion. Je n'aimerais pas penser que tu interromps ainsi mon plaisir pour une malheureuse question de vie ou de mort. Cela dit pour ton bien.

— J'ai rencontré un homme en capuchon

aujourd'hui, dit Guisbourne, regardant son interlocuteur droit dans les yeux. Il m'a demandé de vous avertir que vous ne devez pas toucher à *ses* gens.

Le shérif regarda la fille assise à ses pieds. Elle commençait à rassembler ses haillons pour couvrir sa nudité, mais s'arrêta net quand elle sentit le regard fixé sur elle. Elle leva lentement les yeux vers Nottingham et se remit à trembler au son de sa voix.

– Qui t'a demandé de te couvrir ? demanda le shérif d'un ton calme et maîtrisé. La fille reposa ses vêtements d'un geste rapide, presque hystérique. Le shérif se tourna alors à nouveau vers Guisbourne.

– Cet homme en capuchon, porte-t-il un nom ?

– Robin, répondit Guisbourne. Robin de Locksley.

Le shérif sourit lentement.

– Tiens, le fils prodigue est de retour. Comme c'est fâcheux pour lui. Ce n'est qu'un petit morveux. Même cette fille en viendrait à bout.

– Ce petit morveux a abattu quatre de mes hommes en un clin d'œil !

– Tes hommes étaient probablement ivres. Je remarque que tu t'en es sorti sain et sauf, cousin.

Guisbourne rougit sous la colère, mais s'efforça de parler sur un ton neutre.

– J'ai simplement sauvé ma vie. Locksley est accompagné. Un étranger à la peau noire tatouée aux marques de l'Islam. Il manie dangereusement l'épée sarrasine.

Dans le mur, derrière le fauteuil du shérif,

dissimulé aux deux hommes, un œil brillant épiait la scène par un petit trou secret. Il disparut brusquement.

Le shérif poussa un long soupir et interrompit les explications de Guisbourne d'un geste désinvolte de la main.

— Oui, oui, je suis certain qu'il t'aurait fallu une armée entière pour venir à bout de ces deux coquins. Des hommes abominables, cela ne fait aucun doute.

Il s'arrêta et sourit pensivement.

— J'imagine que le jeune Locksley a eu le temps de retrouver la demeure familiale et de constater que les cendres étaient encore chaudes...

Il gloussa gaiement, indifférent à la tempête qui faisait rage sur le visage de son cousin, mais se raidit sur son siège au son lugubre d'une cloche lointaine. Celle-ci ne sonna que quelques instants, mais le shérif bondit sur ses pieds, ne laissant pas le temps à l'écho de s'éloigner. Il sourit de toutes ses dents à Guisbourne.

— L'heure des présages, cousin.

Guisbourne attendit que Nottingham se soit tourné à nouveau vers la fille, toujours accroupie à ses pieds, et roula les yeux de dégoût. Le shérif prit la main de la fille dans la sienne et l'approcha de ses lèvres, comme pour y déposer un baiser. Les yeux écarquillés et la bouche pitoyablement tremblante, elle n'osa pas retirer sa main. Le shérif appuya la paume de la malheureuse contre ses lèvres et la mordit violemment. La fille hurla, autant à la vue du sang qui coulait le long de son bras qu'à la brutale sensation de douleur. Il lui lâcha la main et lécha le sang resté sur ses lèvres.

— Ce soir, très chère, je t'apprendrai que le plaisir et la souffrance ne font souvent qu'un.

Il rit doucement, puis tourna les talons et quitta la pièce, sachant que la fille attendrait sagement son retour. Elle ne pouvait pas s'échapper, et, après tout, l'attente ne faisait que prolonger certains plaisirs.

Guisbourne suivait le shérif dans l'escalier en colimaçon, qui s'enfonçait dans les sombres entrailles du château. En dépit de tous ses efforts pour maintenir sa torche le plus haut possible afin d'éclairer le chemin, l'obscurité les oppressait de sa présence vivante et menaçante. Le shérif, assez indifférent à cela, fredonnait même en descendant les marches. La mine renfrognée, Guisbourne gardait sa main libre à proximité de son épée. Il avait déjà emprunté ce chemin en compagnie de son cousin pour aller consulter les sciences occultes, mais il ne s'y serait jamais aventuré seul. L'obscurité grouillait de rats et d'autres choses invisibles, et la personne qui avait choisi de s'installer dans ces profondeurs ne comptait pas parmi ses amis. Le pied de Guisbourne glissa sur l'une des marches, dont la pierre était usée, et il grommela un juron dans sa barbe.

— Tu as dit quelque chose, cousin? demanda le shérif d'un ton badin.

— Puisque vous me le demandez, cousin, je vous dirai que c'est de la folie d'aller consulter la sorcière à ce propos.

Le shérif émit un petit rire.

— N'aie crainte, cousin. La folie a ses raisons que la raison n'a pas.

Guisbourne ne pipa mot, le shérif gloussa à nouveau. L'escalier prenait déjà fin et le Nottingham conduisit Guisbourne le long d'un étroit couloir qui débouchait sur une simple porte en bois. Guisbourne jeta un coup d'œil rapide aux dessins blasphématoires gravés sur la porte et détourna aussitôt son regard. Le shérif sortit d'une poche secrète une lourde clé de cuivre, qu'il tourna maladroitement dans l'énorme serrure. Puis il poussa la porte, et la lumière surgit dans le couloir. Cette lueur pâle et malsaine fit hésiter Guisbourne quelques instants, mais il pénétra enfin dans la pièce à la suite de son cousin et referma la porte.

Le fond de la pièce, tout en longueur, baignait dans l'obscurité. Une table affaissée était couverte d'une multitude d'instruments d'alchimie, des potions gouttaient et bouillonnaient dans des éprouvettes de verre fragile et des pots d'étain. Le mobilier s'arrêtait là, le sol était jonché de paille crasseuse. L'endroit dégageait une odeur fétide de crasse, de pourriture et de produits chimiques brûlés. Guisbourne déposa sa lanterne par terre avec précaution, sans l'éteindre. Sa lumière saine et naturelle le réconfortait. La pièce était simplement illuminée par une douzaine de chandelles noires et un unique brasero. Le shérif se racla la gorge et s'adressa à la pénombre.

– Mortianna ? Je viens consulter l'oracle.

D'étranges gargouillis surnaturels et rauques lui parvinrent en réponse. Les ombres semblèrent bouger et s'allonger, comme si ce nom lui-même avait un pouvoir sur elles. Un gloussement retentit brusquement, et une silhouette tordue et simiesque sortit de l'ombre en dansant et tournant sur place. Sa peau couleur de lait et ses cheveux de neige semblaient presque briller dans l'obscurité ; elle dansait avec une grâce qui masquait son grand âge et sa silhouette déformée. Le front perlé de sueur, Guisbourne serrait les poings. La danse de la vieille lui rappelait celle qu'elle avait effectuée devant les pierres, la nuit où ils avaient été surpris près du domaine de Locksley. Pourquoi recommençait-elle maintenant ? Elle ne pouvait pas savoir que le jeune Locksley était de retour. C'était impossible...

La vieille sorcière albinos s'arrêta juste devant eux et leur adressa un sourire entendu. Il était difficile de lui donner un âge, elle pouvait avoir entre quarante et cent ans. Sa chair était marquée et ridée, mais son corps dégageait une énergie puissante. Elle portait une robe en loques, vestige de ce qui avait dû être une élégante parure en son temps, ainsi qu'un horrible collier de pattes de poulet séchées. Le shérif s'éclaircit à nouveau la voix, et la vieille darda sur lui ses yeux injectés de sang.

– Tu as appelé, Mortianna, dit le shérif patiemment. As-tu quelque chose à me dire ?

La vieille sourit et se dirigea précipitamment vers la table. Elle écarta les pots de verre et d'étain à l'une des deux extrémités, sans se préoccuper de savoir s'ils étaient en cours d'utilisation ou non, et posa un plat devant elle. Elle jeta un coup d'œil à ses deux visiteurs par-dessus son épaule, la tête légèrement de côté, tel un oiseau de proie attentif. Le shérif s'approcha à son tour de la table, tandis que Guisbourne tentait de se faire aussi discret que possible. D'un geste brusque et rapide, la vieille sorcière fit apparaître comme par enchantement un énorme œuf d'oie. Elle le fit rouler dans sa main pendant quelques instants, puis le cassa en deux entre ses ongles. Une immonde mixture de sang et d'albumen tomba dans le plat avec éclaboussements. Guisbourne recula de dégoût.

– Mon Dieu, cousin...

– Silence ! coupa court le shérif, sans quitter la sorcière des yeux. Ne prononce pas ce nom ici. Regarde et apprends.

Mortianna leur sourit à tous les deux et secoua le contenu d'une petite bourse de cuir au-dessus du plat couvert de sang. La vieille agita ensuite les morceaux de bois gravés de runes qui nageaient dans le sang et observa de ses yeux ardents les formes dessinées. Son regard extralucide se perdit dans le vague, les commissures de ses lèvres se couvrirent d'écume tandis qu'elle s'exprimait avec peine. Le shérif se pressa contre elle, pendu à ses lèvres, tentant de partager les visions qui apparaissaient. Il avait déjà rendu maintes visites à Mortianna, et ses rites ne provoquaient aucune terreur en lui. Il avait fait pire en son temps, et il était prêt à recommencer si cela devait s'avérer nécessaire. Il observa le visage déformé de la vieille avec l'avidité concentrée du connaisseur, fronçant les sourcils à chaque mot que celle-ci prononçait en chuintant.

— Je vois le fils d'un homme mort...

— Est-ce qu'il nous veut du mal ? demanda prudemment le shérif.

— Il précède le Cœur de Lion.

Le shérif grimaça et lança un coup d'œil à Guisbourne.

— Le roi Richard rentrerait-il de croisade ? Cela risque d'intimider nos barons. Au plus mauvais moment. Est-ce pour bientôt, Mortianna ?

La sorcière inclina le plat, et les runes s'agitèrent brutalement dans le sang.

— Tu dois faire vite...

Guisbourne regarda la mixture sanguinolente d'un air peu convaincu et fronça le nez. Mortianna s'en aperçut et poussa un grognement informe. Elle se pencha au-dessus du plat. Une rune, sortant d'on ne sait où, tomba dans le sang. Elle resta seule dans un coin ; elle portait le symbole d'une tête de mort. La sorcière eut un mouvement de recul, poussa un hurlement d'horreur et repoussa violemment le plat, qui tomba sur le sol. Se ruant sur Guisbourne, elle le saisit à la gorge de sa main osseuse et le jeta en travers de la table.

— Qui est-ce ? cria-t-elle en lui postillonnant à la figure. Qui as-tu vu ?

Guisbourne cherchait ses mots, désarmé par l'intensité des émotions de la vieille femme.

— Personne ! Je n'ai vu personne !

— Tu mens !

Mortianna relâcha sa prise et, d'un bond, s'écarta de la table, puis s'accroupit, tel un animal aux abois.

— Qu'est-ce qui ne va pas ? demanda le shérif. Dis-moi.

— J'ai vu notre mort ! gémit Mortianna, puis elle pivota sur ses talons, comme si elle redoutait une attaque par surprise. Il y a un homme peint ! Il hante mes rêves... Sa peau est aussi noire que la nuit ; elle est ornée de dessins étranges et mystérieux !

Le shérif lança un regard triomphal à Guisbourne, qui lui répondit par un hochement de tête apeuré. Il n'avait parlé à personne d'autre qu'au shérif de l'étrange personnage qui accompagnait Locksley. La vieille sorcière n'avait aucun moyen de savoir...

— Crois-tu toujours que ce soit de la folie, cousin ? demanda doucement le shérif. Elle a le pouvoir. Elle a guidé mon père, et maintenant c'est moi qu'elle guide.

Mortianna agrippa le bras du shérif de ses mains tremblantes et lui jeta brutalement à la face :

— Ils nous menacent tous ! L'homme au capuchon, l'homme peint ! Tue-les ! Tue-les tous les deux !

Elle serra fortement le shérif dans ses bras et enfouit son visage au creux de sa poitrine. Il la caressa gentiment et sourit à Guisbourne.

— Cousin, je te confie cette tâche. Montre au jeune Locksley qu'il a commis une erreur en te laissant la vie sauve. Sa dernière erreur.

5

Marianne

Quelques rayons épars de soleil mordoré perçaient à travers les arbres dans la brume matinale, tandis que l'aube se levait sur les ruines du château de Locksley. Quelques gazouillis timides résonnaient dans les bois, mais l'atmosphère restait calme, les gens encore à moitié endormis se montrant peu désireux d'affronter cette nouvelle journée. Robin était assis près de la tombe de son père, les yeux perdus dans le vide. La tombe grossière ressemblait plutôt à un vague promontoire de terre surmonté d'une croix façonnée à l'aide de deux petites branches retenues par une lanière. Le seigneur des lieux méritait mieux. Mais il est vrai qu'il aurait également mérité meilleure mort. Robin, apathique, ressassait interminablement les mêmes pensées, sans pouvoir fixer son attention sur l'une ou l'autre. Son père était mort, le château tombait en ruine, ses terres et son héritage étaient confisqués. Toutes les raisons qu'il avait eues de rentrer au pays, toutes les raisons qui l'avaient poussé à survivre s'étaient envolées. Il tenait dans sa main le médaillon aux armoiries du domaine et le retournait sans cesse, sans même le regarder, comme si celui-ci pouvait lui fournir une réponse, lui suggérer une nouvelle raison de vivre.

Debout à proximité, Duncan et Azeem conversaient à voix basse. Ils semblaient s'inquiéter de quelque chose, mais Robin n'était pas en mesure d'y prêter un quelconque intérêt. Finalement, Azeem se mit en devoir de rassembler leurs affaires, et Duncan s'avança en trébuchant près de Robin, frappant le sol de son bâton pour trouver son chemin. Robin l'entendit approcher, mais ne se retourna pas. Au dernier moment, il leva un bras afin de l'empêcher de fouler involontairement la tombe de son maître. Duncan saisit avec reconnaissance la main tendue.

— Il vous a aimé jusqu'à son dernier souffle, mon jeune maître, dit-il. N'en doutez pas. Il n'a jamais abandonné l'espoir de vous revoir un jour.

Robin posa les yeux sur la croix grossière qui ornait la tombe de son père et dit, en s'adressant plus à elle qu'à Duncan :

— Les dernières paroles que nous avons échangées ont été prononcées dans la colère. Il disait que les croisades n'étaient que folie. Je l'ai accusé d'avoir tué ma pauvre mère.

Duncan pressa légèrement la main de Robin, mais ne l'interrompit pas. Tous deux savaient que certaines choses devaient être dites. Robin prit une profonde inspiration et expira lentement.

— J'ai dit... des choses terribles. J'étais hors de

moi. Je voulais le blesser. Et, maintenant, il est trop tard pour réparer... Pardonnez-moi, père, je vous en supplie.

— Il vous a pardonné, mon jeune maître, dit Duncan d'un ton ferme. Mais, vous l'avez assez pleuré. Maintenant, il est temps de penser à vous. Vous devez fuir, partir pour trouver refuge. Allez vers le Nord. Des cousins à vous prendront soin de vous, làbas. Vous ne pouvez pas rester ici. Guisbourne va chercher à se venger de vous et de votre ami.

Robin hocha lentement la tête, puis se leva en dégageant doucement sa main de celles du vieillard. Le nom de Guisbourne lui avait apporté la réponse qu'il cherchait. Lorsqu'il n'y avait plus rien, il restait toujours la vengeance. Il jeta un dernier regard au monticule de terre, et ses yeux s'embuèrent, ses larmes contenant autant de colère que de désespoir. Il sortit son couteau et le brandit devant lui. Le soleil du petit matin se refléta sur la lame, rouge comme le sang, rouge comme la haine.

— Père, je fais le serment de n'avoir de repos que je ne vous aie vengé. J'en fais le serment sur mon honneur et sur mon sang.

Il s'entailla délibérément la paume, et le sang coula sur la tombe. Azeem s'était précipité en voyant Robin sortir son couteau, mais s'était arrêté en se rendant compte qu'il n'y avait pas de danger immédiat. Robin le regarda dans les yeux.

— Mon pays est sens dessus dessous, Azeem, mais il reste mon pays. Cela ne te concerne pas. Rentre chez toi.

Azeem soupira et détourna son regard vers l'horizon.

– Si je te laissais maintenant, mon ami, tu ne réussirais qu'à te faire tuer.

Il se tourna alors vers Robin, et chacun put lire dans les yeux de l'autre le malheur et la souffrance. Azeem tendit la main à Robin, qui la prit dans la sienne et la serra. Le sang coula à nouveau et goutta sur le sol, scellant ainsi un pacte tacite de mort, de violence et de justice. Ils jetèrent ensuite leur baluchon sur l'épaule, attrapèrent Duncan par le bras et s'engagèrent sur le sentier qui devait finalement les conduire à Nottingham.

Peu après, la pluie se mit à tomber, transformant la terre en boue. Des nuages noirs masquèrent le soleil, ils se retrouvèrent trempés jusqu'aux os. La visibilité était réduite à quelques mètres, et les environs prenaient une allure macabre. Les arbres se dressaient indistinctement dans la brume et formaient des ombres sinistres. Les hommes persévérèrent malgré la tempête et les bourrasques de vent glacial. Loin de tout village, ils s'aventuraient de temps à autre à travers la carcasse d'une maison ou d'une grange ravagée par un incendie. Robin avait entendu parler de l'horrible traitement que les hommes du shérif infligeaient à ceux qui ne voulaient ou ne pouvaient pas payer leurs impôts, mais il avait toujours pensé qu'il s'agissait de rumeurs ou d'exagérations. Cependant, plus ils s'enfonçaient vers le Nord, plus les signes de dévastation et d'agitation se faisaient nombreux, de sorte que Robin finit par avoir le sentiment de traverser une région dont le peuple aurait été purement et simplement maintenu en état de siège.

Les trois hommes firent halte à un croisement afin de vérifier leur position. Un cadavre en état de décomposition avancée pendait à un gibet. Attendant patiemment sous la pluie, tandis que Robin et Azeem regardaient fixement le corps de l'homme mort, Duncan frissonna violemment de froid. Robin enleva sa cape et son capuchon pour emmitoufler son vieux serviteur.

— Non, milord, dit Duncan, choqué. Je ne peux pas vous laisser avoir froid tandis que moi je me réchauffe. Ce n'est pas convenable.

Robin sourit brièvement.

— Oublie la bienséance, mon vieil ami : il n'y a plus de règles pour des hommes des bois tels que nous.

Ils reprirent leur marche en silence, la tête baissée pour se protéger de la pluie. Soudain, Azeem grommela quelques mots dans sa propre langue. Robin lui lança un regard inquisiteur, et celui-ci renifla bruyamment.

— Je n'ai jamais vu tempête aussi longue et aussi obstinée. Ce pays ne connaît-il donc pas l'été ?

Robin ne put réprimer un petit rire.

— Mais, c'est l'été.

Azeem lui jeta un regard furieux et secoua

lentement la tête. Ils reprirent leur pénible progression à travers le vent et la pluie. La tempête s'estompa peu à peu pendant l'heure qui suivit, mais l'air demeurait glacial. La vue d'un mince filet de fumée qui s'élevait dans les airs un peu au-delà d'un bois redonna du cœur à Robin, et il accéléra le pas. Prenant les devants, il s'engagea sur un chemin de terre inégal et tortueux qui déboucha sur un vieux muret de pierres sèches. Derrière s'élevait un vaste manoir trapu au toit de chaume. Robin hocha la tête lentement et parut légèrement soulagé. Cela faisait bien longtemps qu'il n'avait pas rendu visite au manoir Dubois, et il n'avait pas été certain de retrouver le chemin. Il était souvent venu jouer ici lorsqu'il était enfant, mais cela faisait plus de quinze ou vingt ans. L'endroit lui paraissait beaucoup plus petit qu'il ne l'était dans son souvenir, mais sans doute était-ce normal.

— Où sommes-nous ? s'enquit Azeem.

— C'est la maison de Pierre, répondit Robin. Je lui ai prêté serment, t'en souviens-tu ? Cela fait plus de six ans qu'il a quitté le manoir pour m'accompagner dans la glorieuse aventure qui nous a conduits jusqu'en Terre sainte. Mais je reviens sans lui. En tout cas, nous devrions trouver ici nourriture et abri.

— Et des vêtements secs ? demanda Azeem.

— Je ne vois rien contre, lui dit Robin. La famille Dubois et les Locksley sont de bons amis depuis des générations.

Il retrouva la grille qui coupait le mur et les mena

devant l'imposante porte d'entrée. Il frappa poliment, patienta quelques instants, puis tambourina contre la porte avec son poing. Après un long silence, un judas coulissant s'ouvrit dans la partie supérieure de la porte, découvrant le visage de ce qui devait être la plus vieille femme que Robin ait jamais vu. Il lui adressa son sourire le plus poli.

— Nous n'ouvrons plus aux mendiants! dit la vieille sur un ton sec avant de refermer violemment le judas.

Robin cligna des yeux, puis recommença à marteler la porte. Le judas se rouvrit, et le visage à la mine renfrognée réapparut.

— Nous ne sommes pas des mendiants, dit vivement Robin. Allez dire à la maîtresse de maison que Robin de Locksley la demande.

— Impossible, rétorqua la vieille femme. La dame n'est pas là.

Robin sourit obstinément, ne prêtant aucune attention aux grimaces de ses compagnons.

— Très bien. Dans ce cas, est-ce que damoiselle Mariane est chez elle?

— Peut-être bien que oui, lui répondit la vieille, peut-être bien que non.

Elle s'apprêtait à refermer le judas quand Robin glissa sa main dans l'ouverture pour l'en empêcher. La vieille n'interrompit pas son geste pour autant. Robin hurla et retira ses doigts écrasés. Le judas se referma. Robin enfouit sous son bras sa main qui commençait à l'élancer et se mit à danser de douleur sous le regard très intéressé d'Azeem.

– Il semble que l'hospitalité dans ton pays soit aussi chaleureuse que le climat, fit remarquer le Maure.

Robin lui lança un regard furieux, puis se tourna à nouveau vers la porte. Mort de froid, de fatigue et trempé, il n'avait aucune intention de mettre la place à feu et à sang. Il tourna donc les talons à regret. Ils ne pouvaient pas se permettre d'attirer l'attention sur eux. Il fit signe à Azeem d'aider Duncan afin qu'ils puissent se remettre en route. C'est alors que le bruit d'un pêne que l'on retirait de son support parvint jusqu'à lui. Il s'arrêta et se retourna. La porte s'entrebâilla. Après un bref temps d'arrêt, la vieille femme s'éclaircit la voix et dit tristement :

– Laissez vos armes.

Les trois hommes s'avancèrent. Robin entama un discours de remerciements empreints de reconnaissance. La porte s'ouvrit un peu plus, et la vieille désigna Robin de son doigt décharné.

– Seulement vous. Pas eux.

Robin s'apprêta à protester, mais s'interrompit. Azeem et, plus particulièrement, Duncan avaient besoin de se réchauffer et de s'abriter, mais il n'obtiendrait visiblement rien de plus de cette vieille femme. Elle se comportait comme un chien de garde. D'ailleurs, elle en avait l'air. La seule chose à faire était d'attendre de pouvoir parler à celui ou celle qui gérait la maisonnée et d'espérer pouvoir le ou la convaincre qu'il n'y avait à craindre aucune mauvaise intention. Robin déboucla la ceinture de son fourreau et le tendit au Maure, puis il serra le bras de Duncan d'un geste réconfortant et s'élança dans l'embrasure de la porte pour pénétrer dans le sinistre vestibule qui se trouvait derrière. La porte se referma violemment, et le pêne fut remis en place. Azeem hocha la tête et passa le ceinturon de Robin autour de son épaule. Duncan frémit, fit une moue et donna un coup de pied dans une motte de terre.

— Que la vérole emporte les Maures et les Sarrasins! s'écria-t-il brusquement. S'ils ne se comportaient pas comme des païens sauvages, maître Robin ne nous aurait jamais quittés pour partir là-bas, et rien de tout cela ne serait arrivé! Je n'ai jamais été traité de cette façon de toute ma vie.

Il continua à marmonner sa révolte pendant quelques instants, puis il se rappela qu'il n'était pas seul. Il tourna alors vaguement la tête dans la direction d'Azeem et tenta de trouver quelque chose à dire. La conversation polie n'avait jamais été son point fort.

— Azeem... dites-moi, quelle sorte de nom est-ce là? Vous êtes irlandais, peut-être? Ou de Cornouailles?

— Vous chauffez, dit Azeem. Je suis maure.

L'expression d'horreur qui envahit le visage de Duncan à cet instant compensa largement la journée qu'Azeem venait de vivre.

A l'intérieur du manoir, la vieille femme conduisit Robin dans la grande salle et lui dit de ne pas en bouger, lui recommandant de ne toucher à rien. Après lui avoir jeté un dernier coup d'œil méfiant, elle s'éloigna d'un pas lourd et disparut en haut de l'escalier qui se trouvait au fond de la salle. Robin regarda autour de lui et tenta de sécher ses vêtements et ses cheveux. La salle était spacieuse, principalement meublée d'une longue table, et décorée aux murs de l'habituelle collection de têtes de cerf et de sanglier empaillées. Robin en gardait le souvenir de ses visites enfantines. Il ne les avait jamais aimées. A l'époque, il était convaincu qu'elles le suivaient des yeux dès qu'il avait le dos tourné. Sur le mur d'en face, était accrochée la traditionnelle galerie de portraits des ancêtres. La plupart des aïeux avaient l'air particulièrement de mauvaise humeur au moment où ils avaient posé pour le peintre. Robin ne leur avait jamais accordé beaucoup d'attention. Il entendit des craquements provenant d'un balcon en surplomb et leva rapidement la tête pour voir qui se trouvait là. Il se sentit vaguement coupable, comme si la personne qui était là savait ce qu'il venait de penser. Une silhouette indistincte, à moitié dissimulée dans l'ombre, baissa les yeux vers lui.

– Qui êtes-vous ? demanda une voix de femme.

Robin lui adressa son plus beau sourire.

– Toutes mes excuses pour cette intrusion. Je suis Robin de Locksley.

– Vous mentez, lui fut-il répondu d'un ton sec. Robin est mort. Avancez dans la lumière, que je voie mieux votre visage. Maintenant, tournez-vous.

Robin s'exécuta tout en continuant obstinément de sourire.

– Qu'aimeriez-vous que je fasse maintenant? Que j'esquisse quelques pas de danse? Qui êtes-vous?

– Damoiselle Marianne, répondit la silhouette d'un ton hautain.

– Eh bien, montrez-vous, belle enfant, dit Robin. Vous n'avez rien à craindre de moi. Nous nous connaissons depuis notre enfance.

La femme avança dans la lumière, et Robin réprima le brusque désir de faire plusieurs pas en arrière. Il était fort possible qu'il ait rencontré, quelque part au cours de ses voyages, une femme plus grasse et plus laide que celle qui se penchait au-dessus de lui, mais il voulait bien être pendu s'il s'en souvenait. La dernière fois qu'il avait vu pareil visage, il s'agissait d'une gargouille qui grimaçait un sourire narquois du haut d'une cathédrale.

– Marianne, dit-il, s'efforçant de garder le sourire, les années vous ont épargnée. Vous n'avez pas changé.

– Merci.

Elle adressa un sourire à Robin. Du moins pensat-il que cela devait en être un. Elle se rappela à qui elle avait affaire, et le sourire s'évanouit.

– En l'absence du roi, nous devons nous méfier des hors-la-loi. Et, en tant que parentes de Sa Majesté, nous devons également prendre garde à ne pas nous faire enlever en ces temps d'anarchie. Bien, vous m'avez parlé, puisque tel était votre souhait. Maintenant, quittez ces lieux.

— Volontiers, milady, dit Robin sur un ton gracieux, mais j'ai fait le serment de vous protéger.

Elle se mit à rire.

— Me protéger ? Robin de Locksley n'a jamais été qu'une petite brute gâtée.

Robin se raidit soudain en entendant des pas feutrés derrière lui, mais, avant qu'il n'ait eu le temps de se retourner, il sentit la pointe d'une épée s'enfoncer dans son dos. Il leva lentement les bras pour montrer qu'il avait les mains vides et jeta un regard inquisiteur par-dessus son épaule. Un homme tout de noir vêtu, le visage dissimulé sous un haume métallique, le tenait en respect de la pointe de son arme.

— Comme vous pouvez le voir, continua la voix au-dessus de lui, nous sommes déjà bien protégées. Maintenant, partez.

— Attendez, Marianne, laissez-moi vous expliquer...

Robin s'interrompit, car la pression de l'épée se faisait plus forte dans son dos. Il décida alors qu'il en avait suffisamment enduré comme ça pour la journée. Il pivota brusquement pour faire face à son adversaire; tâtonnant pour saisir son arme, qu'il n'avait pas, et fixa l'attaquant.

— Vous êtes vraiment courageux pour vous en prendre à un homme désarmé. Que faites-vous lorsque vous vous sentez particulièrement brave ? Vous prenez votre adversaire par surprise, dans l'obscurité, pendant son sommeil ?

La silhouette désigna la porte d'un geste de l'épée. Aussitôt que la lame se fut écartée de lui, Robin envoya un coup de pied dans le genou de l'homme masqué. Celui-ci chancela en arrière, perdit l'équilibre, et Robin lui arracha l'épée des mains. Celle-ci tomba entre eux. Robin tendit la main pour la saisir, mais son adversaire poussa violemment l'épée du pied et la mit hors d'atteinte. Il sortit alors une dague d'un fourreau dissimulé et força Robin à reculer rapidement. La salle ne comportait que deux issues, et l'homme masqué se trouvait en parfaite position pour bloquer le passage. Il s'avança, brandissant sa dague. Robin virevolta et courut vers le mur le plus proche. L'homme masqué le poursuivit, puis s'arrêta lorsqu'il vit Robin se retourner, armé d'une tête de cerf, qu'il avait arrachée au mur. Ils se firent face quelques instants, puis l'homme masqué bondit en avant et trancha d'un coup violent les bois du cerf. L'acier y pénétra comme dans de la paille.

Dehors, Azeem et Duncan se retournèrent en entendant le bruit de la rixe qui leur parvenait de l'intérieur. Azeem se précipita sur la porte. Celle-ci trembla sous son poids, mais ne céda pas. Il recommença, grognant sous l'effort. Duncan promenait son regard vide autour de lui, brandissant farouchement son bâton.

– Azeem, mettez-moi face au danger ! Je suis prêt à me battre !

Le Maure hocha la tête, puis se jeta à plusieurs reprises sur la porte avec l'intention de la défoncer de ses violents coups d'épaule.

Pendant ce temps, dans la grande salle, des bois de cerf volaient en éclats. L'homme masqué forçait Robin à battre en retraite afin d'échapper à la charge. Il para le coup et usa des bois comme il put, mais la dague taillait rapidement ceux-ci en pièces. Ne lui restant plus dans les mains finalement qu'un petit morceau, Robin envoya la tête de cerf sur son assaillant et lui sauta dessus. Il réussit à saisir la main qui tenait la dague, fit pivoter l'homme et lui écrasa la main contre le mur jusqu'à ce que ses doigts lâchent l'arme. Ils luttèrent corps à corps, et Robin se rendit alors compte qu'il était nettement plus fort que l'inconnu. Il se rua sur lui les deux poings en avant, et l'homme s'effondra. Robin l'immobilisa pendant quelques instants, le temps de reprendre son souffle, puis arracha le masque métallique. Une longue chevelure dégringola en cascade, et Robin écarquilla les yeux à la vue de la splendide jeune femme, qui lui lançait un regard furieux.

La porte s'ouvrit brusquement, et Azeem fit irruption, brandissant son cimeterre.

Robin se retourna, surpris, et la jeune femme en profita pour lui envoyer un coup de poing dans l'entrejambes. Robin tomba à genoux à côté d'elle et lui sourit, les dents serrées.

– Bonjour, Marianne.

Quelque temps plus tard, une fois que tout le monde eut récupéré, Robin et Marianne sortirent dans la cour, devant le manoir Dubois. Marianne regardait d'un air hébété la bague que lui tendait Robin. C'était le bijou que Pierre lui avait remis dans la ruelle sombre de Jérusalem. Robin détourna la tête afin de respecter l'intimité de la jeune femme, tandis qu'elle prenait conscience de la mort de son frère. Le manoir était encerclé des deux côtés par des collines rocailleuses, sur lesquelles on pouvait distinguer çà et là un mouton paisiblement occupé à brouter. La pluie avait cessé, et le soleil dardait à nouveau ses rayons à travers les nuages. Marianne ne voyait rien de tout cela, son regard était rivé sur la bague qu'elle tenait dans sa main, son esprit perdu dans une ruelle de Jérusalem qu'elle n'avait jamais vue.

– En êtes-vous certain ? demanda-t-elle enfin. Êtes-vous certain qu'il soit mort ?

– Oui, répondit Robin avec douceur. Il a combattu avec courage, jusqu'à la fin.

Marianne le regarda, les yeux soudain pleins de défi, la voix étranglée par la colère et l'angoisse.

– Pourquoi mon frère aurait-il désiré me faire protéger par le garçon qui mettait le feu à mes cheveux quand nous étions enfants ?

– Parce qu'il savait que des années de guerre et de prison peuvent changer un homme.

Marianne tenta de rétorquer, mais l'angoisse lui serra la gorge et étrangla totalement ses paroles. Robin voulut passer un bras autour de ses épaules, mais il s'arrêta en la sentant se raidir à son contact.

Il retira son bras, et Marianne sécha ses yeux avec son mouchoir, refusant obstinément de céder aux larmes.

— Je transmettrai vos condoléances à ma mère, qui est à Londres, dit Marianne en grimaçant.

— Je pense que vous seriez plus en sécurité à ses côtés.

— La vie à la Cour, tous ces bavardages, ces intrigues ne m'intéressent pas, rétorqua-t-elle d'un air moqueur.

— Vous êtes seule, alors ?

— Pas vraiment.

Marianne lui indiqua de la main les manants en haillons, attroupés devant la porte de la cuisine, qui quémandaient la nourriture simple offerte par la maison. Tous ces gens avaient l'air abattu et très mal nourris, ils portaient ce qu'il restait de leurs maigres possessions sur leur dos, tels des réfugiés de guerre. Leurs visages creux n'avaient plus que la peau et les os, et les enfants silencieux promenaient autour d'eux des yeux caves apeurés. A leur vue, le visage de Marianne fut à nouveau envahi par la colère.

— Ces temps durs m'ont amené de nombreuses bouches à nourrir. Pendant que vous étiez partis avec mon frère jouer les héros, le shérif de Nottingham a pillé le comté.

Elle lança un regard furieux et plein de reproches à Robin, semblant dire que tout cela était de sa faute. Il lui retourna un regard assuré, tout en s'efforçant de ne pas perdre son sang-froid.

– Vous possédez encore vos terres et votre domaine, Marianne. Comment cela se fait-il ?

– Parce que le shérif ne peut invoquer aucun prétexte pour me les confisquer ! rétorqua-t-elle. Je n'ouvre pas la bouche, je ne vais pas au-devant des ennuis. Que puis-je faire d'autre ? Si je n'étais pas là, qui s'occuperait de ces pauvres gens ? Je suis la cousine du roi. Il est de mon devoir de les aider en attendant que le Cœur de Lion revienne remettre les choses en ordre.

Ils échangèrent un long regard, qui exprimait leur douleur et leur colère. Robin détourna les yeux le premier.

– Marianne, pourquoi le shérif a-t-il tué mon père et détruit ma maison ?

– Parce qu'il le pouvait.

La voix de Marianne s'adoucit, et elle posa doucement sa main sur le bras de son compagnon d'enfance.

– Robin, ne croyez pas un instant les accusations portées contre votre père. Même s'il est vrai que vous le méprisiez.

Robin sourit tristement, le regard toujours tourné vers les collines gris-vert.

– Lorsque j'avais onze ans, peu après la mort de ma mère, mon père a eu une liaison avec... une paysanne. Je l'ai haï pour cela, même une fois qu'il y a eu mis un terme. Je pensais qu'il avait trahi ma mère. C'est pour cette raison que, lorsque j'en ai atteint l'âge, j'ai décidé de rallier la sainte bannière

100

et de voguer vers l'Orient, à la recherche de la purifi-
cation et de la perfection dans la grande aventure
d'une cause juste. En réalité, je n'ai trouvé que le
sang et l'horreur, et j'ai appris que l'homme parfait
n'existe pas, que seules ses inventions peuvent l'être.

Marianne regarda Robin attentivement, tandis
que celui-ci se perdait dans ses vieux souvenirs et sa
douleur présente. Il ne ressemblait en rien au Robin
qu'elle avait en mémoire. Son visage reflétait la tris-
tesse et la fatigue, mais également la force.

— Quelles sont vos intentions maintenant, Robin ?

— Remettre les choses en ordre, répondit-il, et sa
voix ne laissait percer ni crainte ni doute, mais une
dure et implacable certitude.

Marianne tourna les yeux vers l'horizon, elle semblait tout à coup abattue et impuissante.

— Le sang doit-il encore couler ? Je suis lasse des
actes d'héroïsme enfantins... Je suis lasse des
hommes.

Elle se retourna vers Robin et lui sourit tristement.

— Soyez prudent, Robin. Nous vivons des temps
dangereux.

— Eh bien, les temps doivent changer, déclara
Robin.

Ils se retournèrent tous les deux vivement vers
Azeem, qui appelait Robin avec insistance du haut
du mur d'enceinte. Le Maure observait la campagne
alentour d'une mine sérieusement inquiète. Robin se
précipita vers le mur pour le rejoindre. Dans la

vallée, un épais panache de poussière s'élevait en direction du manoir. Robin fronça les sourcils. A en croire toute cette poussière, il devait s'agir d'un groupe de cavaliers assez nombreux. Et leur arrivée n'était certainement pas due à une simple coïncidence. Quelqu'un devait avoir reconnu Robin un peu plus tôt, et avait certainement prévenu le shérif. Robin se tourna vers Azeem pour lui demander son avis, mais s'arrêta, perplexe, à la vue des deux ronds de verre pilé et du carré de peau que le Maure sortait de l'étui qu'il portait à la ceinture. Azeem forma un tube en roulant le morceau de cuir, y introduit un verre à chaque extrémité, puis porta le télescope bricolé à son œil.

Robin observait la scène avec curiosité. Il venait de décider que cela devait avoir quelque chose à voir avec la religion de son compagnon, lorsque celui-ci lui tendit son engin et lui dit de regarder à travers. Robin prit le tube de cuir suspicieusement, jeta un regard dur à Azeem, au cas où il s'agirait d'une douteuse plaisanterie arabe, puis plaça le télescope avec précaution devant son œil. Des cavaliers armés lui apparurent, chargeant directement sur lui. Il faillit lâcher le télescope, et empoigna son épée pour se défendre. Au même instant, il se rendit compte qu'il n'y avait plus aucune trace des cavaliers, si ce n'était le panache de poussière qu'ils continuaient de soulever au fond de la vallée. Le visage de Robin s'illumina lentement d'un sourire, heureux d'avoir pris conscience de ce que le télescope lui avait appris. Il posa un regard plein de respect sur le tube de cuir.

– C'est un instrument miraculeux, Azeem.

Le Maure hocha lentement la tête.

– Par quel miracle ton peuple sans éducation a-t-il réussi à prendre Jérusalem?

Robin sourit.

– Dieu seul le sait.

Il regarda à nouveau à travers le télescope et afficha un regard dépourvu de toute sympathie en découvrant Guisbourne qui chevauchait en tête du groupe de soldats.

– Que se passe-t-il? demanda impatiemment Marianne. Que voyez-vous?

– Les hommes du shérif, répondit Robin.

– Ils viennent ici? Est-ce ainsi que vous comptez me protéger?

Robin et Azeem sautèrent au bas du mur. Ils échangèrent un rapide coup d'œil, puis Azeem se précipita en courant vers l'écurie, tandis que Robin retournait parler avec Marianne.

– J'ai tué quelques-uns des hommes du shérif, dit-il imperturbable. La cause était juste, mais je doute de pouvoir en convaincre le shérif. Je crains de vous avoir mise en danger en venant ici.

– Je peux me défendre, répondit froidement Marianne. Partez, maintenant, et emmenez vos amis, tant qu'il en est encore temps.

Azeem réapparut avec Duncan et deux chevaux sans selle. Robin sourcilla. Il avait horreur de monter à cru. Le martèlement de sabots, qui leur parvenait de la vallée, se rapprochait avec une allure régulière. Robin eut un mouvement d'hésitation, ses yeux passant alternativement de Marianne à ses amis.

— Je vous ai dit que j'avais fait le serment de vous protéger, Marianne.

— Et moi je vous ai dit : assez de ces enfantillages Robin secoua fermement la tête.

— Je ne partirai pas. Vous avez besoin de moi.

Marianne lui lança un regard furieux. Robin croisa les bras sur sa poitrine et la regarda d'un air obstiné. Au même moment, les grilles de la cour s'ouvrirent violemment, et les cavaliers firent irruption dans la cour avec Guisbourne à leur tête, semant la panique parmi les manants. Marianne désigna Robin d'un doigt accusateur.

— Arrêtez ces hommes! s'écria-t-elle d'une voix forte. Ils sont en train de voler mes chevaux!

— Quelle femme, dit Robin avec admiration; puis il courut vers les montures qui attendaient.

Azeem sauta en selle, hissant Duncan derrière lui, et donna un coup de talon. Le cheval rua vers les grilles, suivi de son compagnon. Robin grimpa sur le second cheval en pleine course, fit un signe grossier à Guisbourne et fonça à son tour. Un soldat repoussa violemment la grille pour leur barrer la route. Robin et Azeem échangèrent un rapide coup d'œil et talonnèrent à nouveau leurs montures. Les deux chevaux sautèrent par-dessus la grille, comme si cela leur était naturel, et poursuivirent leur course sans ralentir. Des carreaux volèrent dans les airs au-dessus de leurs têtes. Guisbourne fit demi-tour et lança sa monture à leurs trousses. Trouvant Marianne plantée sur son passage, il lui jeta un regard furieux, l'écume à la bouche.

— Vous abritez des hors-la-loi, Marianne!

— Ce sont des voleurs, crétin! lui répondit celle-ci, le regard mauvais. Ramenez-moi mes chevaux, ou le shérif entendra parler de votre lâcheté!

Guisbourne sourit froidement. Il savait qu'elle mentait. Il savait également qu'il ne pouvait pas le prouver.

— Vous avez de la chance qu'ils ne vous aient pas également volé votre vertu, Marianne. A supposer que vous ne l'ayez pas encore perdue, bien sûr.

Il lui tourna le dos et aboya après ses hommes.

— Une couronne à celui qui me ramènera la tête de Locksley! Et que quelqu'un ouvre cette maudite grille!

Robin exhortait son cheval, s'efforçant de penser à la direction la plus intelligente à prendre. La vallée n'offrait aucune possibilité de cachette, et les collines étaient beaucoup trop abruptes et trop rocailleuses pour les chevaux. Devant eux s'étendaient des kilomètres et des kilomètres de lande à découvert. Robin se creusa énergiquement la cervelle pour trouver une issue leur permettant d'échapper au piège qu'il s'était tendu à lui-même. Mais il se rendit rapidement compte qu'il ne leur restait plus qu'à tenter de semer leurs poursuivants. Un ruisseau étroit apparut devant eux, et Robin s'agrippa fermement à sa monture, tandis que le cheval s'enfonçait dans l'eau écumeuse sans ralentir. Il se retourna pour s'assurer qu'Azeem était toujours derrière, et fut soulagé de voir le Maure tout proche, avec Duncan qui s'accrochait à lui de toutes ses forces. Robin esquissa un sourire, mais il pensa au même instant que le cheval d'Azeem devait supporter deux cavaliers et qu'il ne tarderait pas à ralentir sa course, faiblissant sous tant de poids.

Les trois hommes poursuivirent leur course dans un tonnerre de sabots, et la lande fit place aux broussailles. Le paysage défilait à toute vitesse, formant une masse floue et verdoyante, et Robin scrutait les alentours afin de repérer les lieux. Une colline s'élevait au loin dans le ciel, son flanc marqué par les contours d'un cheval néolithique gravé dans la craie. Robin sentit un frisson lui parcourir subitement l'échine. S'ils se trouvaient à l'endroit qu'il pensait, il se pourrait qu'ils aient finalement une chance de s'en sortir. Cependant, ce n'était pas la solution qu'il aurait choisie, et le refuge auquel il pensait pouvait très bien se révéler pire que ce qui les attendait derrière eux, mais, dans la tempête, n'importe quel port ferait l'affaire... Il fit signe à son cheval de s'arrêter ; Azeem en fit autant.

— Avons-nous réussi à les perdre ? demanda Robin essoufflé.

Le Maure réassembla son télescope et observa le chemin que lui et ses compagnons venaient d'emprunter. A moins d'un demi-kilomètre en arrière, Guisbourne déployait ses hommes afin d'encercler sa proie. Azeem abaissa l'instrument et regarda Robin d'un air sombre.

– Ils se rapprochent. A deux sur mon cheval et avec le tien blessé à la patte, nous n'arriverons pas à nous en débarrasser.

– Laissez-moi, maître Robin, dit Duncan, essayant désespérément de reprendre son souffle après cette course effrénée. Je ne fais que ralentir votre fuite.

Robin ne prêta aucune attention à ses paroles et indiqua la masse d'arbres qui s'étendait à l'horizon.

– Il nous reste une chance, Azeem. Nous les sèmerons dans la forêt.

– Non, maître Robin! s'écria Duncan le visage figé par l'horreur, tournant son regard aveugle dans la direction de Robin. Sherwood est hantée! Nous mettons nos âmes en péril rien qu'en passant à côté!

Robin eut un bref haussement d'épaules.

– Si nous ne prenons pas le risque d'affronter les esprits, nous finirons nous-mêmes en fantômes.

Ils foncèrent vers les bois, qui s'étendaient à perte de vue, mais plus les hommes se rapprochaient, plus la forêt leur semblait inaccessible. Robin jeta un coup d'œil par-dessus son épaule. Guisbourne avait vu la direction qu'ils avaient prise et faisait signe à ses hommes de leur barrer la route. Robin sourit en voyant certains d'entre eux hésiter. Il se tourna à nouveau vers la forêt, qui se trouvait maintenant

107

droit devant. Des troncs noueux et grotesques dessinaient des silhouettes menaçantes et laissaient deviner un mur sombre d'excroissances plus terribles les unes que les autres. Robin sentit ses cheveux se dresser sur sa tête. Il serra les dents et s'enfonça dans la profonde verdure, Azeem et Duncan à sa suite.

Les hommes de Guisbourne s'arrêtèrent avec fracas aux abords de Sherwood. Blêmes sur leurs chevaux qui s'ébrouaient, ils piétinaient à l'orée du bois en une masse désordonnée. Les soldats scrutaient les ombres profondes et les arbres tordus avec une visible inquiétude et murmuraient entre eux leur mécontentement. Guisbourne leur adressa un regard furieux que les hommes s'efforcèrent d'éviter.

– Que se passe-t-il, vous autres! Ils ne sont que trois!

– Ce ne sont pas des hommes que nous avons peur, marmonna un soldat dans le fond.

Guisbourne les traita d'imbéciles, de lâches, de traîtres, mais pas un ne se décida à franchir les limites de la forêt de Sherwood. Dévoré par l'impuissance, Guisbourne fit face aux arbres et cria en direction des ombres moqueuses.

– Robin des bois! Fils de l'adorateur du Diable!

A quelque distance de là, Robin, Azeem et Duncan étaient tapis dans l'obscurité et écoutaient, tranquillement assis sur leurs chevaux.

– Ton père est mort en lâche! cria Guisbourne, souriant comme un fou. Il a maudit ton nom et crié comme un porc!

– Mensonges!

Robin fit mine de précipiter son cheval hors de l'obscurité, mais Azeem l'arrêta d'un geste de la main.

– C'est moi qui ai suspendu son cadavre au mur du château! continuait Guisbourne, sarcastique. Je prendrai plaisir à t'infliger le même sort!

Robin dégagea violemment la main d'Azeem qui le retenait, mais le Maure empoigna la crinière du cheval afin de l'empêcher d'avancer.

– Ce n'est pas en mourant inutilement aujourd'hui que tu rendras justice à ton père! souffla-t-il. Un peu de patience.

Robin le regarda longuement, puis hocha la tête à regret. Azeem relâcha sa prise, et Robin pénétra au cœur de Sherwood.

6

Sherwood

Sherwood était sans âge. L'antique forêt s'étendait sur un nombre incalculable d'hectares et occupait la majeure partie du Nord du pays. Bien que ses limites soient connues et répertoriées, peu nombreux étaient ceux qui avaient pénétré les secrets de son cœur sombre. Sherwood était sans doute l'unique vestige de la vieille Angleterre, de l'Angleterre sauvage, du temps où l'homme n'avait pas encore apposé sa marque. La vie s'y déchaînait, main dans la main avec sa sœur la mort. Sherwood ne connaissait ni loi, ni coutumes, et l'on revoyait rarement ceux qui quittaient les chemins battus pour s'aventurer dans ce dédale de verdure. Sherwood abritait les âmes perdues, ses bois représentaient le berceau des rêves et le dernier refuge des hors-la-loi. L'unique endroit où personne ne les poursuivrait.

Sur leurs chevaux, Robin, Azeem et Duncan progressaient lentement parmi les arbres immenses, abandonnant derrière eux le monde qui s'éveillait tandis qu'ils s'immergeaient dans le grand vert de

Sherwood. La forêt était majestueuse, stupéfiante, d'une puissance pratiquement primitive. Des hêtres d'une taille gigantesque et des chênes vieux de mille ans formaient une voûte de cathédrale très haut au-dessus de leurs têtes, bordant l'étroit sentier tels des gardiens renfrognés et menaçants. La mousse et les lichens jamais foulés par l'homme recouvraient le sol d'un épais tapis, et la forêt tout entière embaumait d'une riche odeur de terre rappelant l'épais parfum acidulé du miel.

Robin, la mine ahurie, s'efforçait de ne rien laisser échapper, attentif à tout ce qu'il voyait, sentait et entendait. La forêt était trop vaste, trop impression-nante pour qu'on puisse l'embrasser d'un seul regard, et il devait faire un effort intense pour rester alerte. Qu'il y ait eu ou non des fantômes cachés sous la verdure, il était certain que le danger était tapi quelque part. La féroce réputation de Sherwood n'était pas sans fondement. Un vent lourd s'engouf-fra parmi les arbres, et les bois s'emplirent soudaine-ment d'un hurlement sinistre. On entendit le bruit caverneux d'os qui s'entrechoquaient, et des voix désincarnées gémirent une mélopée funèbre. Dun-can, les mains tremblantes, enroula son écharpe autour de sa bouche.

— Les fées de la mort, expliqua-t-il d'une voix mal assurée et étouffée. Elles vous pénètrent dans la bouche et vous sucent le sang jusqu'à la mort, sans même que vous ayez eu le temps de crier.

Le vent soufflait en bourrasques à travers les

arbres, modulant ses hurlements mystérieux. Les chevaux s'arrêtèrent net, refusant de faire un pas de plus, piaffant de tous leurs sabots et roulant les yeux. Azeem tira son cimeterre et scruta les alentours, invoquant la protection d'Allah contre les mauvais esprits. Duncan s'agrippait désespérément au Maure tandis que celui-ci tourbillonnait de droite et de gauche à la recherche d'un ennemi éventuel, ne trouvant rien de plus que l'immensité de la forêt. Robin lui posa la main sur le bras afin de le calmer, puis fouilla parmi les branches de l'arbre le plus proche et en retira une guirlande de tubes de bois creux. Il montra à Azeem d'autres pendeloques du même genre, et le Maure se détendit peu à peu en voyant qu'il y en avait des douzaines, éparpillées dans les branchages. Robin porta l'un de ces tubes à ses lèvres et souffla par l'extrémité creuse. Il obtint ainsi un gémissement grave et terrifiant, qui s'éteignit dès qu'il s'arrêta de souffler.

— Voici vos fantômes, dit Robin en souriant.

Il jeta les tubes et, désignant les arbres alentour, leur expliqua :

— Des carillons éoliens. Un jouet d'enfant placé ici à bon escient. Assez facile à repérer si l'on cherche l'origine naturelle et non surnaturelle de ces bruits. Il haussa un sourcil en direction d'Azeem.

— Tu t'effraies pour un rien, mon ami païen.

Gêné, mais pas le moins contrarié du monde, Azeem fit la moue en regardant le carillon et rengaina son cimeterre.

– Cela ne fait que confirmer ce que je savais déjà. Cette forêt a des yeux. Je les sens.

Robin hocha la tête et mit pied à terre. Il attendit qu'Azeem en ait fait autant pour aider Duncan à descendre à son tour, puis les trois hommes reprirent leur marche à pas lents sur l'étroit sentier, tenant leurs montures par la bride.

Ils émergèrent un peu plus tard du luxuriant sous-bois qui leur bloquait la route et se retrouvèrent face à une large rivière dont les flots coulaient rapidement. Devant eux, un torrent tombait en cascade au milieu d'une clairière, jaillissant et écumant parmi les arbres et les branches qui surplombaient un gué de larges pierres. Robin resta quelques instants silencieux, écoutant le vacarme des trombes d'eau, émerveillé par le fantastique paysage qui s'offrait à lui. Azeem se tenait à ses côtés, stupéfait à la vue d'une telle quantité d'eau courante, chose qu'il n'avait jamais vue dans son pays. Même Duncan semblait ressentir la majesté du lieu, simplement au son des cascades et à la sensation de l'air frais et humide qui lui effleurait le visage.

– Je n'ai jamais vu pareil endroit que dans mes rêves, dit Azeem avec douceur.

Robin sourit malgré lui.

– Peut-être vois-tu alors également comment le traverser.

Il regarda en amont et en aval, et décela un point

de traversée possible, où le flot semblait à son plus bas niveau. Il l'indiqua à Azeem, qui hocha la tête affirmativement. Le Maure observa Robin d'un air inquiet, tandis que celui-ci se frayait un chemin jusqu'à la rive, puis s'engageait prudemment dans le courant, avançant pas à pas et testant la profondeur de l'eau à l'aide d'un bâton trouvé sur la rive. La rivière cascadait sur une série de rochers, créant ainsi une nouvelle chute.

Robin, surpris, tomba en arrière parmi les éclaboussements, mais se figea sur place, car il vit tout à coup les bois derrière Azeem et Duncan se mettre à bouger. Des hommes hirsutes aux yeux menaçants firent irruption par douzaines entre les arbres, armés de gourdins, de faux et de fourches. Ils ressemblaient plus à des sauvages qu'à des hommes civilisés, et l'atmosphère se remplit subitement de la lourde menace qui semblait s'abattre comme un linceul. L'un d'entre eux appuya la pointe de sa lance dans le dos d'Azeem, avant même que celui-ci n'ait eu le temps de se retourner.

Une voix rude et rauque s'éleva sur la rive opposée, fredonnant une rengaine absurde. Robin se retourna dans l'eau et découvrit que l'autre côté de la rivière était noir de visages féroces et attentifs. Le chanteur se tenait parmi eux, vêtu d'une veste rouge vif, crasseuse et maculée de graisse. Il interrompit son chant dès qu'il vit que Robin lui prêtait attention, et lui adressa un sourire mauvais.

– Prie pour ton salut, damoiseau!

Robin lui retourna un regard assuré.

— Je ne prie aucun homme.

— Mais c'est que cette rivière nous appartient, dit l'homme, et toute personne qui veut la traverser doit payer le prix de son passage.

Robin promena lentement son regard autour de lui, se heurtant partout à des regards méchants qu'il soutint sans fléchir. Il était certain qu'ils étaient nombreux, mais le fait qu'ils parlementaient était de bon augure. Tant qu'il prendrait la précaution de ne pas laisser voir ni sa peur ni ses faiblesses, Robin arriverait peut-être à s'en sortir en discutant. Il se retourna, la tête haute, vers l'homme des bois à la veste rouge.

— Je ne verserai aucune taxe. Je n'ai rien de plus que mon manteau et mon épée.

— Trêve de baratin! lança une voix joviale du fond des bois, sur la rive opposée.

Le groupe d'hommes laissa passer un personnage fortement musclé, puis se referma. L'homme s'avança et, les mains sur les hanches, regarda Robin du haut de la rive. Ce dernier dut faire un gros effort pour faire bonne figure et ne pas se montrer impressionné. L'homme était un géant de plus de deux mètres, pratiquement aussi large que haut. La simple vue de sa taille était stupéfiante. Il donnait l'impression qu'une partie de la forêt s'était mise en marche, d'un pas primitif et inébranlable. Il adressa un large sourire à Robin, les yeux illuminés d'un rire silencieux. Il se remit à parler d'une voix tranquille et posée.

— Un homme qui voyage accompagné de deux esclaves et déclare ne posséder aucun argent est un imbécile ou un menteur.

— Un menteur, dit l'homme en rouge.

Robin se retourna vers Azeem dans l'espoir de recevoir quelque soutien. Le Maure haussa un sourcil, mais n'esquissa aucun autre mouvement ; l'indifférence en personne. Robin soupira doucement. Il ne s'attendait guère à autre chose. Il se tourna à nouveau vers le géant.

— Qui es-tu ? demanda-t-il poliment.

— Jean Petit, répondit le géant, comme si Robin aurait dû le savoir. Le meilleur homme de ces bois.

— Le meilleur ? déclara Robin. Tu es le chef de toute cette racaille ?

— Exactement. Et ne les traite pas de racaille. Ce sont tous de braves hommes.

Son regard tomba sur le médaillon que portait Robin autour du cou, et son sourire s'élargit.

— Et, si tu veux traverser la forêt de Sherwood, il t'en coûtera un médaillon.

Robin serra le bijou de famille d'un geste protecteur.

— Ceci est sacré à mes yeux.

— A nos yeux aussi, beau damoiseau, dit tranquillement Jean. Ce médaillon nous nourrira pendant un mois.

Les autres ricanèrent et gloussèrent en se donnant des coups de coude ; visiblement le spectacle d'un homme riche se faisant tenir la dragée haute par leur chef les réjouissait. Robin décida alors qu'ils avaient suffisamment discuté. Il tira son épée, et les hommes firent silence, les yeux brûlants d'avidité à la perspective d'assister à une scène de violence.

— Si tu veux le médaillon, dit Robin imperturbable, il faudra te battre.

— Volontiers, rétorqua Jean, toujours souriant.

Il arracha un immense bâton des mains de l'un de ses hommes et avança sur le premier point de chute de la cascade. Un jeune garçon se fraya un chemin parmi les spectateurs et vint se planter sur la rive. Robin écarquilla les yeux en le reconnaissant. C'était Petit Loup, le jeune garçon qu'il avait sauvé des pattes de Guisbourne.

— Sois prudent, père! cria le garçon à Jean Petit. Je l'ai vu rosser douze des hommes du shérif et les mettre en bouillie!

— Vraiment? s'esclaffa Jean, prenant position au milieu du rocher. Je sens que cela va me plaire.

Robin dévisagea Petit Loup, puis désigna le géant devant lui.

— C'est ton père?

Petit Loup hocha fièrement la tête. Robin secoua la tête et s'avança sur le rocher. Il s'approcha prudemment de Jean, brandissant son épée. Il s'apprêtait à attaquer, lorsqu'une énorme main s'abattit sur lui, empoigna la lame et la lui arracha des mains. Bouche bée, Robin regarda Jean Petit jeter dédaigneusement l'épée par-dessus son épaule. Robin se rendit compte qu'il avait la bouche grande ouverte et la referma subitement. Jean jeta son bâton sur lui, et il le reçut de plein fouet. Jean jeta un regard en arrière, et l'un des hommes lui renvoya un nouveau bâton. Robin examina d'un air méfiant le poids de celui que l'homme avait maintenant dans les mains. Robin s'était entraîné au bâton dans sa jeunesse, mais il n'était pas certain que cet entraînement serait suffisant pour contrecarrer la force et la vitesse du géant. Il fallait qu'il trouve un moyen de s'en sortir. Malheureusement, aucune solution digne de ce nom ne lui traversa l'esprit.

– Eh bien, fanfaron, dit Jean sur un ton affable, es-tu prêt à prendre ta rossée?

Robin lança un regard rempli d'espoir en direction d'Azeem, mais le Maure se contenta de sourire et de hocher la tête d'un air confiant. Robin se retourna à regret vers le géant et décida que, si par un quelconque miracle il réussissait à sortir de là en vie et en un seul morceau, il toucherait un mot ou deux à son compagnon. De préférence assis sur sa poitrine, prêt à l'étrangler. Jean fonça soudain droit sur Robin, qui concentra à nouveau toute son énergie sur le problème du moment : il para le premier coup assez aisément, bien que l'impact ait heurté ses poignets avec violence, mais, alors, il vit le bâton surgir sur lui de tous côtés, et il dut se contenter d'essayer de se défendre. Par bonheur, Jean avait tellement l'habitude de gagner grâce à sa force et sa rapidité qu'il ne s'embarrassait pas de subtiles tactiques. Robin ne lâcha pas prise, attendit le bon moment, puis esquiva un coup trop sûr et frappa violemment avec son propre bâton le pied de son adversaire.

Le géant tituba en arrière, hurlant autant de surprise que de douleur, et Robin le harcela furieusement, accompagnant chaque coup de toute sa force. Il réussit deux belles attaques sur les flancs de Jean, mais le géant se mit alors à faire des moulinets courts et rapides avec son arme, et Robin n'eut pas la force de les parer. Il recula d'un pas, et Jean le pourchassa d'une série de coups rapides assenés à l'aveuglette. Les combattants avançaient et reculaient à tour de rôle, se rendant les coups œil pour œil et dent pour dent, sans qu'aucun des deux ne puisse prendre très longtemps l'avantage ni porter un coup décisif à l'autre. Jean observait son adversaire avec une sorte de curiosité proche du respect et gloussait joyeusement en se battant. A cet instant, le pied de Robin glissa, et il resta sans défense pendant quelques instants. Jean en profita pour lui envoyer son bâton dans l'estomac, et Robin se tordit en deux de douleur, le souffle coupé.

— Oh, mon Dieu! s'écria bruyamment l'homme en rouge. Il semblerait que le jeune damoiseau ait perdu la parole.

Ses compagnons trouvèrent la remarque si drôle qu'ils partirent d'un fou rire à se cramponner les côtes. Jean s'empressa de tapoter Robin du bout de son bâton afin de s'assurer que son adversaire ne feignait pas, puis il le fit adroitement tomber du rocher. Les idées remises en place par la soudaine sensation d'eau froide, Robin se remit prestement sur ses pieds. Il jeta un regard furieux à Azeem, qui continuait à lui sourire d'un air encourageant. Robin grommela dans sa barbe et posa à nouveau les yeux sur Jean Petit. Négligemment appuyé sur son bâton, le géant lui souriait.

– Alors, on se sent légèrement mouillé, camarade ?

Les hommes de Jean se tordirent tellement de rire qu'ils en eurent les larmes aux yeux. Petit Jean rejoignit son adversaire d'un bond. Robin se releva et, freiné par ses bottes remplies d'eau, s'avança avec détermination sur lui. Les deux hommes s'affrontèrent du regard pendant quelques instants, soufflant et haletant bruyamment, puis se jetèrent l'un sur l'autre, et le combat reprit de plus belle. Les deux bâtons se fondirent dans les airs, s'entrechoquant et volant de part et d'autre à une telle vitesse que les spectateurs suivaient difficilement l'évolution de la bataille. Robin assena une série de coups violents dans les côtes de Jean et fut récompensé en voyant le géant perdre son sourire pour la première fois. Jean fit tournoyer son arme de toutes ses forces. Robin esquiva au dernier moment, et Jean perdit l'équilibre tandis que le bâton poursuivait sa course folle. Il tomba à genoux, abaissant toutes ses défenses. Robin se servit de son bâton comme d'une perche pour sauter par-dessus l'homme, et atterrit avec élégance de l'autre côté de la rivière.

– Il semble que j'aie réussi mon passage, Jean

Petit ; je suis donc le gagnant. Ou devrais-je t'appeler Petit Jean ?

Jean bondit sur ses pieds en poussant un grognement, et les deux hommes se rencontrèrent pour la troisième fois, faisant virevolter leur bâton avec une étonnante rapidité. Les chocs faisaient voler des morceaux de bois dans les airs. Puis on entendit un bruyant craquement – que suivit un écho –, au moment où l'arme de Robin se trouva brusquement coupée en deux. Jean lui adressa un très large sourire et tenta de masquer dans sa voix son soulagement.

– Un nouveau bain, damoiseau.

Il fit à nouveau tournoyer rapidement son bâton, qui s'abattit précisément au-dessus de l'oreille de Robin. Celui-ci chancela en arrière et perdit l'équilibre. Juste avant que Robin ne tombe dans la rivière et disparaisse dans les tourbillons d'eau, Jean lui arracha d'une main le médaillon. Jean attendit patiemment au bord que Robin réapparaisse, mais en vain. Les hommes s'avancèrent sur les rives et scrutèrent les eaux profondes, mais ne trouvèrent aucune trace de Robin. Jean soupira, exprimant ses regrets.

– Quel dommage. Il avait l'air d'un brave garçon.

Il mordit le médaillon afin de s'assurer qu'il était bien en or, puis se le passa autour du cou. Au même instant, Robin surgit de l'eau, saisit Jean par les chevilles et le fit plonger la tête la première dans la rivière. Dans sa chute, Jean envoya gicler l'eau dans toutes les directions, puis disparut sous l'eau. Il réapparut aussitôt avec des gestes désordonnés trahissant sa panique.

— Au secours! Je ne sais pas nager!

Il s'interrompit, la tête à nouveau immergée. Robin se rapprocha rapidement et lui tira la tête hors de l'eau.

— Tu abandonnes? demanda-t-il avec civilité.

Le géant gesticulait dans tous les sens et tentait désespérément de s'agripper à Robin. Ce dernier s'écarta tranquillement, et Jean disparut à nouveau dans les remous. Robin attendit quelques instants avant de hisser à nouveau le géant hors de l'eau.

— Tu abandonnes, Petit Jean?

— Oui! hurla Jean, terrorisé.

— Bien, dit Robin. Maintenant mets tes pieds par terre.

Jean le regarda d'un air interdit, puis tenta de se mettre debout. Ses pieds heurtèrent le fond de la rivière, et il s'aperçut que l'eau ne lui arrivait qu'à la poitrine. Robin le regarda d'un air las, puis se détendit un peu en voyant Jean sourire doucement.

— Eh bien, que je sois pendu...

Robin lui fit une révérence et tendit la main.

— Le médaillon, s'il te plaît.

Un silence de mort tomba sur les autres, et il y eut un long moment de tension tandis que tous avaient les yeux rivés sur Jean, attendant de voir ce qu'il allait faire. Il jeta un regard pensif sur Robin, et parla d'une voix calme qui les déçut.

122

– Quel est ton nom ?

– Robin de Locksley.

Certains des hommes marmonnèrent, embarrassés, en reconnaissant ce nom. Les mots d'« adorateur du Diable » parvinrent distinctement à Robin, et certains firent même le signe de croix pour se protéger du mauvais œil tandis que d'autres voix se prononçaient en faveur de la mémoire et de la réputation du défunt. Parmi eux, seul l'homme en rouge gardait le silence, fixant bizarrement Robin, de surprise, de colère et peut-être encore à cause de quelque chose d'autre.

– Eh bien, Locksley, finit par dire Jean, on peut dire que tu as quelque chose entre les jambes !

Il retira le médaillon qu'il portait à son cou et le tendit à Robin, puis il saisit brusquement ce dernier dans ses énormes bras et le porta en riant sur la rive opposée. Les autres se mirent également à rire, mais cette fois sans aucune colère ni moquerie dans la voix. Jean avait accepté Robin, ils l'acceptaient donc aussi. Jean déposa Robin sans cérémonie sur la rive, grimpa à ses côtés et lui appliqua une claque amicale dans le dos, qui faillit le renvoyer à l'eau. Robin reprit sa respiration au bout de quelques instants, sourit à Jean, puis lança un regard furieux à Azeem, qui s'approchait sans hâte, traînant Duncan parmi les rochers.

– Merci pour ton aide, dit Robin d'un ton sarcastique.

Azeem haussa les épaules, imperturbable.

— Tu semblais plus risquer de perdre ta fierté que ta vie.

— C'est terminé ? demanda Duncan. Naturellement, si j'avais encore la vue, je lui aurais chauffé les oreilles, à ce gredin. Mais pourquoi tout le monde rit-il ?

La nuit était tombée lorsqu'ils atteignirent le camp des hommes des bois. Celui-ci consistait essentiellement en un certain nombre d'arbres déracinés, posés les uns contre les autres et recouverts çà et là de guenilles et de peaux vaguement tannées. Au centre crépitait un grand feu de bois, au-dessus duquel des morceaux de viande méconnaissable tournaient lentement sur de grossières broches. Les hommes étaient affalés autour du feu, buvant, mangeant, discutant et se battant. Parfois, ils faisaient même tout cela en même temps. Le nouvellement rebaptisé Petit Jean laissa les choses se calmer un peu, puis retint l'attention de tout ce petit monde en parlant plus fort et avec plus d'obstination que les autres. Il entreprit de présenter ses congénères, mais Robin se perdit rapidement parmi tous ces noms, surnoms et anecdotes. La seule chose que tous semblaient avoir en commun était le mauvais traitement et la malchance qu'ils avaient connus auparavant.

Aucun d'entre eux n'avait choisi de venir à Sherwood. Ils y avaient été conduits par le désespoir, et la bande leur avait fait découvrir une solidarité et un soutien qu'ils n'avaient jamais connus jusque-là. Ils constituaient une grande famille, qui n'acceptait aucune autorité en dehors de la sienne propre. Ils acceptèrent assez facilement la présence de Robin, Duncan et Azeem, la peau sombre de ce dernier lui attirant néanmoins des remarques qui auraient mis n'importe qui d'autre mal à l'aise. Mais Azeem, lui, s'en moquait totalement. Pour la plupart de ces hommes, l'Orient était un pays de rêves et de légendes, et les Arabes leur semblaient aussi irréels que les esprits et les démons. Mais, une fois qu'ils eurent découvert que, tout comme eux, il avait fui la loi, ils le reconnurent comme l'un des leurs. Plus ou moins.

Un seul homme, en fait, ne semblait pas disposé à accepter n'importe quel nouveau venu : l'homme à la veste rouge, que Petit Jean avait présenté sous le nom de Gilles l'Écarlate, se tenait à l'écart, faisant grise mine et refusant de participer à la fête. Il se contentait de lancer régulièrement sa dague contre un arbre. Robin se dit qu'il vaudrait mieux garder un œil sur le gaillard. Il s'aperçut que Petit Jean continuait à lui énumérer des noms et il s'empressa de hocher la tête, pour montrer qu'il était resté attentif.

— Et, pour finir, dit Petit Jean, nous en arrivons à ce petit courtaud. Son nom est David de Doncaster, mais nous l'appelons Bouc.

Robin fit un signe de tête en direction de l'homme, qui lui répondit par un clin d'œil joyeux. C'était un homme trapu, de taille moyenne, à qui de larges épaules musclées et une poitrine forte comme un tonneau donnaient l'air d'être pratiquement aussi large que haut.

— Pourquoi t'appellent-ils Bouc ? demanda poliment Robin. Parce que tu n'es pas grand ?

— Mais non, répondit ce dernier avec fierté. C'est parce que c'est moi qui ai la plus longue.

Il commençait déjà à défaire ses pantalons pour le prouver lorsque Robin l'interrompit vivement d'un geste de la main.

— Merci, Bouc, mais garde plutôt cela pour les dames.

Bouc remit donc son vêtement en place parmi l'hilarité générale du public aviné. Des cruches emplies d'un alcool quelconque circulaient de main en main, et Petit Jean remarqua rapidement l'intérêt qu'y portait Robin. Il arracha la cruche des mains de son voisin et la tendit fièrement à Robin.

— C'est de l'hydromel. Je l'ai fait moi-même. Je suis certain que tu n'as jamais rien goûté de pareil de toute ta vie.

Robin renifla le sombre liquide avec prudence, prit une bonne lampée, puis se demanda s'il était raisonnable de l'avaler ou de le recracher avant que sa langue ne se ratatine. Poussé finalement par son sens de la diplomatie, il déglutit avec effort. Il sentit toutefois quelque chose de dur se coincer dans sa gorge et le cracha discrètement dans sa main. Une abeille morte.

— C'est à cause du miel sauvage, lui expliqua Jean obligeamment. Et puis, bien sûr, j'aime que mon hydromel ait du corps.

Cette affirmation fut ponctuée d'un grand éclat de rire, qui secoua toute l'assemblée. Ce n'était pas la première fois, et Robin se dit qu'il ne leur fallait pas grand-chose pour s'amuser. Il fit semblant d'avaler une nouvelle gorgée d'hydromel, puis passa rapidement la cruche à son voisin. L'homme se servit une copieuse lampée, rota jovialement, puis tendit la cruche à son voisin. Au même instant, il s'aperçut que le voisin en question n'était autre qu'Azeem. Alors, il hésita, puis fit mine de ne pas voir le Maure, et passa la cruche à l'homme suivant. Robin lança un regard glacé aux deux comparses.

— Est-ce que l'hospitalité anglaise a tellement changé en six ans ? Mes amis ont toujours été les bienvenus à n'importe quelle table.

Un silence embarrassé enveloppa l'assemblée, puis le responsable de cette remarque se pencha vers Robin d'un air confidentiel.

— Mais c'est un sauvage, monseigneur.

Robin regarda l'homme en haillons couvert de boue et de crasse, puis le Maure dont les vêtements étaient immaculés.

— Bien sûr, c'est un sauvage, dit Robin calmement. Mais pas plus que toi ou moi. Et ne m'appelle pas monseigneur. Je ne suis pas différent de vous, désormais.

L'homme se tourna vers Petit Jean pour avoir son

opinion. Le géant haussa les épaules, puis acquiesça de la tête. L'homme se tourna alors vers Azeem avec un sourire forcé et lui tendit la cruche. Azeem lui sourit poliment, mais secoua la tête.

– C'est avec regret que je dois refuser.

Robin regarda Azeem d'un air furieux. Petit Jean se hérissa de colère.

– L'hydromel anglais n'est sans doute pas assez bon pour toi ?

Azeem s'inclina.

– Ma religion m'interdit ce genre de divertissement.

Petit Jean fit la moue.

– Tu ne sais pas ce que tu perds, mon vieux.

Il s'empara de la cruche et la passa à Petit Loup, qui était accroupi à ses pieds. Le visage du gamin disparut joyeusement derrière le récipient. Robin se dit qu'il était temps de changer de sujet de conversation.

– Jean, comment se fait-il que vous soyez si nombreux à vous cacher ?

Petit Jean fit grise mine.

– Le shérif nous a déclarés hors-la-loi. Il a mis nos têtes à prix. Il disait que nous lui devions des impôts, mais nous ne pouvions pas lui donner ce que nous n'avions pas. Alors, on s'est tous mis à enfreindre une loi ou une autre, et voilà comment nous sommes devenus des hommes des bois.

– Comment vous débrouillez-vous ici, à Sherwood ?

128

— La plupart du temps, on braconne. Et puis, un petit vol par-ci par-là. On se maintient.

— Et vous laissez le shérif voler vos terres, et vos familles mourir de faim ?

Robin les regarda, irrité.

— Vous ne pourrez pas vous cacher éternellement. Vos « fantômes » ne vous garderont pas longtemps des hommes du shérif.

— Morbleu, que veux-tu que nous fassions d'autre ? gronda Petit Jean. Si nous montrons ne serait-ce que le petit doigt hors de la forêt, ils nous massacreront comme des moutons !

— Battez-vous, rétorqua Robin.

Le silence tomba sur le camp tandis que les hommes se regardaient, se demandant s'ils avaient bien entendu.

— Nous, contre l'armée du shérif ? s'exclama Jean, incrédule. Tu plaisantes, j'espère !

Il approcha sa main du front de Robin, comme pour vérifier qu'il ne souffrait pas de fièvre, et les autres eurent un rire gêné. Jean retira sa main et, souriant avec indulgence :

— J'ai l'impression que j'ai fêlé ta noble tête.

Gilles l'Écarlate se fraya busquement un chemin parmi les hommes et vint toiser Robin du regard, le couteau à la main.

— En quoi le sort d'une bande de paysans hors-la-loi préoccupe-t-il le damoiseau !

— Mets-la en veilleuse, Gilles, lui lança Petit Jean. Il est notre hôte.

L'Écarlate tourna le dos, quitta la lumière du camp et s'éloigna avec raideur dans l'obscurité. Petit Jean fit un signe de tête à Robin pour le rassurer.

– Ne fais pas attention. Notre Gilles n'est qu'un petit morveux.

– Il a raison en un sens, dit Robin. J'étais le fils d'un homme riche. Mais je ne le suis plus. En tuant les hommes du shérif, je suis devenu un simple hors-la-loi. Comme vous tous ici.

Jean l'observa avec un sourire qui en disait long.

– Tu es un peu dingue, Robin de Locksley, mais tu es courageux, je veux bien t'accorder ça. Maintenant, vide ta cruche, mon gars, et arrête de dire n'importe quoi. C'est la meilleure des choses que de simples gens comme nous peuvent espérer.

Et, désignant d'un geste grandiose l'abri imposant qu'offrait la forêt :

– Ici, nous sommes en sécurité. Ici, nous sommes les rois !

Le matin se leva sur le camp au son des chants des oiseaux et du crépitement régulier de la pluie. Des gouttes qui tombaient d'une branche sur le front d'Azeem réveillèrent celui-ci en sursaut. Il s'assit, maudissant le monde en général et plus particulièrement le climat britannique. Il se sentait glacé jusqu'aux os, et l'humidité avait pénétré tous ses vêtements. Il commençait à se demander s'il se réchaufferait jamais et s'il arriverait à se sécher. Il regarda autour de lui dans la brume matinale qui enveloppait le camp. Les hommes s'éveillaient, toussant, éternuant, se raclant la gorge au sortir de leurs maigres abris, tels des animaux somnolents quittant leurs terriers.

— Des rois, murmura Azeem.

Il adressa un hochement de tête à Robin, qui était déjà levé, assis un peu à l'écart en train de ruminer ses pensées. Robin lui répondit par un bref sourire, et le Maure s'éloigna à la recherche d'un coin isolé où il pourrait s'adonner à ses ablutions. Robin secoua Duncan pour le réveiller, et le vieil homme se redressa lentement en grognant sous l'effort. Il était trop vieux pour le genre d'épreuves qu'il avait subies la nuit passée, et tous deux le savaient.

— Que se passe-t-il, mon ami ? demanda Robin avec gentillesse. Trop d'hydromel ?

— Pardonnez-moi, dit Duncan. J'ai bien peur d'avoir trop dormi.

— Repose-toi, répondit Robin. Prends ton temps. Quel jour sommes-nous aujourd'hui, le sais-tu ?

— Dimanche, je crois.

— Bien. Est-ce qu'on fait toujours l'aumône aux pauvres à la sortie de la messe ?

— Oui, répondit Duncan d'un air renfrogné. Ces jours, la pitié est de plus en plus nécessaire.

Robin jeta un coup d'œil pensif au manteau du vieillard.

— Dans ce cas, mon ami, j'ai une faveur à te demander. J'ai un plan...

7

Nottingham

Une pluie battante balayait la route déserte qui menait à la ville de Nottingham. Le ciel couleur de plomb annonçait davantage de pluie, et le vent glacial était cinglant. Une silhouette solitaire cheminait à pas lents; un homme, vêtu d'un long manteau et encapuchonné pour se protéger de la pluie, s'aidait d'un bâton avec lequel il frappait la route devant lui. Rien ne pouvait attirer l'attention des nobles, qui passaient à cheval ou en carrosse : il ne s'agissait là que d'un manant en guenilles qui faisait péniblement route vers la ville pour aller mendier la charité à la grand-messe du dimanche.

L'aveugle resserra son manteau autour de lui et lança un coup d'œil aux remparts de la ville, qui se dressaient, menaçants, devant lui. Un léger sourire passa sur ses lèvres lorsqu'il entendit les cloches de la cathédrale carillonner sur la campagne, appelant les fidèles à la prière. L'homme en capuchon sourit. Il se chargeait de la justice. Et quels que soient les coupables, c'étaient eux qui auraient besoin de l'indulgence du Seigneur.

Marianne Dubois eut un mouvement d'hésitation devant le confessionnal de la cathédrale, puis elle en ouvrit rapidement la porte et y pénétra avant de changer à nouveau d'avis. Il faisait sombre à l'intérieur ; une obscurité réconfortante qui protégeait le secret de la confession. Ici se disait ce qui ne pouvait être admis ni étalé à la lumière du jour. Marianne s'assit avec raideur, le dos droit et la tête haute, mais l'esprit confus et les yeux sombres et troublés. Un fait nouveau venait de bouleverser sa vie, quelque chose d'étrange et de menaçant, et elle savait qu'elle devait y faire face pour le maîtriser si elle ne voulait pas se retrouver elle-même à sa merci. L'autre porte du confessionnal s'ouvrit, et elle s'arrêta de respirer en entendant l'évêque s'installer confortablement. Elle pensait disposer d'un peu plus de temps avant qu'il n'arrive, le temps de trouver les mots exacts pour décrire les pensées et les émotions qui la troublaient tellement. La petite séparation de bois sculpté s'ouvrit, glissant péniblement comme d'habitude, et le son familier la réconforta et la calma un peu.

— Pardonnez-moi, mon père, car j'ai péché.

— Quel est donc la nature de ce péché, mon enfant ?

L'évêque, à son habitude, avait l'air de s'ennuyer, mais, une fois encore, ses paroles familières donnèrent à Marianne la force de poursuivre.

– J'ai rencontré un homme, mon père...

Marianne hésita en sentant la soudaine attention de l'évêque, mais continua :

– Je ne sais pas comment exprimer cela, mais, depuis que je l'ai rencontré, j'ai... des doutes. Est-ce un péché que d'avoir des doutes, mon père ?

– Quelle sorte de doutes ? demanda l'évêque.

– Je me sens un peu... vide, mon père. J'ai l'impression qu'il manque peut-être quelque chose dans ma vie. Est-ce une épreuve du Seigneur ?

L'évêque émit un petit rire indulgent.

– Le Seigneur nous met à l'épreuve tous les jours, mon enfant. Tous les jours.

L'homme au capuchon s'arrêta à la porte de la ville et se baissa pour ramasser sur la route une poignée de crottin de cheval qu'il se mit ensuite à étaler très consciencieusement sur son manteau et le reste de ses vêtements. Il se badigeonna ainsi de son mieux, afin d'obtenir le meilleur effet. Ayant terminé, il regarda sa main puante, ne sachant qu'en faire, puis il haussa les épaules et la laissa simplement pendre sur le côté. Il leva la tête et observa furtivement le mur de part et d'autre de la porte afin d'en mémoriser la taille et la composition, au cas où il aurait à quitter Nottingham précipitamment. Son capuchon retomba légèrement en arrière, il le rattrapa et le tira très loin en avant pour masquer son visage. Personne ne devait savoir qu'il se trouvait à

Nottingham. En tout cas, avec le manteau et le bâton de Duncan, avec les miasmes du crottin de cheval, qui tiendraient quiconque à une distance honnête, il était à peu près sûr de ne pas être reconnu. Il baissa la tête, se voûta légèrement pour assurer son effet et se dirigea vers la porte, avançant à tâtons sur la route à l'aide de son bâton.

Une immense file de mendiants plus décharnés et loqueteux les uns que les autres s'engouffrait déjà par la porte, et Robin se mit en bout de queue. Les nécessiteux semblaient beaucoup plus nombreux qu'il ne se souvenait en avoir vu lors de ses précédentes visites en ville. Les temps avaient visiblement empiré en son absence. Il tâtonna avec son bâton en franchissant la porte, et le soldat armé qui montait la garde le regarda de près. Robin sentit les battements de son cœur s'accélérer sous ce regard persistant, et il rapprocha sa main libre de l'épée qu'il tenait dissimulée sous son manteau. Le garde le somma de s'arrêter, mais Robin n'hésita qu'une seconde avant de poursuivre sa route. L'aveugle n'était pas censé savoir que l'ordre s'adressait à lui.

Une main s'abattit sur son épaule et le tira brutalement en arrière de la file. Le garde fit pivoter Robin et le fixa d'un air suspicieux. Robin eut un mouvement de recul servile, mais il eut un coup au cœur lorsqu'il put enfin voir l'homme de près. La pièce de protection du casque de ce dernier était cabossée à l'emplacement du nez, et son visage était couvert de contusions, la bouche toute boursouflée.

C'était le soldat que Robin avait assommé la veille d'un coup d'arbalète; l'un des hommes de Guis-bourne. Robin soupira intérieurement. Décidément, il y avait des jours où tout devait aller mal. En tout cas, le garde n'avait pas vraiment eu le loisir de l'observer avant de recevoir le coup; Robin décida donc de jouer son rôle d'aveugle idiot et sans défense, et fixa le vide. L'homme lâcha l'épaule de Robin et fit une moue dégoûtée en voyant la salissure sur sa main.

– Je te connais? demanda-t-il d'un ton brusque, essuyant sa main sur ses pantalons. Mon Dieu, mais tu pues.

– C'est à cause de ma cécité, Votre Honneur, se lamenta Robin d'une voix haut perchée. Je tombe tout le temps...

Le garde se pencha alors en avant afin de mieux voir le visage de Robin, mais recula promptement sous le choc de l'odeur.

– Au diable... Déguerpis. Va, écarte-toi de moi!

Robin tendit la main en avant à l'aveuglette et, comme par accident, agrippa celle du soldat. Il la secoua fermement, puis se remit en route en tâton-nant nerveusement. Le garde regarda sa main avec horreur et se précipita derrière Robin pour lui botter les fesses.

– Merci de m'avoir prévenu, Votre Honneur, dit Robin d'un air radieux, puis il se hâta vers la ville.

Derrière lui, le garde tentait désespérément de

se nettoyer la main en la frottant sur le mur de pierre.

Dans les quartiers de Mortianna, au cœur des entrailles du château, la sorcière albinos écoutait, la tête penchée sur le côté, le carillon lointain des cloches de la cathédrale. Elle émit un bref ricanement, puis se retourna vers son propre autel. Un pentacle avait été méticuleusement tracé à la craie bleue sur le sol nu, et, devant, se trouvait un immense crucifix la tête en bas. Le sang d'un coq noir formait un cercle autour de l'icône profanatrice, et des morceaux de viande brûlée étaient éparpillés devant lui. La scène trahissait une volonté blasphématoire, un attachement à se moquer de l'hostie. Une haute silhouette se tenait à l'intérieur du pentacle, vêtue de la robe blanche des adorateurs du Diable. Le personnage s'inclina trois fois devant les symboles impies, puis sortit du pentacle, se pencha et ramassa l'un des morceaux de viande carbonisée. Il le mâcha voracement et repoussa le capuchon de sa robe. Le shérif n'avait jamais beaucoup aimé se déguiser, mais, selon Mortianna, cela faisait partie du rite. Il prenait donc son mal en patience et s'en accommodait. Il termina le dernier morceau de viande, jeta l'os par-dessus son épaule, et s'essuya les doigts sur sa manche.

Mortianna lui jeta un regard mauvais. Le shérif soupira, puis sortit son mouchoir. Il retira ensuite la

137

robe qui recouvrait la traditionnelle parure du dimanche que portaient les nobles. Il tendit la robe à Mortianna, remit de l'ordre dans ses vêtements, puis sourit à la vieille tandis que le carillon de la cathédrale retentissait à nouveau.

– L'autre Dieu m'appelle.

Mortianna leva des yeux mauvais par-dessus son bol à mixtures, dans lequel elle remuait quelque chose qui bouillonnait et débordait. Elle regarda sa parure, fit une moue désapprobatrice et cracha dans sa mixture.

– Les apparences comptent, Mortianna, dit le shérif sur un ton calme. Tu sais quelle est ma véritable religion.

Il regarda pensivement le crucifix tourné à l'envers, puis s'avança pour le remettre à l'endroit.

– Bien qu'il m'arrive de trouver qu'il n'y a pas beaucoup de différence. Mes parents t'ont-ils jamais dit pourquoi ils souhaitaient que j'apprenne la sorcellerie?

– Ce fut leur dernière volonté, coupa Mortianna. Crois-moi. Tu es exactement comme ta mère le désirait.

Les rayons du soleil filtraient à travers les somptueux vitraux, éclairant l'immensité de la cathédrale d'une faible lueur colorée. Les architectes avaient concentré tous leurs efforts sur l'aspect impressionnant du lieu, négligeant le côté pratique, y compris le confort, ce qui lui donnait une structure morne et austère ; il n'était orné que de quelques gargouilles particulièrement affreuses, disséminées çà et là en haut des murs, et d'une poignée de saints à l'air quelque peu vaniteux. En dépit de tout cela, les bancs étaient noirs de monde, et l'évêque, du haut de sa chaire, contemplait avec suffisance ses ouailles, principalement des nobles élégamment vêtus. La messe, après tout, était un événement très important, l'occasion de voir et d'être vu, de se mettre au courant des dernières rumeurs. L'évêque se pencha en avant et posa négligemment ses mains sur le bois poli avec amour de la chaire. C'était vraiment un chef-d'œuvre d'artisanat. Il l'avait lui-même choisi et, avec ses somptueuses robes bordées d'hermine, il était certain d'avoir l'air d'un évêque de la tête aux pieds. Ou, pour être plus exact, d'un évêque en pleine ascension, promis à une plus haute destinée. Il leva les yeux au ciel et poursuivit ses prières, indifférent au remue-ménage des membres les moins dévots de ses ouailles.

— Nous vous demandons grâce, Seigneur, dit-il d'une voix forte, pour nos gens, mais plus particulièrement pour notre noble shérif, Lord Nottingham. Accordez-lui votre sagesse afin qu'il puisse guider et protéger notre magnifique ville...

Le shérif, assommé par l'ennui, changea de position sur son siège, tandis que Guisbourne somnolait à ses côtés. Certes, il était du devoir de ce dernier d'assister à la messe, mais personne ne lui avait dit qu'il était tenu d'y prendre plaisir. Le shérif laissa errer son regard morne sur l'assemblée des fidèles, puis l'immobilisa lorsqu'il se posa sur Marianne Dubois. Une belle femme en vérité, en dépit de son caractère plutôt têtu. Jusqu'à présent, elle avait toujours réussi à trouver un prétexte pour le tenir à distance, mais il ne doutait pas qu'elle finirait par se soumettre à sa volonté. Tout le monde finissait par le faire. Il avait l'argent, l'influence, la position et le pouvoir, et n'hésitait jamais à user de l'un ou de l'autre, voire de tous à la fois, pour arriver à ses fins. Et il avait désiré Marianne dès le premier instant où il l'avait vue. Il finirait par l'avoir, en dépit de son acharnement à se dégager de ses griffes. En attendant, il prenait plaisir à la pister. L'attente aiguisait l'appétit. Il tenta de capter le regard de Marianne, mais celle-ci regardait délibérément droit devant elle, ne lui prêtant aucune attention. Le shérif soupira à nouveau, s'enfonça dans son siège et, n'ayant rien de mieux à faire, écouta l'évêque.

— Accordez-lui également la force nécessaire pour ramener à la justice les hors-la-loi, qui menacent la sécurité et la prospérité de Nottingham...

Au fond de la cathédrale, les pauvres et les affligés formaient une foule compacte solidement gardée, attendant impatiemment la fin du service et du sermon pour mendier l'aumône des riches à la sortie. Vieux et jeunes, anciens et nouveau-nés, tous étaient marqués par la souffrance et la malnutrition, tous étaient pratiquement invisibles à ceux qui avaient appris à ne pas les voir. L'évêque, enfin à court de compliments et de platitudes, s'empressa de terminer sa messe. L'assemblée se leva dans le bourdonnement des conversations et des bavardages futiles, et se dirigea en file vers la sortie. Les pauvres se pressaient de part et d'autre, la main tendue, les yeux suppliants. Leurs voix cassées mendiaient de la nourriture, de l'argent, des médicaments pour eux et pour leurs proches, pour les malades et les mourants. Les fidèles passèrent devant eux sans les voir ni les entendre, sauf quelques-uns qui lancèrent quelques poignées de piécettes par terre, pour le simple plaisir de voir les pauvres se jeter au sol afin de glaner l'aumône. Les plus désespérés se battaient entre eux, jusqu'à ce que les gardes interviennent pour mettre un terme à ce vacarme, qui risquait de troubler la paix de la cathédrale.

Marianne déposa des pièces dans les mains tendues jusqu'à ce que sa bourse soit vide, puis se libéra gentiment et s'éloigna dans une petite chapelle latérale illuminée de douzaines de cierges. Chaque dimanche, elle emportait tout ce qu'elle avait pu économiser, et parfois même davantage, mais cela ne suffisait jamais. Chaque semaine, les mains tendues étaient un peu plus nombreuses, plus nombreux les enfants affamés aux grands yeux et au ventre distendu. Très bientôt, elle serait à court d'argent et n'aurait plus rien à leur donner. Qui s'occuperait d'eux, alors ? Elle sourit amèrement en se souvenant avoir posé la même question à Robin de Locksley, pas plus tard que la veille. Elle n'avait aucune réponse à ce moment-là, et n'en avait pas plus maintenant. Elle alluma un cierge à l'aide d'une longue allumette et ferma les yeux dans une prière silencieuse : un appel au secours du fond du cœur... Elle les rouvrit subitement au contact d'une main crasseuse posée sur son poignet. Elle se retourna en retirant son bras et regarda, saisie, le personnage en haillons sales qui se tenait devant elle. Elle s'apprêtait à ouvrir la bouche, lorsqu'elle reconnut la voix familière.

— L'aumône pour un aveugle, dit Robin à voix basse. Pour un homme qui ne peut voir votre beauté.

Marianne jeta un coup d'œil rapide autour d'eux afin de s'assurer que personne ne leur prêtait attention, puis se retourna vers Robin. Elle avait la bouche serrée, mais les yeux brillants.

— Vous êtes fou ! Que faites-vous ici ?

— Je cherche des réponses.

— Je n'ai aucune envie de m'afficher en compagnie d'un hors-la-loi. Votre tête est mise à prix.

— Vraiment ? dit Robin, d'un air indifférent. Combien ?

— Cent pièces d'or !

— C'est tout ? Il va falloir que j'embête un peu plus le shérif. J'en vaux au moins mille.

Marianne dut réprimer un sourire, qui se transforma aussitôt en moue.

— Pour mille pièces d'or, je vous donnerais moi-même.

142

Elle jeta un coup d'œil en direction du shérif, puis se rapprocha de Robin et dit dans un murmure :

— Le shérif est en train de lever une armée privée. Il cache tous les forgerons du comté dans son château et leur fait fabriquer épées et armures.

Robin regarda le shérif entouré de gardes armés et de traîtres rampants. Marianne s'agita, mal à l'aise, en voyant la haine brûlant dans le regard de son interlocuteur. C'était comme si le gentil — quoique irritant — Robin qu'elle avait rencontré la veille n'existait plus, comme s'il avait été transformé en un guerrier implacable, aussi incontournable que la mort elle-même. Robin se tourna à nouveau vers Marianne, et elle ne put réprimer un tressaillement sous l'effet de ce regard glacial.

— Que mijote-t-il, Marianne ?

— Je ne sais pas, répondit-elle vivement. Mais j'ai toujours su que l'ambition de cet homme ne connaissait pas de bornes.

Les yeux de Robin retrouvèrent leur chaleur en rencontrant ceux de Marianne.

— Moi aussi... Merci, Marianne.

Quelque chose passa entre eux à ce moment, mais, par-dessus l'épaule de Robin, Marianne vit le shérif approcher, et l'instant fut brisé.

— Il vient par ici, murmura-t-elle promptement. Partez. Mais, Robin, avant que nous ne nous revoyions, voulez-vous bien faire quelque chose pour moi.

— Tout ce que vous voudrez, dit Robin. Quoi ?

– Prenez un bain !

Ils échangèrent un sourire rapide, puis Robin enfouit son visage sous son capuchon et disparut par une porte latérale qui se trouvait à proximité. Marianne se calma et fit face au shérif, espérant qu'il ne remarquerait pas le rouge qui colorait ses joues.

L'évêque pénétra dans ses quartiers privés et retira immédiatement sa mitre afin de se frotter le front, qu'il avait irrité. Cette satanée coiffure lui provoquait des démangeaisons contre lesquelles il ne pouvait rien. Il soupira et regarda autour de lui, le cœur réchauffé comme toujours à la vue du luxe dont il s'entourait. La vie avait été bonne pour lui depuis que le shérif l'avait nommé évêque de Nottingham. Il jeta la mitre sur un fauteuil adjacent et la regarda fixement. Elle était impressionnante à regarder, mais pénible à porter. Il eut un vague sourire. Quel symbole : le poids des responsabilités. Peut-être pourrait-il s'en servir lors de son prochain sermon. Il chercha autour de lui un morceau de papier pour griffonner quelques notes, et se figea en entendant le bruit furtif d'un mouvement derrière lui. Il se retourna, et un violent coup de poing le frappa en plein cœur avant même qu'il n'ait eu le temps de voir la silhouette encapuchonnée sortir de l'ombre. La gorge serrée, l'évêque se replia derrière sa dignité.

144

– Cet endroit est privé, mon fils, dit-il avec raideur. Les prêtres dans les confessionnaux sont prêts
à vous écouter... si c'est cela que vous désirez...

La silhouette leva les bras et retira son capuchon.
L'évêque regarda, bouche bée, le visage qu'il pensait
ne plus jamais revoir. Robin de Locksley lui fit une
révérence. L'évêque lui adressa un sourire chaleureux.

– Je reconnais là un garçon que j'ai bien connu.
Bienvenue au pays, Robin.

Il tendit la main à Robin, et celui-ci, après un
temps, se pencha en avant pour baiser l'anneau de
l'évêque.

Le shérif s'inclina cérémonieusement devant
Marianne et signala d'un geste à ses gens de se tenir
à l'écart, afin de leur laisser quelque intimité. Il prit
la main de Marianne dans les siennes et la porta à
ses lèvres. Marianne esquissa un sourire et retira sa
main aussi rapidement que la politesse le lui permettait. Elle aurait aimé se déplacer afin de masquer la
porte par laquelle Robin avait disparu, mais elle
craignait que le moindre de ses mouvements n'attire,
au contraire, l'attention du shérif. Ce dernier lui
souriait chaleureusement, le regard calme, comme à
l'ordinaire.

– Vous êtes aussi rayonnante que le soleil,
milady.

– Merci, dit Marianne. A quoi dois-je le plaisir
de votre compagnie, milord ?

— Vous avez rencontré le jeune Robin de Locksley, répondit le shérif.

Il sourit à la vue de la légère réaction provoquée par le nom de Robin, puis continua sur un ton doucereux :

— Mon cousin m'a rapporté que le coquin vous a volé des chevaux.

— Oui, répondit vivement Marianne, changeant son expression pour un dégoût ennuyé. Une expérience fort désagréable.

— Pour vous avoir fait subir un tel traitement, murmura le shérif, je ferai pendre ses tripes devant les murs de mon château.

Marianne le regarda calmement.

— J'aimerais assister à ce spectacle, milord.

Le shérif se rapprocha et lui posa la main d'un geste possessif sur l'épaule.

— Ma chère, si seulement vous veniez installer votre maisonnée dans l'enceinte de la ville, je pourrais personnellement prendre soin de vous.

Marianne lui retourna un regard imperturbable, feignant de ne pas avoir remarqué son geste.

— Je vous en remercie, Lord Nottingham, mais je préfère, pour l'instant, ne pas abandonner le manoir de mes ancêtres. Je m'y sens plus en sécurité.

Le sourire du shérif ne disparut pas, mais son regard se fit soudain froid et direct. Il retira sa main de l'épaule de Marianne, d'un geste naturel, et sortit une magnifique dague sertie de pierres précieuses.

— Dans ce cas, faites-moi l'honneur d'accepter

ceci, en gage de mon dévouement éternel pour votre sécurité.

La dague était une véritable œuvre d'art représentant une petite fortune, mais Marianne l'accepta comme s'il s'agissait d'un vulgaire couteau à beurre. La porte derrière elle semblait crier que Robin se cachait là, et Marianne arrivait difficilement à s'empêcher de regarder dans cette direction pour s'assurer que tout allait bien. Elle réussit à adresser un sourire poli au shérif, et rangea la dague sous sa ceinture.

— Mon cousin le roi Richard sera profondément touché de savoir à quel point vous vous préoccupez de mon bien-être.

— Hélas, murmura le shérif, le roi a de nombreux ennemis, à l'étranger comme ici. Je crains pour son retour.

— Ne craignez rien, cher shérif, dit gentiment Marianne. Il reviendra. Et, lorsqu'il sera rentré, il saura récompenser ses fidèles sujets, et punir tous les traîtres.

Le shérif sourit froidement, s'inclina avec cérémonie, puis s'élança vers la porte qui conduisait aux quartiers privés de l'évêque.

Robin écoutait l'évêque avec une vive attention. Son regard était imperturbable, en dépit des efforts répétés de l'évêque pour le mettre à l'aise, car, malgré ses haillons et sa crasse, il était bien Lord Locksley.

L'évêque parlait de la disgrâce et de la mort du père de Robin avec des mots aussi doux que possible, mais il trouvait le silence de Robin de plus en plus déconcertant. Il commença à chercher l'inspiration autour de lui. Il lui semblait de plus en plus difficile d'affronter le regard implacable de son interlocuteur. Il finit par arriver au point où le père de Robin avait confessé avoir adoré le Diable, mais il s'interrompit brutalement, ne sachant pas comment terminer.

— Comment avez-vous pu croire une telle chose ? Vous qui, plus que tout autre, connaissiez son dévouement à l'Église ?

L'évêque regarda Robin droit dans les yeux.

— Par trois fois, j'ai posé cette même question à votre père, car sa réponse me contrariait cruellement. Je ne pouvais pas le croire non plus, mais il a juré qu'il devait aller vers son Dieu la conscience soulagée, et il a tout avoué. Ces moments me hantent, mon fils. Le pouvoir des anciennes croyances représente une terrible tentation lorsque les fléaux de la sécheresse, de la famine et de la mort s'abattent ainsi sur le pays.

Robin acquiesça lentement, tristement, comme si tout cela n'était que la confirmation qu'il était venu chercher.

— Vous mentez, dit-il sèchement, et l'évêque ne sut que lui répondre.

Robin se détourna – comme si la seule pensée de toucher l'évêque le rendait malade –, et l'expression de son visage était pire que tous les coups. Il s'élança vers la porte et l'ouvrit. Il se retrouva alors face à face avec le shérif de Nottingham, qui s'apprêtait à entrer. Pendant un instant, ils se regardèrent bouche bée, puis le shérif jeta un œil à l'évêque, dont le visage couvert de sueur trahissait clairement la culpabilité et la panique. Le shérif se tourna à nouveau vers le personnage en haillons et malodorant qui lui bloquait le passage, mais n'eut pas besoin d'attendre qu'on le lui présente.

Le shérif ouvrit la bouche pour appeler ses gardes, mais Robin saisit une dague sous sa houppelande et lui assena un coup violent. Le shérif chancela; la pointe de la lame lui avait ouvert une longue entaille en travers de la joue. Il tomba en arrière en se tenant le visage. Le sang jaillit entre ses doigts. Il appela ses gardes à l'aide, et Robin se rua à nouveau sur l'évêque. Ce dernier se recroquevilla à la vue de la dague qui le menaçait, le visage blême de terreur.

— Robin, pour le salut de ton âme, ne verse pas le sang dans la maison de Dieu!

Robin le regarda avec dédain et se dirigea vers l'autre porte, de l'autre côté de la pièce. Celle-ci s'ouvrit violemment, et des gardes firent irruption. Robin s'arrêta en dérapant et jeta un regard déchaîné autour de lui. Des gardes venaient sur lui des deux côtés, et il n'y avait pas d'autre issue. Son regard fou tomba sur l'épaisse corde qui pendait du plafond, et il comprit en un quart de seconde qu'elle soutenait l'énorme lustre. Il sourit, l'empoigna fermement, puis la coupa à l'aide de sa dague. Elle céda immédiatement, et le poids du lustre précipité à terre propulsa Robin hors d'atteinte, tandis que le monstre s'écrasait sur la tête des gardes. Robin prit son élan, atteignit adroitement le bord d'une haute fenêtre et donna un coup de pied pour en briser le carreau. C'est alors que le shérif l'appela par son nom, et Robin s'arrêta. Le shérif, hors de lui sous la douleur et la rage, lui lança un regard furieux tout en se tamponnant la joue d'un mouchoir maculé de sang.

– Locksley! Je t'arracherai le cœur à la petite cuillère!

Robin le toisa calmement, puis se projeta de l'autre côté de la fenêtre. Des flèches atteignirent le mur qu'il venait de quitter.

Le palefrenier, qui gardait le cheval du shérif devant les portes de la cathédrale, trouvait la matinée ennuyeuse, lorsqu'il eut soudain une apparition. Un saint homme en haillons, sorti d'on ne sait où, atterrit sur le dos du cheval et lui arracha les rênes des mains. Le palefrenier, hébété, regarda le cheval et son cavalier disparaître au galop.

Robin fonça vers la porte de la ville, semant la panique sur sa route. Il traversa en trombe la place du marché encombrée, sous les bombardements de produits variés provenant des différents étalages et les insultes de toute sorte lancées par la foule, ainsi que quelques flèches décochées par les gardes les plus rapides. La porte apparut indistinctement devant lui. Robin eut un sourire vindicatif en se rappelant un certain coup de botte dans son postérieur. Il saisit un sac volumineux sur une charrette d'approvisionnement, en assomma le garde près du rempart, poursuivit sa course et passa la porte, riant et talonnant sa monture. Des flèches sifflèrent autour de lui, mais sans l'atteindre, et Robin quitta Nottingham dans un nuage de poussière en laissant l'écho de son rire retentir dans la ville.

8

Voleurs

De retour au cœur de Sherwood, les hommes de Petit Jean se rassemblèrent autour de Robin, tandis que ce dernier arrêtait sa monture. Fatigué mais excité, il sourit aux regards surpris. Azeem demanda qu'on lui apporte de l'eau, et Robin le remercia d'un hochement de tête. Le Maure saisit le bol d'eau claire et le présenta au cheval essoufflé et écumant. Robin se tourna, furieux, vers Azeem.

— Pourquoi es-tu parti sans moi ? demanda Azeem, imperturbable. Comment veux-tu que j'assure ta protection si je ne sais même pas où tu es ?

— Tu as à peine levé le petit doigt lorsque tu le savais, fit remarquer Robin.

Azeem haussa les épaules.

— J'aime choisir mon moment.

Tandis que Robin mettait pied à terre, les hommes admirèrent sa monture, impressionnés par la riche parure héraldique du cheval. Gilles l'Écarlate se fraya un chemin parmi la foule, examina de près le harnachement, puis se retourna, les yeux emplis de colère, vers Robin.

— C'est le cheval du shérif, dit-il sèchement, et le silence tomba sur l'assemblée.

Les hommes regardaient Robin d'un air effrayé et accusateur. Petit Jean ne cacha pas sa colère.

— Voilà qui est parfait, vraiment. De tous les chevaux que tu pouvais voler, il a fallu que tu choisisses celui du shérif de Nottingham! J'espère que tu lui as laissé un message disant : « Venez me chercher dans la forêt, vous n'aurez qu'à cueillir tous ceux qui se trouvent en ma compagnie! » Il ne laissera jamais passer ça ; il a sa fierté. Tu viens de mettre le feu aux poudres.

Robin sourit tranquillement, tout à fait imperturbable.

— Le shérif n'est qu'un insecte à qui j'ai donné un sacré coup de tapette ce matin. Et, sans parler de son cheval, je lui ai laissé sur le visage un souvenir qu'il pourra emporter dans sa tombe. Vous vous inquiétez beaucoup trop à cause de lui. Malgré ses fonctions, ce n'est qu'un homme.

— Un homme qui a une armée, gronda l'Écarlate.

— Le nombre ne fait pas tout, rétorqua Robin. J'ai appris cela en Terre sainte. Avec un peu d'organisation et un minimum de solidarité, nous pouvons le battre.

Petit Jean plissa les yeux et reprit : Qu'est-ce que c'est que cette histoire de *nous* ? Tu veux te joindre à nous ?

– Non, dit Robin. Je serai votre chef.

Il détacha de sa selle le lourd sac qu'il avait ramassé au passage en quittant Nottingham, et en déversa le contenu par terre. D'énormes jambons, des poulets cuits entiers et de gigantesques meules de fromage dégringolèrent sous les yeux ébahis de l'assemblée. Ils se jetèrent sur le festin inespéré avec des mains voraces, louant Robin de paroles incohérentes. Petit Jean se mit à rire et donna à Robin une grande claque dans le dos. Gilles l'Écarlate resta cantonné à l'écart, les bras croisés sur la poitrine, refusant obstinément de jeter ne serait-ce qu'un coup d'œil à toute cette nourriture. Il gardait les yeux rivés sur Robin, et son regard ne reflétait plus que la haine.

Dans ses quartiers privés, au château de Nottingham, le shérif, assis avec raideur dans son fauteuil, tremblait plus de rage que de douleur, tandis que son chirurgien-barbier personnel s'apprêtait à recoudre la plaie ouverte sur sa joue. Guisbourne se tenait à portée de la main, prêt à recevoir les ordres et à apporter son soutien moral; il observait d'un œil intéressé le chirurgien, qui chauffait l'aiguille, visiblement émoussée, à la flamme d'une chandelle. Au fond, Guisbourne était un homme aux plaisirs simples. Le shérif lui lança un regard furibond.

– Retrouve-moi ce brigand, Guisbourne! Je ne veux pas savoir combien de manants le soutiennent.

Nous leur couperons les vivres. Massacrerons leurs troupeaux... Non... mieux, nous leur *prendrons* leurs troupeaux. Comme cela, ils penseront avoir une chance de les récupérer moyennant une coopération. Je veux que les propres gens de Locksley se battent pour nous le livrer.

Guisbourne hocha la tête pensivement.

— Peut-être devrions-nous lui trouver un surnom, cousin ; quelque chose qui effraierait les manants. Locksley le Meurtrier, Robin la Puanteur, Robin des Bois...

— Appelle-le comme tu voudras, mais trouve-le-moi ! Je veux qu'il soit mort avant la prochaine lune, avant le retour des barons : ils ne doivent pas nous voir ridiculisés par ce bandit !

Le shérif tourna son regard malveillant sur le chirurgien, qui patientait.

— Qu'est-ce que tu attends, toi ? Recouds-moi ! Et tâche de t'appliquer, ou je te fais coudre les doigts !

Nottingham s'enfonça dans son fauteuil à la vue de l'aiguille qui s'approchait de sa joue en sang. Guisbourne se pencha plus près pour mieux voir.

Au cours des jours qui suivirent, les hommes du shérif parcoururent le pays pour faire respecter la loi. Quiconque osait émettre une objection était, au mieux, roué de coups. Aucune ville, aucun village, aucun hameau ne fut épargné. Les maisons étaient totalement incendiées, soit pour punir les plus têtus, soit pour donner l'exemple à ceux qui s'aviseraient de cacher des marchandises ou de l'or. La fumée noircit le ciel au-dessus des campagnes, et le sang des coupables comme des innocents se mêla dans la terre piétinée par les sabots des chevaux. Guisbourne conduisait personnellement toutes les razzias et s'en amusait beaucoup.

Mais, dès la fin de la deuxième semaine, il commença lui-même à trouver tout cela d'un mortel ennui. Il surveillait ses hommes du haut de son cheval, tandis que ces derniers mettaient à sac un petit village en bordure de la forêt de Sherwood, et il martelait sa selle de ses doigts impatients. Il était à peine midi, et Guisbourne avait déjà pris deux heures de retard sur son programme. Ses soldats écrasaient tout sur leur passage dans les taudis rudimentaires, dont ils ressortaient avec tout ce qu'ils avaient pu emporter. Le gros du butin reviendrait au shérif, une partie à Guisbourne, et le reste serait partagé entre les soldats. Guisbourne croyait à la récompense des initiatives, et puis, il adorait entendre les braillements des manants.

Les femmes et les enfants couraient en hurlant dans tous les sens, tandis que les soldats les faisaient sortir de force de leurs maisons, sous les yeux des hommes du village rassemblés en silence, trop effrayés et trop peu nombreux pour envisager la moindre insurrection. Le troupeau des villageois faisait un raffus du diable, tandis que les soldats empoignaient les bêtes pour les faire grimper sur une charrette. Soudain, un paysan, peut-être plus courageux que les autres ou simplement désespéré de voir son bétail disparaître, s'avança. Il leva des yeux serviles vers Guisbourne et se tordit les mains d'impuissance.

— Vous ne pouvez pas faire ça, sir! Nous allons mourir de faim! D'abord, la sécheresse a anéanti toutes nos récoltes, et maintenant vous nous enlevez le peu de nourriture qu'il nous reste!

— Pour des gens qui meurent de faim, vous avez l'air assez gras, répondit Guisbourne. Peut-être quelqu'un vous apporte-t-il de la nourriture, quelqu'un qui porte un capuchon, par exemple?

Guisbourne jeta un regard moqueur aux villageois, qui s'étaient massés de mauvaise grâce derrière le fermier, et fronça brusquement les sourcils en reconnaissant un visage familier. La femme devait être jolie sous la crasse, mais le dur labeur et une vie encore plus pénible lui avaient enlevé toute sa douceur. Elle regardait Guisbourne d'un œil mauvais et serrait son enfant sur sa poitrine pour le protéger. Guisbourne se pencha pour lui adresser la parole.

— Où est donc ton mari, Fanny? L'homme que l'on nomme Petit?

Elle soutint son regard, sans même prendre la peine de lui cacher sa haine.

— Il est mort. L'hiver dernier.

— Vraiment? dit Guisbourne. Nous avons pourtant entendu dire qu'il est bien vivant et qu'il se terre avec les brigands dans la forêt de Sherwood.

— Ce doit être son fantôme, répondit Fanny.

Guisbourne avança son cheval de quelques pas afin de mieux dominer la femme et son enfant, mais elle tint bon et lui lança un regard provocateur. Guisbourne lui envoya brusquement un coup de pied, d'une telle violence qu'elle se retrouva par terre. Elle atterrit lourdement, et l'enfant se mit à pleurer, mais personne ne fit un mouvement pour lui venir en aide. Personne n'osait. Guisbourne et ses hommes éclatèrent de rire. Fanny se mit péniblement sur ses genoux et cracha sur le sol devant Guisbourne. Le fermier éleva à nouveau la voix, son balbutiement attira le regard froid de Guisbourne.

— Que Dieu vous bénisse, sir, mais laissez-nous au moins la truie. Elle attend des petits. Sa portée nous permettra de passer l'hiver.

— Non, plus maintenant, rétorqua Guisbourne tranquillement. Si j'étais toi, je prierais pour que Robin des Bois nous soit livré avant la fin de l'automne.

Il fit pivoter sa monture en ricanant et quitta le village à la tête de ses hommes. La charrette fermait la marche, grinçant sous le poids du bétail et du reste du butin. Certains manants les regardèrent partir, la haine dans les yeux. Mais les autres toisaient Fanny avec colère

Une longue file de réfugiés se dirigeait d'un pas fatigué vers le camp, au cœur de Sherwood. Ils portaient sur leur dos le peu de biens qui leur restait; tous, hommes, femmes et enfants, étaient marqués par la faim et les mauvais traitements. Comme tant d'autres avant eux, ils venaient dans l'épaisse forêt, car ils n'avaient plus nulle part où aller. Parmi eux se trouvait Fanny Petit. Petit Loup courut à sa rencontre, hurlant de plaisir.

Assis sur un immense tronc d'arbre, Robin et Azeem regardaient le dernier lot de réfugiés arriver. Robin savait qu'il en viendrait; en fait, cela faisait partie de son plan, mais il n'avait jamais pensé qu'ils seraient si nombreux. Il baissa les yeux sur son arc en bois d'if flambant neuf, mais son regard voyait encore le long défilé de réfugiés. Il lui devait bien admettre qu'il était en partie responsable de leur triste sort. Il s'efforça de concentrer son attention sur le travail en cours, et fixa la corde de boyau à son arc.

Les réfugiés s'affalèrent près du feu de camp central et racontèrent leur histoire, la même histoire simple, triste et familière, déjà racontée maintes fois par leurs prédécesseurs. Certains des nouveaux venus demandèrent timidement à manger ou à boire, tandis que les autres se contentaient d'être assis là, trop fatigués pour faire un pas de plus, trop fatigués même pour pleurer, ou se plaindre, ou s'adonner aux gestes simples de la vie quotidienne. Quelques-uns prononcèrent le nom de Robin des Bois, et Gilles l'Écarlate s'empressa de le désigner du doigt. Un vieux fermier s'approcha de Robin, les yeux brûlants de colère, et ouvrit sa tunique pour lui montrer les blessures encore fraîches laissées par les coups récents. Une femme souleva son nouveau-né affamé pour que Robin puisse voir ses yeux énormes qui lui mangeaient le visage. D'autres se précipitèrent vers lui, le visage défait et reflétant leur colère. Azeem se tourna vers Robin.

— Si c'est la renommée que tu recherchais, mon ami, je pense que tu l'as trouvée.

Gilles l'Écarlate se fraya un chemin parmi les réfugiés et se planta devant Robin.

— C'est toi qui nous as imposé cette misère, Locksley.

— C'est l'œuvre du shérif, Gilles, lui répondit Robin patiemment. Il essaie de nous diviser.

— Nous sommes divisés, damoiseau, s'écria l'Écarlate. J'ai entendu dire aujourd'hui que le shérif a augmenté la récompense pour ta tête. Il offre un millier de pièces d'or.

Il jeta un regard circulaire, afin de mieux jauger l'humeur des réfugiés et des hommes du camp à l'écoute.

— Je propose de le livrer au shérif.

Un murmure affirmatif circula parmi la foule, principalement parmi les réfugiés. Robin secoua lentement la tête, puis regarda l'Écarlate comme s'il avait affaire à un élève lent et particulièrement borné.

— Gilles, crois-tu réellement que le shérif rendra tout, une fois que je ne serai plus là ?

— Il nous versera la récompense, répondit l'autre. Et nous serons amnistiés. Nous serons à nouveau libres.

160

— Il vous tordra le cou, un par un, rétorqua Robin sur un ton sec. Personne ne défie le shérif sans y perdre la vie. Tu le sais.

Un lourd et long silence s'installa. Robin regardait l'Écarlate froidement. Les autres, incertains, regardaient alternativement l'un et l'autre. L'Écarlate ricana ouvertement.

— Alors, que proposes-tu, damoiseau ? Que nous nous battions avec des pierres et nos mains nues contre les troupes du shérif, qui disposent d'armures et de chevaux ?

— En tout cas, avec une arme qui semble te manquer, Gilles. Le courage.

Le visage de l'Écarlate prit la couleur de sa tunique. Il regarda Robin d'un air furieux, le souffle coupé, mais finit par détourner la tête le premier. Robin testa la corde de son arc, puis se mit lentement sur ses pieds, tourna les talons et s'éloigna.

L'Écarlate sortit une dague et s'apprêta à l'envoyer dans le dos sans protection de Robin. Petit Loup cria pour avertir ce dernier, Robin fit volte-face, visa, et décocha une flèche en l'espace d'un éclair. La flèche vint se planter dans la main de Gilles, alors que celui-ci était encore en train d'ajuster son tir. Il lâcha son couteau et tituba, grimaçant sous la douleur provoquée par la flèche qui lui transperçait la paume, mais refusa le peu de secours qu'on lui proposa. L'assemblée se mit à murmurer tout bas, impressionnée par ce tour d'adresse. Robin remercia Petit Loup d'un mouvement de tête, puis se retourna vers la foule.

— Vous voulez mettre un terme à tout cela ? Vous voulez rentrer chez vous ? Alors, nous devons arrêter de nous battre entre nous et accepter le prix à payer. L'accouchement n'est pas sans douleur ; le maïs ne pousse pas sans sueur. Pour ma part, je préférerais mourir plutôt que d'avoir à me cacher toute ma vie. Le shérif nous a déclarés hors-la-loi... mais je dis que nous sommes libres. Et l'homme libre qui défend son foyer vaut bien plus que dix soldats engagés.

Robin jeta un coup d'œil à Azeem.

— Les croisades m'ont enseigné cela. Si vous croyez au fond de vous que vous êtes libres... alors, nous vaincrons.

— On ne peut pas se nourrir d'arbres, dit grossièrement l'un des manants. Nous n'avons rien. Le shérif nous a pris tout notre bétail.

— Et ils portent des armures, dit un autre.

— Et tout notre argent ! Les hommes du shérif ne nous ont rien laissé !

— Eh bien, par Dieu, nous le leur reprendrons, rétorqua Robin. Tout, et davantage encore.

Le temps s'écoula, l'été fit place à l'automne. Les bois de Sherwood se coloraient d'or et de bronze, et le paillis qui en recouvrait le sol absorbait le bruit des pas de ceux qui parcouraient les étroits sentiers entre les arbres. L'ombre était remplie de regards menaçants, et des silhouettes silencieuses apparaissaient et disparaissaient, comme par enchantement, sous les yeux des voyageurs ahuris.

Mais le shérif poursuivait ses assauts. Même l'Église n'échappait plus à ses abus. Un jour, les hommes du shérif eurent une surprise...

– Je vous en prie, sir, ceci appartient à Notre-Seigneur, suppliait un prêtre vieux et desséché.

– Maintenant, cela appartient à Monseigneur le shérif, ricana l'un des soldats du shérif.

Soudain, on entendit dans les arbres un son semblable aux cris des fées de la mort. Les hommes levèrent la tête. Des flèches sifflèrent et se fichèrent dans le sol à leurs pieds. Robin fit une apparition, affichant un sourire jusqu'aux oreilles, le carquois rempli de flèches blanches et l'arc en main.

– Si vous ne voulez pas rejoindre le Créateur au plus vite, rendez-lui ce qui lui appartient, dit-il, l'arc pointé sur eux.

Les soldats échangèrent un regard nerveux. Mais, avant que leur chef n'ait eu le temps de s'exprimer, une flèche lui frôla l'oreille. Les hommes de Robin étaient groupés dans les branchages. Le soldat eut un serrement de gorge et esquissa un mouvement de recul. Les autres déposèrent leurs armes et leur butin.

– Bien, dit Robin. Maintenant, allez dire au shérif qu'à la moindre attaque portée sur ces gens je lui rendrai la monnaie de sa pièce au centuple.

Personne ne broncha.

L'un des derniers jours de septembre, alors que le soleil ne rougissait guère plus que l'horizon, le baron

Hardcastle traversait nerveusement la forêt sur son cheval, suivant des yeux les ombres qui l'entouraient et sursautant au moindre son inattendu. Ce n'était pas la première fois qu'il se disait qu'il aurait dû emprunter une autre route, ou au moins se faire accompagner d'une escorte de soldats armés, au lieu de s'en remettre à ses deux gardes habituels. Tous deux étaient courageux et loyaux, compte tenu du salaire qu'il leur versait, mais, si la moitié des histoires qui circulaient à propos de Robin des Bois et des hommes féroces de la forêt étaient vraies... Hardcastle serra les dents et prit la ferme décision de ne plus penser à tout cela.

Il essuya son front en sueur à l'aide d'un mouchoir en soie et scruta à nouveau l'obscurité qui enveloppait les arbres. Il s'inquiétait pour rien. Ces histoires sur les hommes de Sherwood ne faisaient qu'alimenter la légende inventée par quelques paysans rassemblés pour la veillée au fond de leurs taudis. Il était même ridicule de penser que les classes pauvres puissent jamais oser se révolter contre leurs seigneurs et maîtres légitimes. Ces gens-là savaient où était leur place. Et, parbleu, s'ils ne le savaient pas, l'armée ne tarderait pas à le leur apprendre! Le baron sourit complaisamment et se mit en œuvre de préparer un petit discours, qu'il pourrait placer ultérieurement, au moment opportun, expliquant comment il aurait bravé les dangers de la fameuse forêt de Sherwood...

C'est alors que la forêt se mit à frémir, des silhouettes surgirent des sous-bois, de part et d'autre du sentier. Leurs vêtements étaient camouflés sous des feuilles et des branchages, et leurs visages astucieusement peints en vert et en marron. Le baron regarda par-dessus son épaule et fut pris de panique en découvrant qu'il en surgissait de partout, que toute retraite lui était coupée. Tous étaient armés d'arcs et de flèches, qu'ils tenaient avec un naturel laissant présager qu'ils savaient parfaitement s'en servir, et leurs sourires menaçants, mais moins encore que leurs regards, ne reflétaient aucune pitié. Le baron lança un regard impuissant à ses deux gardes; ces derniers avaient déjà les bras en l'air, en signe de reddition. Il aurait aimé pouvoir en faire de même, mais il était trop effrayé pour esquisser le moindre mouvement. Une voix nasillarde lui parvint du haut d'une branche. Il leva la tête, ahuri.

— Fait chaud, mon ami, aujourd'hui. Beaucoup trop chaud pour charger ton cheval d'une bourse aussi lourde.

Robin des Bois lui souriait du haut de sa branche. Le baron commença à bafouiller quelques protestations, regarda les nombreuses flèches pointées sur lui, et pensa qu'il valait sans doute mieux se taire. A contrecœur, il défit la lourde bourse qui pendait à sa ceinture, soupesa pendant quelques instants la masse d'or et d'argent, puis l'envoya à Robin. Celui-ci la rattrapa d'une main et fit une révérence moqueuse à sa victime.

– Grand merci à vous pour cette généreuse contribution à notre cause. Cette bourse remplira de nombreux ventres affamés et réchauffera bon nombre de
cœurs.

Le baron lui lança un regard furibond.

– Le shérif en sera informé!

– Mais j'espère bien, rétorqua Robin. Et dites-lui
de ma part que le prix qu'il offre pour ma tête est
une insulte à ma personne. C'est encore loin d'être
suffisant.

Et les semaines passèrent ainsi. Aucun homme
riche, noble ou marchand, ne pouvait traverser Sherwood sans payer un lourd tribut en contrepartie de
ce privilège. Les gardes armés n'étaient pas de taille
à lutter contre les flèches décochées à couvert, et
toute tentative de poursuite se soldait purement et
simplement par une débandade générale : les
hommes se faisant abattre, un par un, par leurs
ennemis invisibles. L'argent extorqué aux pauvres
leur était restitué, et, pour la première fois depuis
longtemps, les villages et les hameaux du comté de
Nottingham envisageaient la venue de l'hiver avec
autre chose que l'estomac vide et le cœur lourd. Les
hommes de Robin capturaient du bétail lors d'expéditions osées et le rendaient aux plus nécessiteux. Le
nom de Robin des Bois était sur toutes les lèvres au
nord du comté et, plus le shérif s'efforçait de l'effa-
cer, plus les voix s'amplifiaient.

Les hors-la-loi s'entraînaient sans répit sous la
direction de Robin et d'Azeem, affinant leur maîtrise

du tir à l'arc à l'aide de mannequins représentant des soldats. Ils s'entraînaient également à l'épée, à la hache et au couteau et n'abandonnaient ces activités que pour construire de nouvelles huttes dans la forêt. Des ponts de corde furent installés entre les arbres, très haut dans les airs, reliant ainsi les habitations construites parmi les plus hautes branches. Des chasseurs s'occupaient de rapporter du gibier frais chaque jour; souvent ce même gibier qui, autrefois, leur aurait coûté la vie. Rares étaient ceux qui se risquaient désormais à poursuivre les braconniers dans les bois.

Certains des barons entreprirent d'assurer leur protection en effectuant la traversée dans des attelages renforcés, se persuadant que le chêne épais et les panneaux d'acier décourageraient les attaquants. A son tour, Robin trouva de nombreux moyens pour forcer ces attelages à faire halte brusquement. Ainsi, par exemple, des crochets et des chaînes métalliques dissimulés surgissaient au moment opportun pour s'accrocher aux essieux et les arracher d'un coup sec. Une fois arrêtés, les occupants étaient priés de se soulager de leurs objets de valeur. Tout cela avec un minimum de cérémonie pour un maximum d'efficacité.

Robin menait souvent ces expéditions non pas par manque de confiance en ces méthodes, mais parce qu'il raffolait de voir l'expression des visages de ses victimes. A l'occasion d'un raid semblable, il fit irruption dans un carrosse et se trouva nez à nez

avec un baron d'une quarantaine d'années, fulminant, accompagné d'une fort jolie dame, assez jeune
pour être sa fille. Robin aida cette dernière à mettre
pied à terre sans encombre et, tout en lui adressant
un sourire charmeur, lui retira sa bague prestement.
La dame eut une moue de déception, mais Robin
s'inclina galamment.

— Madame, votre rare beauté devrait être votre
seul bijou.

Il lui baisa la main, et elle fit les yeux doux en
poussant un profond soupir. Le baron lança un
regard noir à Robin.

— Vous devriez avoir honte de vous adresser de la
sorte à ma femme.

Robin haussa un sourcil.

— Si cette jeune personne est votre femme, c'est
vous qui devriez avoir honte.

Il disparut alors dans les bois avec ses hommes,
emportant la bourse et les autres biens du baron, tandis que celui-ci cherchait encore quelque chose à lui
rétorquer. Sa femme les suivit des yeux.

— Qui est cet homme ? murmura-t-elle, rêveuse.

— Un voleur ! répondit sèchement le mari.

— Le prince des voleurs, dit la jeune dame, le
regard perdu dans les bois.

Plus les marchandises et l'or s'amoncelaient dans
leur camp, plus les hommes de Robin s'aventuraient
librement dans les villages et hameaux alentour, distribuant leur butin aux plus nécessiteux. Les
pauvres, reconnaissants, ne souhaitaient pas plus les

livrer aux hommes du shérif qu'ils n'auraient souhaité livrer leur propre famille. Bouc conduisait sa charrette d'un village à l'autre et, aidé de Petit Loup et de Fanny, déchargeait nourriture, couvertures et vêtements. Tous trois portaient ouvertement leurs armes. Les villageois les accueillaient en les acclamant et imploraient la bénédiction du Seigneur sur Robin des Bois, le prince des voleurs.

Des affiches firent leur apparition sur les arbres à l'orée du bois, offrant une récompense de dix mille pièces d'or pour la tête de Robin. Mais celles-ci jaunirent et se déchirèrent sans que quiconque ne réponde à l'appel du shérif.

Guisbourne emmenait régulièrement ses hommes dans Sherwood, déployant les meilleurs traqueurs que le shérif pouvait s'offrir, mais sans jamais trouver la moindre trace de Robin ni de ses amis. Il n'était pas difficile de trouver leur piste, mais celle-ci ne conduisait jamais nulle part, s'arrêtant souvent brusquement, comme si les hors-la-loi s'étaient évaporés dans les airs. Les soldats écarquillaient les yeux, se signaient et murmuraient, parlant de magie noire ou encore des terribles secrets dont le cœur de Sherwood était censé regorger. Aucun d'entre eux n'avait jamais pensé à lever les yeux en l'air. S'ils l'avaient fait, ils auraient peut-être aperçu, à travers le camouflage de feuillages et de branches, la toile tissée par tout un réseau de ponts, de cordes et de plates-formes, et même les hommes qui montaient la garde et se délectaient de la vue que leur offraient leurs cachettes haut perchées.

Dans ses quartiers privés de Nottingham, le shérif, assis dans son fauteuil, écoutait d'un air las la longue liste des derniers vols commis, que lui énumérait son scribe. Inconscient du regard brûlant qui observait la scène à travers l'œilleton secret, il passait négligemment en revue le dernier groupe de jeunes femmes effarouchées que ses gardes venaient soumettre à son approbation. Elles étaient toutes plutôt jolies, bien qu'apeurées, mais le shérif concentra son attention sur le scribe, qui, devenant progressivement nerveux sous le regard implacable, s'éclaircit la voix, se cramponna tellement à ses papiers que ceux-ci se froissèrent et poursuivit son rapport.

— Nous avons tout lieu de croire, milord, que les pertes subies à cause du fameux Robin des Bois, au cours de ces trois derniers mois, s'élèvent à plus de quatre millions de pièces d'or.

D'un geste brusque de la main, le shérif ordonna à l'une des jeunes femmes de tourner sur elle-même. Celle-ci s'exécuta timidement sous le regard froid du shérif qui grattait distraitement la cicatrice sur sa joue. Il se retourna à nouveau vers le scribe et déclara d'une voix calme et menaçante :

— Très bien. Dans ce cas, augmente le prix de la récompense. Offre vingt-cinq mille couronnes.

— Je vous demande pardon, milord, répondit timidement le scribe, mais je ne crois pas que cela fasse une grande différence, quel que soit le prix que vous offrirez.

Le shérif se pencha en avant sur son siège et épingla le scribe du regard.

– Vraiment ? Et pourquoi cela, mon bon et dévoué ?

– Parce que, milord, poursuivit l'autre nerveusement, parce que les pauvres, voyez-vous... eh bien, il leur donne la plus grande partie de ce qu'il prend aux riches, alors, ils... l'aiment.

Le shérif s'enfonça dans son fauteuil, le front barré d'une ride maussade. Le scribe vérifia discrètement la distance qui le séparait de l'issue la plus proche. Le shérif tapa du poing sur son accoudoir.

– Robin des Bois vole dans mes poches, me force à blesser les pauvres, et ils l'aiment pour cela ? Ils osent l'aimer et pas moi, leur seigneur légitime ? C'en est trop ! Ces poches ne feront plus la charité ! Dès aujourd'hui, tous les jours de fête sont annulés. Plus de pitié ! Et fini, les restes des cuisines pour les lépreux et les orphelins. Rappelle-moi que je dois inventer de nouvelles œuvres de charité afin de pouvoir mieux les supprimer !

Il se leva brusquement et se mit à faire les cent pas, fulminant. Le scribe le suivait précipitamment afin de noter aussi rapidement que possible tous les ordres que lui dictait son maître.

– Tout le monde ne cesse de se plaindre, ces temps-ci, maugréa le shérif, l'œil luisant d'un éclat dangereux. Le trésor se réduit comme une peau de chagrin et, toute la journée et toute la nuit, des hommes de bien défilent à ma porte pour me

171

supplier de les exonérer de leurs impôts et de leur prêter des gardes afin de leur assurer protection dans Sherwood. Et ils ont encore le culot de venir se plaindre qu'ils ne peuvent pas payer les impôts qu'ils me doivent parce que des brigands leur ont pris tous leurs biens ! Si autant de richesses ont disparu dans les bois de Sherwood que les barons le prétendent, le comté devrait déjà avoir fait banqueroute. Pourquoi s'obstinent-ils à traverser cette maudite forêt ?

— Parce que c'est le chemin le plus court de Nottingham à Londres, répondit machinalement le scribe, mais, au même instant, il regretta ses paroles, car le shérif s'en prenait de nouveau à lui.

— C'est *l'unique* route qui mène à Londres, espèce de putois ! La seule route que les barons empruntent pour aller rendre visite au prétendu roi Jean et à sa Cour !

Il s'interrompit brusquement lorsque son regard tomba sur l'une des jeunes femmes qui attendaient. Il la jaugea un instant, puis hocha la tête.

— Toi, dans mon lit. Ce soir.

Le scribe s'éclaircit nerveusement la voix, et le shérif se tourna à nouveau vers lui. Le scribe chercha désespérément quelque chose à dire sans s'attirer davantage d'ennuis.

— Les patrouilles de Sir Guy n'ont-elles donc rien trouvé, milord ?

— Sir Guy serait bien incapable de retrouver son propre cul, la nuit, sans se servir de ses deux mains ! répondit sèchement le shérif. Selon lui, il n'y a aucune trace du camp des brigands dans Sherwood. La vipère au capuchon rampe simplement entre les arbres et disparaît.

Les yeux du shérif se posèrent sur un buste représentant sa propre personne, qui se trouvait sur une table voisine. Quelqu'un avait rajouté une cicatrice sur la sculpture afin que celle-ci ressemble davantage au modèle. Le visage du shérif s'assombrit, ses mains se tordirent nerveusement, et il resta muet de rage pendant quelques instants. Le scribe profita de l'occasion pour lui tirer la langue dans le dos.

Plus tard, ce même jour, dans l'antre de Mortianna, le shérif enfila la robe de l'adorateur du Diable avec moins d'enthousiasme que d'ordinaire. La vieille albinos l'observait attentivement du haut de son autel profanateur déjà dégoulinant du sang de treize animaux sacrifiés.

– Quelque chose te chagrine?

Le shérif haussa les épaules, irrité, et Mortianna se précipita pour lui toucher le front de sa paume glacée, vérifiant qu'il ne souffrait pas de fièvre. Il fit une légère grimace au contact désagréable de la main moite, mais eut la sagesse de se taire. La sorcière était peut-être ratatinée par l'âge, mais elle avait un pouvoir indubitable. Il voulait ce pouvoir et, pour cela, il était prêt à supporter beaucoup de choses. Après... il aurait le temps pour beaucoup de choses, après. Il se prépara mentalement à affronter le regard brûlant de la sorcière.

Il ramassa le martinet que Mortianna avait préparé pour lui et le fit claquer plusieurs fois d'un air absent, perdu dans ses pensées.

— Dans dix jours, les barons seront là, et Robin des Bois m'a volé l'argent qui devait m'assurer leur allégeance. Je suis entouré d'une bande d'imbéciles et d'incapables qui ne font aucun cas de mes obligations! Dis-moi la vérité, y a-t-il un traître parmi mes gens?

D'un coup d'ongle acéré, la vieille s'entailla la peau du bras. Elle observa sans mot dire le sang goutter sur le sol crasseux. Finalement, elle s'accroupit, cracha dans la flaque de sang, et étudia les formes qui s'y détachaient. Le shérif s'agenouilla à ses côtés, essayant de voir ce qu'elle distinguait dans le sang. La vieille se balançait légèrement d'un côté et de l'autre.

— Engage les bêtes qui partagent ton Dieu!

Le shérif fronça les sourcils. Mortianna était souvent obscure, mais, ces derniers temps, elle était encore plus dure à suivre que d'habitude.

— Des animaux? s'enquit-il, incertain.

— Non, ceux du Nord.

— Les Saxons?

— Assujettis-les et approprie-toi leur force.

Le shérif acquiesça lentement. Les sauvages du Nord étaient réputés pour leur féroce cruauté et leur détermination à rallier n'importe quelle cause pour de l'or. Mieux encore, ils adoraient les mêmes forces occultes que lui. Mortianna le regarda sans sourciller, couvant des secrets impénétrables.

– Assieds ta propre chair sur le trône.

– Un enfant de moi sur le trône d'Angleterre ? demanda le shérif, incrédule. Comment ?

– Unis-toi au sang royal.

– Oui, évidemment, dit le shérif d'un air irrité. Mais qui ?

Mortianna détourna son regard.

– Ceci n'est pas encore révélé.

Le shérif fit une moue mécontente, cela ne le surprenait pas complètement. Mortianna passa négligemment un morceau de bois dans le sang et postillonna.

– Une langue t'insulte.

– A qui appartient-elle ?

– Celui qui écrit tout.

– Mon scribe... dit le shérif pensivement. J'aurais dû le savoir. Il faut toujours se méfier de celui qui sait lire et écrire. Il ose me tirer la langue ?

Mortianna acquiesça, un mauvais sourire aux lèvres.

– Coupe-la-lui.

9

Débuts

La route étroite et sinueuse serpentait avec prudence à travers la majestueuse cathédrale formée par les arbres gigantesques de Sherwood. Seul un trait de lumière perçait çà et là dans l'obscurité de la forêt, et aucun gazouillis d'oiseau ne se faisait entendre. Sir Guy de Guisbourne, chevauchant en tête d'une troupe armée, poursuivait sa route sur le sentier inégal tout en fouillant du regard les alentours. Le silence absolu de la forêt le rendait nerveux. Cela n'était pas naturel. Aucun oiseau, aucun insecte, rien. Il humectait nerveusement ses lèvres sèches. Les brigands étaient là, quelque part. Il ne les voyait pas, mais il était sûr qu'ils étaient là. Il sentait la pression de leurs yeux dans son dos. Ses hommes la sentaient également. Leurs chants et leurs bavardages s'étaient progressivement tus, tandis qu'ils s'enfonçaient au cœur de la forêt. Ils chevauchaient maintenant avec une main sur la garde de leur épée. Guisbourne se retourna sur le chemin qu'ils avaient parcouru, et se sentit quelque peu rassuré. Certes, les hors-la-loi avaient intercepté d'autres collectes d'impôts, mais cette fois les choses seraient différentes.

Le chariot contenant la collecte roulait au milieu de la troupe; une énorme caisse parfaitement protégée et montée sur roues, assez grande pour contenir l'argent des impôts, ainsi qu'une douzaine d'hommes armés d'arbalètes. L'unique porte était verrouillée et scellée, et les seules ouvertures étaient constituées par d'étroites meurtrières sur les côtés. Et, pourtant, la vue du chariot ne rassurait pas Guisbourne autant qu'il l'eût souhaité. Il avait l'air redoutable, inattaquable, mais il était évident qu'il s'agissait davantage d'un travail motivé par le désespoir que par l'inspiration; il avait été rapidement conçu parce que tout le reste avait échoué. Parce que toutes les autres collectes, sans exception, avaient été pillées par Robin des Bois et ses hommes.

Le shérif comptait sur ce chariot. Il devait passer. Il avait été clair sur ce point. Il avait aussi clairement fait savoir à Guisbourne qu'il serait entièrement responsable de la sécurité de cet argent, et que, s'il échouait, si une seule pièce d'or manquait, Sir Guy regretterait que ses parents se soient jamais rencontrés.

Guisbourne essuya la sueur qui lui couvrait le visage. Il faisait chaud, et le poids de sa cotte de mailles n'arrangeait rien. Il fit traverser la route à son cheval et s'arrêta pour boire une longue rasade au goulot de sa gourde remplie d'eau claire. La troupe le dépassa lentement, le chariot grinçait dans le silence, et ses roues s'enfonçaient profondément dans la terre sous son poids, obligeant les chevaux à le tirer de toutes leurs forces.

Une charrette portant des tonneaux de bière grondait derrière, tirée par un unique cheval, qui semblait mort d'ennui. Un moine gras, au visage rouge, tenait les rênes d'une main rondelette et, de l'autre, une cruche, qu'il plongeait à intervalles réguliers dans l'un des tonneaux ouverts. Guisbourne souriait amèrement. Au rythme où la bière disparaissait, l'abbaye devrait se contenter de la moitié de la marchandise qu'elle avait payée. Depuis déjà un certain temps, le moine chantait des cantiques de sa voix forte et rauque, parsemés çà et là de chansons à boire d'une origine quelque peu douteuse. Il y mettait de plus en plus de sentiment, et Guisbourne eût aimé qu'il s'abstienne. Entre autres choses, le bruit couvrait tous les éventuels signaux qui auraient pu venir de la forêt. Guisbourne ne quittait pas des yeux les ténèbres impénétrables de chaque côté du chemin. Cette fois, quoi qu'il arrive, il réussirait à faire passer l'or. Désormais, il n'était plus question de devoir, mais de vengeance personnelle. Robin des Bois l'avait ridiculisé, et Guisbourne voulait la peau de son ennemi.

Sans autre forme d'avertissement, des flèches se mirent à pleuvoir. L'une d'entre elles toucha un soldat en pleine gorge, juste au-dessus de l'armure. L'homme se plia lentement en deux et tomba de cheval. Une autre se planta dans un tonneau, derrière le moine, qui se mit à crier et lâcha sa cruche. Un soldat, qui se trouvait derrière la charrette, gisait sur sa selle. Le sang coulait sur son visage; une flèche lui avait transpercé l'orbite. Les flèches volaient dans toutes les directions. Guisbourne tira son épée, éperonna son cheval et cria à ses hommes de poursuivre leur route. Ils pouvaient toujours essayer de fuir l'embuscade en laissant les brigands derrière eux. Mais le chariot transportant les impôts avançait déjà au maximum de sa vitesse, et Guisbourne fut pris de découragement en s'apercevant qu'il ne serait jamais assez rapide. Deux autres hommes furent abattus en l'espace de quelques secondes. Le reste de la troupe se laissait gagner par la panique.

Guisbourne scruta fiévreusement les environs et repéra finalement quatre hors-la-loi rassemblés au bord du chemin. Leurs vêtements verts et leurs visages peints se confondaient à tel point avec les bois qu'il était pratiquement impossible de les distinguer tant qu'ils restaient immobiles. Mais, maintenant, ils décochaient leurs flèches à toute vitesse. Guisbourne ameuta ses hommes et leur désigna les brigands. Les soldats en armure dirigèrent leurs montures droit sur eux, mais ceux-ci se mirent immédiatement à courir à l'abri du sous-bois. Promptement disparus, les voleurs sautèrent dans la tranchée qu'ils avaient creusée plus tôt et mirent en place un écran de brindilles et d'herbes pour se cacher. Les soldats progressaient lentement dans le sous-bois, se frayant un chemin à l'aveuglette. A croire que la forêt avait brusquement avalé les gredins.

Pensant avoir une chance de s'échapper, tandis que les soldats donnaient la chasse aux hors-la-loi, le moine fouetta son cheval pour avancer. La place manquait toutefois pour manœuvrer et dépasser le chariot des impôts. Il maudit l'attelage en proférant des insultes, puis s'immobilisa, bouche bée, à la vue de Robin et d'Azeem, qui se jetèrent du haut des arbres sur le chariot. Ils firent tomber le cocher et son garde de leur siège, s'emparèrent des rênes et firent quitter la route au véhicule. A l'intérieur, les hommes armés d'arbalètes tentaient désespérément de viser à travers les étroites meurtrières, mais en vain, incapables qu'ils étaient d'ajuster leur tir sur le nouveau conducteur. Le moine s'aperçut rapidement qu'une nouvelle chance s'offrait à lui et reprit les rênes. Au même instant, Petit Jean bondit du haut d'une branche et atterrit dans la charrette. Violemment secoué sous le choc, le moine fut propulsé hors de son siège. Il tomba en arrière, se cognant la tête contre un tonneau de bière, et se désintéressa totalement de la suite des événements. Jean sourit largement et conduisit la charrette sur les traces de la collecte des impôts. Les deux véhicules disparurent dans les bois, tandis que d'autres hors-la-loi s'empressaient d'ériger un nouveau camouflage pour masquer leurs traces.

Guisbourne surgit du sous-bois sur la route et trouva l'endroit désert, hormis quelques chevaux dépouillés de leurs cavaliers en fuite et les corps de ses hommes morts. Il regarda fiévreusement autour de lui, mais la forêt impassible ne lui dévoila aucun de ses secrets. Guisbourne déglutit. Le shérif ne serait pas content.

Non loin de là, mais suffisamment hors de portée des oreilles de Guisbourne, Robin arrêta le chariot des impôts dans une petite clairière traversée par un cours d'eau tranquille. Il tendit les rênes à Azeem, grimpa sur le toit et tapa deux fois du pied pour attirer l'attention de ses occupants. Des cris de colère et des menaces lui répondirent à l'intérieur, et Robin attendit patiemment qu'ils se calment.

— Rendez les armes, dit-il d'une voix forte. Et je vous donne ma parole que vous partirez tous librement.

Il y eut un silence, puis une lame d'épée surgit violemment d'une meurtrière aménagée dans le toit, ratant de peu le pied de Robin.

— C'est bien ce que je craignais. Certaines personnes sont tout simplement irrécupérables.

Il fit signe à Azeem de faire avancer le chariot le long de la pente douce qui conduisait à la rivière. Les deux compagnons attendirent jusqu'au dernier moment avant de sauter à terre, laissant filer le chariot à toute allure dans l'eau. Il s'arrêta dans la boue qui recouvrait le lit de la rivière et se renversa lentement sur le flanc. L'eau pénétra par les meurtrières, semant la panique parmi les occupants. Ceux-ci se mirent à supplier de toutes leurs forces qu'on leur laisse une chance de négocier leur capitulation. Un homme intelligent eut même l'idée de nouer un mouchoir blanc à la hampe d'une flèche qu'il secoua frénétiquement par la meurtrière. Robin sourit et fit signe à ses hommes, qui contemplaient la scène, de délivrer les soldats du chariot. La rivière n'était pas assez profonde pour que ces derniers soient vraiment en péril, mais il ne voyait aucune raison de leur en faire part.

Un peu plus tard, une fois les soldats désarmés, dévêtus, soumis aux rires moqueurs, puis ficelés ensemble, Robin regarda joyeusement ses hommes décharger les lourds coffres-forts métalliques du chariot inondé. Petit Jean força l'un d'entre eux. Le silence s'abattit soudain sur la clairière tandis que tout le monde se massait autour du coffre ouvert. Il était rempli à ras bord de pièces d'or rutilantes, et il était énorme. Les hommes regardèrent l'or, puis les autres coffres encore intacts, et laissèrent tout à coup éclater leur joie, se donnant de grandes claques dans le dos et se bousculant à qui-mieux-mieux pour voir l'or de plus près. Robin, silencieux, regardait d'un air songeur le coffre ouvert. Petit Jean glissa sa main de colosse dans la masse des pièces et remua celles-ci d'un geste lent, soupesant l'or massif dans sa main.

— Je veux bien être pendu la tête en bas, dit-il doucement. Je ne pensais pas qu'il pouvait y avoir autant d'or dans le monde.

– Ce trésor a été amassé dans un but précis, dit Robin pensivement. Je pense qu'il serait de notre intérêt d'en découvrir l'objet.

Ses pensées furent interrompues par le bruit d'une rixe provenant de la charrette du moine. Celui-ci était complètement enterré sous une pile d'hommes, mais continuait à se débattre puissamment. Deux hommes gisaient déjà sur l'herbe, gémissant faiblement, et, sous les yeux de Robin, un troisième sortit de la bataille les deux mains fermement agrippées à son entrejambes. Robin hocha la tête, impressionné.

– Assez, laissez-le! s'écria-t-il. Ce ne sont pas des façons de traiter un homme d'Église. De plus, je n'ai pas les moyens de perdre un homme de plus.

Il dut écarter de force quelques-uns de ses compagnons, mais les autres se retirèrent rapidement, sautant sur le prétexte. Il se tinrent en demi-cercle respectueux autour du moine. Appuyés les uns contre les autres, ils toussaient et essayaient de retrouver leur respiration. Le moine était adossé à la charrette, l'air défait mais résolument insoumis. Il congédia du regard les hommes hors d'haleine et s'adressa à Robin avec rudesse.

– Que le Seigneur vous bénisse, mon bon prince. Ces pêcheurs tentaient de s'emparer de ces libations destinées aux moines de l'abbaye de Sainte-Catherine.

Il désigna les tonneaux de bière d'un geste tremblant. Le moine était un homme d'une taille normale, mais d'une corpulence nettement supérieure à la moyenne. Son visage semblait perpétuellement rouge, son nez fleurissait de vaisseaux éclatés, et son habit crasseux se composait essentiellement de taches de bière, aussi bien anciennes que récentes. Son large visage rond était dominé par une bouche pincée – entourée d'une barbe négligée – surmontée d'une paire d'yeux francs et inquiétants. Petit Jean lui sourit.

– Il me semble, vénérable frère, qu'une bonne partie de cet alcool a déjà fait son chemin dans votre grasse personne.

Le moine l'ignora magnifiquement et grimpa sur le siège de sa charrette. Robin s'avança prestement et s'empara des rênes.

– Un instant, mon vénérable ami. Vous voyagez en très mauvaise compagnie avec les soldats de Nottingham.

– Ouais, dit Bouc. Qu'il paie sa taxe, comme les autres. Ces gens-là ne sont pas à un sou près.

Cette remarque souleva un grondement d'approbation, surtout de la part des hommes qui s'étaient démenés pour soumettre le moine et commençaient seulement à retrouver leur souffle. Robin regarda le moine d'un air innocent.

– Vous voyez ce qu'il en est, l'ami. Mes hommes ont soif et ont mille choses à célébrer. Le bon Seigneur aura certainement la charité de nous laisser quelques tonneaux?

Le moine suffoqua et se signa, exagérant l'aspect dramatique de la scène.

– Que le Seigneur me bénisse, monseigneur, je vous prenais, vous et vos hommes, pour de vulgaires voleurs. Mais si vous désirez partager la bibine du Seigneur...

Il passa négligemment la main sous son siège, sortit une massue et en asséna un bon coup sur l'oreille de Robin.

– ... il faudra me passer sur le corps!

Robin lâcha les rênes et tituba en arrière, les oreilles bourdonnantes. Le moine s'empara vivement des rênes et fouetta son cheval. Il trempa sa cruche dans un tonneau ouvert, avala une bonne goulée et adressa un toast sardonique à Robin.

– Admets, Robin des Bois, lui lança-t-il joyeusement par-dessus l'épaule, que frère Tuck est meilleur, plus saint et plus courageux que toi!

Une branche basse frappa le moine en plein front, et il bascula en arrière, tombant de son siège sur le sol, suivi de la cruche de bière, qui s'écrasa à ses côtés. Le cheval jeta un regard en arrière et, voyant qu'il était inutile de se presser, s'arrêta pour se remettre à brouter l'herbe grasse de la forêt. Frère Tuck se remit en grognant sur ses pieds, puis secoua la tête en découvrant ce qu'il était advenu de sa cruche.

– Hélas, le Seigneur donne, le Seigneur reprend. Les voies du Seigneur sont impénétrables.

Robin s'avança vers lui en trébuchant, et ils s'affrontèrent du regard pendant quelques instants, chacun massant sa tête douloureuse.

— Tu te rends ? demanda enfin Robin.

Tuck fit une moue hautaine.

— Plutôt rôtir en enfer.

Il fit tomber Robin d'un croc-en-jambe, puis se rua sur lui, tel un requin affamé. Robin roula sur le côté au dernier moment, et Tuck s'écrasa contre le sol dur, le souffle coupé.

Un peu plus tard ce même jour, les hommes du camp virent arriver frère Tuck fermement sanglé à sa propre charrette et la tirant lui-même à la sueur de son front. Il grognait fortement et suait abondamment, mais faisait avancer le véhicule à un pas régulier. Il y avait de vrais muscles sous ce tas de graisse, pensait Robin en donnant un petit coup de rênes du haut de son siège de cocher. Le moine mena la charrette jusqu'au milieu du camp, et les femmes et les enfants arrivèrent en courant pour accueillir leurs hommes. Ils se montrèrent tout aussi intéressés par les coffres-forts suspendus entre les chevaux. Les enfants raillèrent les soldats prisonniers et encerclèrent frère Tuck en riant, Robin ayant enfin permis à ce dernier de se reposer. Tuck grogna de ressentiment et se maintint le dos pour se redresser.

— Merci, seigneur, pour cette leçon d'humilité. Il faudra vraiment que je vous rende la faveur un de ces jours.

— Voici le moment, dit Robin, descendant de la charrette avec légèreté. Ici sont rassemblés les pauvres et les déchus. Les humbles de ce monde, qui n'ont connu rien d'autre que malchance et mauvais traitements durant toute leur pauvre vie. Je les ai emmenés ici afin de leur donner une chance de vivre en paix, de reconstruire leur vie après que les hommes du shérif les eurent dépouillés de tout. Il nous manque le bon ministère d'un honnête homme de Dieu. Nous sommes des ouailles un peu inhabituelles, mais n'es-tu pas toi-même un moine inhabituel ? Qu'en dis-tu ?

Tuck embrassa d'un regard la foule soudain devenue silencieuse, ne laissant échapper aucun des visages remplis d'espoir qui l'entouraient. Ils n'avaient pas vraiment l'air des sauvages sanguinaires dont il avait tant entendu parler. En fait, il découvrait la misère, la faim et les marques indiscutables des mauvais traitements subis par les hommes et les femmes : mains et oreilles coupées pour les hommes, empreintes de fouet pour les femmes. Une jeune fille avait les jambes paralysées, tandis qu'un jeune homme avait l'œil brûlé. Les enfants se pressaient autour du moine, les yeux écarquillés et le sourire rempli d'espoir, mais il dut détourner la tête à la vue des marques qu'ils portaient eux-mêmes sur leur pauvre corps. Il joignit les mains en geste de prière. Maintes fois, il avait prié pour avoir ses propres ouailles, ce qui prouvait bien qu'il fallait faire attention à ce qu'on demandait dans ses prières. Il leva les yeux et sourit à Robin.

— Les voies du Seigneur sont impénétrables, dit-il doucement. J'accepte.

Robin sourit, lui envoya une claque sur l'épaule et se mit en œuvre de le libérer de son harnais.

— Tu ne le regretteras pas, bon frère.

— Ouais, dit Tuck. Mais toi, peut-être.

La nuit était tombée lorsque Guisbourne retourna à regret au château de Nottingham. Il se mit en quête du shérif, sachant que plus il le ferait attendre pour lui faire son rapport, pire ce serait. Il le trouva finalement en train d'observer le travail des forgerons dans les salles de l'armurerie du château. Le shérif avait transformé les lieux en une fabrique d'armes privée, et les artisans travaillaient jour et nuit. Ils travaillaient en équipes, gagnant plus d'argent qu'ils n'en avaient jamais rêvé, et les forges ne refroidissaient pas. Il y avait déjà plus d'épées et d'armures, prêtes à équiper une armée entière, que Guisbourne n'aurait imaginé.

Celui-ci s'avança lentement parmi la fumée et les étincelles. Il finit par découvrir le shérif, qui retirait une lame de l'un des fours. Il retourna la lame incandescente dans tous les sens avec admiration. Guisbourne s'approcha timidement, mais le shérif ne se retourna pas.

— Je vous apporte de mauvaises nouvelles, cousin, dit Guisbourne dans un murmure. Nous avons essuyé une embuscade dans les bois de Sherwood.

Le shérif testa la lame sur une enclume à proximité, et des étincelles jaillirent.

— Acier espagnol, cousin. Beaucoup plus solide que le nôtre. Des pertes ?

— La plupart des hommes. En fait, tous les hommes.

— Et une fois de plus, te voilà l'unique survivant, cousin. Intéressant. Et l'or ?

— Il... a disparu. Évaporé dans la forêt.

Le shérif se retourna et regarda enfin Guisbourne. Il affichait un sourire plaisant, mais Guisbourne ne pouvait rien lire dans ses yeux.

— Robin des Bois ?

— Il y avait des hors-la-loi, vêtus de vert. Je les ai vus.

— Robin des Bois, dit le shérif, hochant la tête lentement, pensivement. Dis-moi, cousin, savais-tu qu'autrefois, avant que nous n'apprenions l'art de fabriquer les épées, on transperçait le ventre d'un esclave afin de les tremper ? Cela avait quelque chose à voir avec le soudain changement de température. Je me suis laissé dire que la tradition perdure en Orient. De nos jours, bien sûr, nous utilisons des moyens plus scientifiques.

Il posa sa main d'un geste rassurant sur l'épaule de Guisbourne.

— Mon cher cousin, nous devons être forts. Nous ne pouvons pas permettre à ce bandit de nous ridiculiser.

Son sourire s'élargit, et il enfonça l'épée encore chaude dans l'estomac de Guisbourne, puis la tourna. La vapeur s'échappa de la blessure, et le sang épais jaillit sur le sol tandis que Guisbourne s'effondrait sur les genoux, la bouche ouverte, mais silencieuse. Le shérif retira la lame, et Guisbourne tomba en avant dans son propre sang, puis s'immobilisa. Le shérif lui adressa un sourire.

— Et je ne peux pas permettre que l'un de mes lieutenants manque à son devoir.

Il approcha la lame de ses yeux et l'examina.

— Bonne lame, très bon acier. La tradition a peut-être du bon, finalement.

De bon matin, le lendemain, en bordure de la forêt de Sherwood, deux silhouettes dissimulées sous de lourds manteaux à capuchon chevauchaient lentement le long d'un sentier couvert de feuilles. Le bruit régulier des sabots résonnait haut et clair dans la quiétude matinale. Deux autres silhouettes, vêtues de vert, suivaient les chevaux en silence, sous le couvert du sous-bois. Bouc et Much, le fils du meunier, bien que censés être partis à la chasse, ne pouvaient renoncer à cette cible tentante. Much, grand et dégingandé, n'était certainement pas le plus vif des hommes de Robin, ce qui expliquait sans doute pourquoi lui et Bouc s'entendaient si bien. Ils allongèrent le pas afin de dépasser les cavaliers et s'accroupirent pour les attendre au tournant. Bouc s'approcha de Much.

— Prends celui de gauche, murmura-t-il d'une voix rauque. Je me charge de celui de droite.

– D'accord, répondit Much. Lequel est celui de gauche ?

Hochant la tête tristement au vu de tant d'ignorance, Bouc leva le poing droit et le brandit sous les yeux de son compère.

– Ça, c'est la gauche, ballot. C'est celle que tu utilises pour bâfrer. La droite, c'est celle avec laquelle tu te torches. T'as jamais rien appris ?

– Je le savais bien, répondit Much violemment. Je voulais juste vérifier.

Bouc lui fit signe de se taire, car les deux cavaliers approchaient. Puis les deux compères bondirent sur le chemin pour leur barrer la route. Les cavaliers firent halte, surpris, tandis que les deux hommes mettaient leur arc en joue.

– Halte-là ! dit Bouc d'un ton important.

Le cheval devant lui rua, et le capuchon du cavalier tomba en arrière, dévoilant le visage d'une très belle jeune femme. L'autre cavalier retira également son capuchon, faisant apparaître une femme nettement plus laide. Bouc sourit à Much.

– La tienne n'est pas terrible.

Much l'ignora ostensiblement et adressa aux deux femmes ce qu'il se plaisait à penser être un regard féroce.

– Un don, belles dames, s'il vous plaît.

La belle jeune femme lui lança un regard à le défier d'oser tirer.

– Un don ? Pour quelle cause, je vous prie ?

– Pour traverser Sherwood en toute sécurité,

191

répondit Much. C'est un endroit terriblement dangereux. Il pourrrait vous arriver n'importe quoi.

— Je suis Marianne Dubois, dit-elle sur un ton
glacial. Ce nom vous dit-il quelque chose ?

Much regarda Bouc, qui haussa les épaules.

— Tout le monde est sur un pied d'égalité à Sherwood, damoiselle. Tout le monde paie le prix de son
passage.

— Très bien, dit Marianne, d'une voix dangereusement calme, à vous glacer le sang. Si vous voulez un don, venez le chercher.

Elle fouilla dans son manteau à la recherche, sem-
blait-il, de sa bourse, et Much s'avança avidement,
abaissant son arc. Au même instant, Marianne se
pencha brusquement en avant, l'empoigna par les
cheveux et le fit tourner sur lui-même afin de lui
menacer la gorge de la dague que lui avait offerte le
shérif. Sa compagne, Sarah, donna un violent coup
de pied, que Bouc reçut en plein sur le nez. Celui-ci
lâcha son arc et ses flèches, chancela en arrière, les
deux mains sur son nez en sang, et regarda Sarah les
yeux écarquillés et pleins de reproches. Much sentit
la pointe acérée du couteau lui ouvrir doucement la
peau du cou et s'efforça de rester immobile, sans
déglutir ni respirer fort, ni faire rien d'autre qui
puisse mécontenter Marianne Dubois.

— Espèce d'abominable face de rat ! dit Marianne
d'un ton brusque. Comment oses-tu t'attaquer à
nous ?

— Je ne fais que mon travail, damoiselle, dit
Much en esquissant un sourire.

— Vraiment ? rétorqua Marianne. Et qui est donc ton employeur ?

— Robin des Bois, dit Much, espérant l'impressionner.

Marianne le regarda d'un air songeur, et son sang ne fit qu'un tour. Par expérience, ce genre de regard signifiait pour lui qu'on cherchait un nouveau moyen de lui causer des ennuis. De toute sa hauteur, Marianne lui sourit froidement.

— Emmène-moi auprès de ce Robin des Bois. J'aurais deux mots à lui dire.

Quelque temps plus tard, Bouc et Much menaient Marianne et Sarah au bord d'une faille couverte de fougères luxuriantes, à quelques pas du camp. Les deux hommes avaient essayé de convaincre Marianne d'aller directement au camp, mais celle-ci avait insisté pour qu'on la conduise immédiatement auprès de Robin. Bouc s'était touché le nez, Much la gorge, puis tous deux avaient échangé un regard, haussé les épaules, et obéi aux ordres de Marianne.

Bouc s'arrêta tout au bord de la faille et fit signe à la jeune femme de regarder en bas. Elle s'exécuta, mais resta figée sur place, abasourdie par la vue magnifique qui s'étendait au-dessous d'elle. Une superbe chute d'eau cascadait du haut d'une falaise de pierre et formait plus bas un bassin dissimulé dans l'ombre. Abritée des deux côtés par la faille, la cascade et le bassin formaient un lieu privilégié, isolé du monde de l'homme, préservé de sa cupidité et de sa hargne. Mais, au fond du bassin, un homme se baignait dans les eaux sombres : Robin des Bois.

Nu comme au premier jour, inconscient de son public, il ressemblait plus à une créature sauvage qu'à un homme. Sa large musculature profilée offrait une ligne pure, arrondie aux angles par une fine couche de graisse. De terribles cicatrices couvraient son dos, marques de fouets, de couteaux et de fers rougis, et d'autres choses encore auxquelles Marianne ne pouvait donner un nom. Sa poitrine, ses bras et ses jambes portaient également des cicatrices. Le fait que Robin ait survécu à ce type de blessures en disait aussi long sur sa force de caractère que sur sa force physique. Marianne détourna les yeux à la vue de pareilles douleurs et, pour la première fois, commença à entrevoir certains des horribles secrets qui entouraient le passé de Robin, et à comprendre ce qui avait transformé le garçon, dont elle se souvenait, en l'homme qu'elle voyait en contrebas.

Elle recula involontairement à la vue de Robin qui sortait de l'eau avec naturel et se dirigeait vers ses vêtements consciencieusement empilés à l'abri, sur un rocher éloigné. Sarah détourna les yeux, pinçant les lèvres d'un air désapprobateur, mais Marianne n'en fit rien, fascinée par la force et la grâce nonchalante de Robin. Bouc et Much échangèrent un sourire, sans piper mot, ayant enfin compris d'où venait le vent. Bouc attendit que Robin soit à nouveau plus ou moins décent, puis toussa fort et l'appela.

– Robin ! Tu as de la visite !

Robin leva la tête, se protégeant les yeux de la lumière, puis sourit largement en reconnaissant Marianne. Il lui fit un signe de la main, et elle réussit à répondre vaguement. Robin escalada rapidement le flanc de la faille, d'un pas assuré, et se retrouva enfin devant Marianne, à peine essoufflé par l'effort. Marianne sentit son visage rougir de plaisir lorsque leurs yeux se rencontrèrent. Troublée pendant un instant, elle oublia d'un seul coup le discours désinvolte qu'elle avait répété tout le long du chemin.

– Que faites-vous ici ? finit-elle par lâcher.

Le sourire de Robin s'élargit.

– Je suivais le conseil d'une dame.

Au camp, le village commençait à prendre forme. Des hommes travaillaient aux huttes et à la défense, tandis que des femmes s'occupaient de la cuisine et du linge, les enfants courant dans tous les sens, dans les jambes de tout le monde. Hommes et femmes surgissaient de temps à autre de la forêt par petits groupes, chargés de gibier frais ou de bois pour le feu. Leurs larges musculatures, leurs visages peints et leurs vêtements couleur des bois leur donnait l'air de faire partie intégrante de la forêt. Partout où Marianne posait les yeux, le camp était animé et fonctionnalisé. Frère Tuck faisait l'important, assis sur une souche d'arbre au centre du camp, un sac de grain ouvert devant lui et un groupe d'élèves attentifs à ses pieds.

— Ceci est du grain, disait Tuck, soulevant une poignée de céréales dorées et la faisant ensuite couler à nouveau dans le sac. N'importe quel imbécile peut en manger, mais le bon Seigneur le destine à une consommation nettement plus divine. Mes amis, vénérons notre Créateur en nous livrant au noble art du brassage...

A l'autre bout de la clairière, des hommes s'entraînaient au tir à l'arc, décochant leurs flèches dans des cibles qui représentaient de grossières formes humaines. Petit Jean envoya sa flèche dans le mille et se mit à rire bruyamment, ravi de sa performance. Il sourit à Petit Loup, comme toujours aux côtés de son père.

— Bien, mon garçon, voyons de quoi tu es capable.

Petit Loup visa avec précision, sans empressement, puis laissa partir son coup. Fendant celle de son père, sa flèche se ficha en plein milieu. Petit Jean en resta bouche bée, puis rugit de plaisir et donna une grande claque sur l'épaule de son fils. Il cria ensuite aux autres archers de venir admirer le coup de maître de Petit Loup. Il les regarda avec un large sourire se masser autour d'eux, aussi fier de son fils que s'il avait réussi le coup lui-même. Les archers sourirent au père comme au fils, puis, chacun à leur tour, donnèrent une claque dans le dos à Petit Loup, jusqu'à ce qu'il s'évanouisse à moitié.

— Beau tir, Petit Loup, dit Robin, du promontoire où il se tenait avec Marianne. Mais serais-tu capable d'en faire autant dans un moment de distraction ou en cas de nécessité ?

196

Il fit signe au garçon de recommencer. Petit Loup banda à nouveau son arc d'un air confiant, se prépara à tirer, visant la cible d'un œil. Robin se pencha en avant dans son angle mort et lui souffla subitement dans l'oreille. Petit Loup sursauta, et la flèche, largement déviée de sa course, toucha à peine la cible. Petit Jean fit une moue furieuse et fusilla Robin du regard.

– Et toi, alors? En serais-tu capable?

Robin sourit à Marianne, s'avança et prépara une flèche. Il banda son arc, et Petit Jean se mit alors à crier et à applaudir. Robin se tenait droit comme un i, l'arc parfaitement tendu, concentré sur la cible. Marianne se pencha tout à coup en avant et lui souffla dans l'oreille. Robin sursauta et laissa partir la flèche. Non seulement celle-ci rata la cible, mais elle ne toucha même pas l'arbre sur lequel celle-ci était accrochée. Petit Jean et les autres se tordirent de rire et se donnèrent des coups de coude lourds de signification. Robin lança un regard plein de reproches à Marianne, et celle-ci éclata de rire. Malgré ses efforts pour se donner un air sévère, il ne put s'empêcher de répondre par un sourire.

Il éloigna Marianne des archers suffoquant de rire et l'emmena sous un énorme chêne séculaire au bord de la clairière. Une hutte simple avait été construite dans les branches les plus hautes, pratiquement hors de vue. Des marches grossières avaient été taillées dans le flanc de l'arbre. Marianne leur jeta un regard méfiant. Robin lui adressa un sourire d'encouragement, et elle souleva ses jupes pour entreprendre son escalade avec plus ou moins de dignité. Robin la suivit, secouant la tête d'admiration. Les marches débouchaient sur une large plateforme, sur laquelle ils firent halte quelques instants, le temps pour Marianne de reprendre son souffle. Elle regarda ensuite la petite maison dans l'arbre, sans paraître particulièrement impressionnée.

— Jetez un œil à l'intérieur, dit Robin. Je pense que vous trouverez que cela valait la peine de grimper jusqu'ici.

Elle fit la moue, puis pénétra dans la hutte d'un air contraint, lui signifiant qu'elle lui faisait une faveur. A l'intérieur, il faisait sombre, mais l'atmosphère fleurait bon le bois nu. Au milieu de la pièce se trouvait une demi-douzaine de coffres-forts. Robin passa devant elle, d'un pas nonchalant, et souleva les couvercles un par un. Les yeux de Marianne s'agrandirent, et le souffle coupé, elle regarda malgré elle l'énorme tas d'or.

— Nottingham vole aux pauvres, expliqua Robin. Nous volons à Nottingham pour leur rendre.

Marianne opina lentement, encore sous le choc.

— Autant d'or... Qu'est-ce que cela signifie ?

— Le shérif a extorqué tout cet or à son peuple afin de s'acheter les ennemis du roi Richard. Tous les barons ne se sont pas ralliés au prince Jean, et nombre de ceux qui sont restés indépendants hésitent. Cette quantité d'or pourrait permettre à Nottingham de s'assurer leur appui.

Marianne fronça les sourcils.

— Nottingham n'oserait jamais défier le roi lui-même !

— Le roi absent n'est pas en mesure de relever un quelconque défi, répondit Robin. Tant qu'il ne rentre pas, il risque de perdre son pays.

Marianne regarda l'or, puis Robin. Ce dernier eut un sourire malicieux.

— Vous pensiez que je gardais tout cela pour moi, n'est-ce pas ?

Marianne sentit la chaleur lui monter à nouveau au visage. Embarrassée et troublée de s'être laissée prendre au dépourvu, elle fouilla impulsivement dans son manteau et sortit la dague sertie de pierres que lui avait offert le shérif.

— Tenez. Voici ma contribution à votre cause

Robin regarda fixement la superbe garde du couteau, puis les doigts minces et frêles de Marianne. Ceux-ci tremblaient légèrement sous son regard. Il prit la dague, et leurs doigts se frôlèrent un instant, puis Marianne retira sa main. Robin détacha le médaillon aux armoiries de Locksley et le lui tendit.

— Un présent aussi délicat mérite quelque chose en retour.

— Non, répondit Marianne vivement. Cette dague n'a pas d'importance à mes yeux. Je veux dire...

Elle s'interrompit, s'apercevant qu'elle disait exactement le contraire de ce qu'elle voulait dire, mais il lui fallait bredouiller quelque chose.

— Je dois partir.

Elle se précipita vers la porte, abandonnant Robin avec la dague et le médaillon. Il rougit de fureur, regrettant de ne pas avoir su mieux se sortir de cette situation, et s'apprêta à jeter la dague dans le coffre le plus proche, mais il s'arrêta et cacha celle-ci dans sa tunique. La sensation de l'avoir là lui donna l'impression d'emporter une partie de Marianne avec lui, pour toujours. Il fronça les sourcils, incertain de savoir jusqu'où cette pensée le conduirait, puis haussa les épaules. Il remit son médaillon, referma les coffres et sortit à son tour de la cabane.

Il s'avança sur la plate-forme et découvrit que Marianne descendait déjà les marches taillées à même le tronc de l'arbre. Il embrassa les alentours du regard, fier de la forteresse aérienne qu'il avait réalisée à l'aide de huttes, de ponts et de plates-formes. Cela faisait plaisir de se savoir capable de bien faire. Il sourit subitement, libéra l'échelle de corde de secours et se laissa glisser rapidement pour rejoindre Marianne. Il la rattrapa très vite et régla son allure sur la sienne. Elle lui jeta un regard furtif, puis détourna la tête et s'efforça de parler d'une voix désinvolte.

— Pensez-vous vraiment que le shérif vous laissera quitte pour tout cela ?

— Il faudrait d'abord qu'il me trouve, répondit Robin tranquillement. Nous avons une règle ici : quiconque vient au camp n'en repart pas. Il y a trop de vies en jeu pour que nous nous laissions aller à la moindre exception.

Ils atteignirent le sol en même temps, et Marianne se tourna vers Robin, un léger sourire aux lèvres.

– Je sais. Bouc m'en a parlé. C'est pourquoi j'ai insisté pour qu'on nous bande les yeux, à Sarah et à moi.

– Oh, dit Robin.

Son visage s'assombrit un instant, puis s'éclaira à nouveau.

– Peut-être accepteriez-vous de rester pour dîner ?

Marianne sourit.

– Peut-être.

La nuit tomba, et un parfum de venaison rôtie enveloppa le camp en liesse. Si on leur avait demandé ce qu'ils célébraient, les hommes de Robin auraient donné des douzaines de réponses différentes, mais en réalité ils ne fêtaient que leur liberté et le nouveau sens que Robin avait donné à leur vie. Une musique tonitruante emplissait la clairière, tandis que les musiciens jouaient de leurs instruments comme des forcenés afin de faire sortir des airs à danser ou à reprendre en chœur. Et personne ne s'inquiétait de savoir s'ils étaient bons musiciens ou s'ils jouaient juste simplement parce qu'ils y mettaient tout leur cœur. Les danseurs virevoltaient autour des feux de joie, et, parmi eux, on pouvait reconnaître Much et Sarah.

Azeem regardait les couples en silence, assis un

peu à l'écart. Les sons étranges de la musique lui arrachaient les oreilles, mais les danses lui semblaient assez familières, de même que l'expression des visages des couples tournoyants. Ce n'était pas la première fois qu'Azeem s'apercevait que son pays et les siens lui manquaient. Un jeune enfant s'approcha de lui, les yeux remplis d'une franche curiosité, et Azeem lui sourit en reconnaissant la plus jeune des filles de Petit Jean.

— Est-ce Dieu qui t'a peint ? demanda la fillette.

— C'est bien possible, répondit Azeem d'une voix douce. Allah a toujours aimé la variété.

Il s'interrompit en voyant Tuck surgir de l'obscurité, la mine particulièrement renfrognée. Il posa sa lourde main sur l'épaule de l'enfant et l'éloigna, indifférent à ses protestations, puis fixa Azeem de ses yeux froids.

— Garde-toi de blasphémer aux oreilles des innocents, ou tu auras affaire à moi ! Tu ne sais rien de notre Dieu.

Azeem affronta son regard sans ciller.

— Mon Abraham n'est-il donc pas le même que le vôtre ?

Tuck maugréa :

— N'essaie pas de m'entortiller avec tes paroles diaboliques. Viens, ma fille.

Il rejoignit le camp à grands pas, entraînant la fille de Petit Jean avec lui. Azeem les suivit des yeux, et, si son visage portait les traces d'une peine ou d'une colère quelconque, personne ne se trouvait à proximité pour le remarquer.

La musique s'arrêta soudain, et les musiciens firent une pause pour se rafraîchir. Ils burent une ou deux rasades d'alcool avant de reprendre. L'un d'entre eux était déjà tellement bien rafraîchi qu'il avait peine à se tenir droit. Assis parmi eux, Duncan accompagnait la musique de la tête et partageait une cruche ou deux de cette fameuse boisson rafraîchissante. Pour un vieil homme aveugle, il se débrouillait assez bien, mais, lorsqu'il tenta de se lever, il retomba par terre, jurant bruyamment que quelqu'un lui avait fait un croche-pied. Il ronchonna pendant un moment, blessé dans sa dignité, mais s'anima à nouveau lorsque les musiciens lui tendirent une nouvelle cruche.

Gilles l'Écarlate s'avança brusquement en fanfaronnant dans la lumière du feu, tenant son luth comme une arme, et le camp explosa dans des cris et des grognements de protestation. L'Écarlate les ignora tous d'un air dédaigneux, prit une pose majestueuse et se mit à gratter son luth avec hargne.

— Cette chanson, annonça-t-il sur un ton grandiloquent, est une chanson... d'amour.

Elle était si jeune, si ronde, sa peau était si claire,
Que mon cœur lui ai donné.
Alors la belle, sans pitié,
L'a déchiré.
Car elle n'était pas ce qu'elle semblait,
Et là, mes amis, je vous en conjure,
Gardez-vous du charme des mensonges,
C'est la ruine qu'ils vous assurent.

203

Gilles l'Écarlate termina sa ballade, puis se posta devant Robin et le dévisagea.

Robin et Marianne étaient assis côte à côte, leurs bras se touchant presque. Marianne, notamment, suivit des yeux l'Écarlate, qui disparaissait dans l'ombre, de l'autre côté de la clairière.

— Étrange garçon, dit-elle, fronçant les sourcils. Il vous en veut ?

Robin haussa les épaules.

— Il n'est pas le premier.

Mais cela ne le préoccupait pas le moins du monde, comme Marianne put le constater. Elle le dévisagea pendant un long moment, puis, presque malgré elle, lui effleura le dos de la main.

— Parlez-moi de ces cicatrices, dit-elle de sa voix douce.

— Pourquoi ? Seul leur souvenir me peine désormais.

Marianne soutint son regard sans faillir.

— J'aimerais savoir comment le jeune damoiseau arrogant d'autrefois en est arrivé à se satisfaire du sel de la terre.

Robin leva lentement les yeux sur le camp, observa ses gens en plein divertissement, sachant que sa fierté pour eux se reflétait sur ses traits.

— J'ai vu des chevaliers en armure paniquer aux premiers signes de la bataille, et j'ai vu le dernier des écuyers retirer une lance de son propre corps pour défendre un cheval agonisant... Ce genre de choses

204

changent un homme. Mais qui vous dit que je suis satisfait ici ? Je n'ai pas encore perdu espoir quant à mon avenir.

– Ah, dit Marianne, le sourcil levé. Un grand dessein ?

– Non, très simple. Un foyer, une famille... l'amour.

Marianne rit doucement.

– Les hommes parlent d'amour lorsque cela les arrange. Quand ils n'en ont plus besoin, il leur devient tout à coup un fardeau.

Elle regarda Robin, et, malgré son ton désinvolte, ses yeux étaient sérieux.

– Robin des Bois, prince des voleurs.. est-il capable d'amour ?

La poitrine de Robin se serra subitement, et son souffle resta coincé dans sa gorge. Les hautes flammes rouge et or du feu se reflétaient sur le visage de Marianne, telles des pensées fugitives. Il lui sembla qu'elle ne lui avait jamais paru aussi belle. Il écarta de la main une boucle défaite sur son front.

– Il est prêt à se soumettre à l'épreuve, belle dame.

Il se pencha légèrement sur elle, sans qu'elle bouge. Leurs visages se rapprochèrent, et leur respiration se fit plus courte jusqu'à ce que leurs lèvres se rencontrent. C'est alors qu'un hurlement discordant et effrayé rompit le charme, et Marianne tourna la tête. Robin émit un juron discret, puis se retourna et vit Petit Loup courir vers son père, le visage noyé de larmes.

— Viens vite! Maman est en train de mourir!

A l'intérieur de la hutte de Petit Jean, Fanny se tordait de douleur sur son lit grossier, fait de guenilles et de couvertures; elle en était à son huitième mois de grossesse. Frère Tuck était assis à son côté, tentant de la réconforter tant bien que mal. Il leva un regard désolé vers Petit Jean lorsque celui-ci fit irruption dans la pièce, suivi de Robin et de Marianne.

— L'enfant est en avance, dit calmement le moine, tentant désespérément de ne rien laisser paraître de son anxiété sur son visage et dans sa voix. J'ai bien peur que cela se présente mal.

Fanny cria sous la douleur d'une nouvelle vague de contractions, et Petit Jean se précipita vers elle pour lui prendre la main.

— Calme-toi, mon amie, dit-il gentiment. Ça va aller.

Fanny secoua la tête. Son visage en sueur trahissait autant la douleur que l'effort.

— Celui-ci n'est pas comme les autres, Jean. Oh, mon Dieu, il me fait mal!

Marianne s'agenouilla à ses côtés et posa délicatement la main sur le front de Fanny. La chaleur qui émanait de sa peau l'inquiéta, mais elle aussi parla d'une voix calme et rassurante.

— Courage, petite mère.

Azeem apparut dans l'encadrement de la porte, et

Robin le pria instamment d'entrer. Tuck se hérissa à la vue du Maure, mais se contraignit à se soumettre à l'autorité de Robin. Ce dernier adressa un sourire de réconfort à Petit Jean.

– Mon ami connaît les médecines et les traitements.

Azeem leur fit signe à tous de s'éloigner du lit et s'agenouilla auprès de Fanny. Tuck fit une grimace et observa chacun des mouvements du Maure. Azeem, n'y prêtant aucune attention, souriait à Fanny pour la rassurer. Il repoussa la couverture qui la protégeait. Sur la poitrine et les épaules nues de la femme se tortillaient une douzaine de créatures noires. Azeem s'exclama, furieux :

– Par Allah, des sangsues! Barbares, vous voulez la faire mourir?

Il se mit à enlever les bestioles. Le sang perlait sur les minuscules plaies ouvertes où les sangsues se nourrissaient. Tuck lui saisit le bras et tenta de l'arrêter.

– Laisse-les, sauvage! Éloigne-toi d'elle!

Azeem se dégagea avec une telle force que le frère chancela en arrière, et il retira les dernières sangsues. Il les lançait par terre et les écrasait du talon.

– Le sang est comme l'air. Si elle en perd trop, elle et l'enfant mourront.

Petit Jean interrogea Robin du regard, et celui-ci acquiesça fermement, espérant ne pas commettre d'erreur. Azeem examina le ventre enflé de Fanny, puis tourna vers elle un regard plein de compassion.

– Votre bébé se présente les pieds en avant. Vous ne pourrez pas accoucher seule.

Fanny serra fortement la main de Petit Jean, mais ce dernier était paralysé par la peur et la confusion. Tuck s'avança à nouveau et supplia Robin, la voix outragée.

– Tu ne peux pas faire confiance à cet homme! C'est le Diable qui l'envoie pour nous écarter du droit chemin. Ne l'écoute pas. Il va la tuer!

– Si tu ne m'écoutes pas, dit Azeem d'une voix égale, elle mourra, sans aucun doute. Et l'enfant aussi.

Fanny cria à nouveau, tordue par la douleur qui assaillait son corps de toute part. Petit Jean leva un regard suppliant vers Robin. Celui-ci lui posa une main calme sur l'épaule.

– Le bon frère a tout essayé, Jean. Laisse faire le Maure. J'ai confiance en lui.

Petit Jean regarda Fanny, qui hocha affirmativement la tête, incapable d'ouvrir la bouche. La gorge serrée, Jean déclara :

– Qu'il en soit ainsi.

– Vous aurez leur mort sur la conscience! dit sèchement Tuck. Je vous aurai prévenus. Ma conscience est libre.

Petit Jean empoigna Tuck par le devant de sa robe, le rapprocha de lui, et leurs visages se retrouvèrent à quelques centimètres à peine l'un de l'autre.

– La ferme, Tuck... Tais-toi.

Jean le relâcha, et Tuck sortit comme un ouragan.

Personne ne le regarda partir. Azeem, d'un air calme et affairé, se tourna vers Marianne.

– Apportez-moi une aiguille, du fil, de l'eau, un couteau à dépecer et des braises. Vite.

Marianne acquiesça et sortit précipitamment. Jean regardait Azeem avec horreur. Robin l'attrapa par le bras et le convainquit gentiment d'attendre dehors. Il referma la porte derrière lui, puis appela Azeem d'un geste de la main. Ils se mirent à discuter à voix basse, leur tête proche l'une de l'autre.

– Un couteau à dépecer ? fit remarquer Robin. Que comptes-tu en faire ?

Azeem le regarda, imperturbable.

– Il faut aider l'enfant à naître, avec le couteau. C'est la seule solution.

Robin secoua la tête.

– J'ai déjà entendu parler de ce genre de procédé, mais je ne l'ai jamais vu à l'œuvre. As-tu déjà fait cela ?

– Je l'ai vu faire de nombreuses fois. Sur des chevaux.

– Des chevaux ?

Robin éleva la voix, puis se ravisa, de peur d'effrayer Fanny.

– Azeem, si tu échoues, et que l'enfant et sa mère meurent, Jean te tuera ! Je ne pourrai rien pour toi.

– Je le sais, répondit Azeem. Mais, si je ne le fais pas, les deux mourront de toute façon.

Il se retourna précipitamment en entendant Marianne, qui revenait avec ce qu'il avait demandé.

Il lui prit les différentes choses des mains, les unes après les autres, puis hocha la tête d'un air approbateur.

— Robin, tiens-la.

Il chauffa le couteau aux braises tandis que Marianne glissait un morceau de bois entre les dents de Fanny. Le Maure attendit aussi longtemps qu'il put avant de retirer le couteau des braises. La lame brillait d'une sinistre couleur rouge. Robin saisit Fanny par les épaules tandis que Marianne lui tenait la tête.

— Vous allez souffrir, madame, dit Azeem de sa voix douce. Mais la douleur disparaîtra, et vous l'oublierez. Êtes-vous prête ?

Fanny s'empressa d'acquiescer, et ferma les yeux tandis qu'Azeem s'approchait.

A l'extérieur, Petit Jean faisait les cent pas, se tordant les mains d'impuissance. Petit Loup le suivait comme une ombre. Des familles étaient venues s'asseoir près de la cabane, espérant soutenir ainsi Jean de leur présence. Frère Tuck se tenait légèrement à l'écart, serrant son crucifix et murmurant des chapelets de prière. Des gémissements et des cris leur parvenaient de l'intérieur, culminant subitement en un hurlement.

— Vous allez m'écouter, maintenant ? s'exclama Tuck. Le barbare est en train de la massacrer !

Petit Jean s'avança d'un pas incertain près de la cabane. Petit Loup tenta de le retenir. Le hurlement cessa net, et un nouveau son emplit la nuit : les vagissements vigoureux d'un nouveau-né.

A l'intérieur, Azeem marmonna quelques mots d'arabe d'une voix respectueuse et intimidée tandis qu'il veillait sur Fanny, finalement évanouie. Robin tendit l'enfant ensanglanté et gigotant à Marianne, qui l'enveloppa dans une couverture. Leurs regards se croisèrent au-dessus des braillements du petit paquet, et quelque chose passa entre eux; quelque chose de plus que la simple expérience partagée de l'accouchement. Marianne détourna les yeux pour apaiser les cris du bébé. Robin se retourna vers Azeem, toujours penché au-dessus de la mère immobile.

— Est-elle morte? demanda-t-il dans un murmure.

— Non, elle s'est simplement évanouie sous la douleur et le choc. Elle vivra. Elle est forte. Par Allah, elle est forte.

Azeem leva les yeux vers Robin et sourit.

— Aussi forte qu'une Maure. Regarde, elle revient déjà à elle.

Marianne déposa délicatement le bébé sur la poitrine de Fanny tandis que celle-ci s'éveillait, et ce fut la première chose que la jeune mère vit en ouvrant les yeux.

— Voici votre fils, milady.

Petit Jean s'avança dans le camp, tenant fièrement le bébé emmailloté à bout de bras afin que tous puissent l'admirer. Il ne pouvait s'empêcher de danser parmi la foule en liesse, rugissant de plaisir, de fierté et de joie, comme s'il avait lui-même accompli le dur labeur. Tuck, qui n'avait pas quitté sa place près de la cabane, était toujours assis à l'écart. Fatigué et encore couvert du sang de Fanny, Azeem apparut dans l'encadrement de la porte. Tuck bondit sur ses pieds et s'approcha du Maure, dont le visage était résolument fermé. Azeem ne lâcha pas pied. Les têtes se tournèrent dans leur direction, et le silence enveloppa rapidement la clairière. Robin scrutait l'obscurité, tendu et prêt à intervenir en cas de nécessité. Tuck s'arrêta devant Azeem, leurs regards s'affrontèrent pendant un long moment.

— En ce jour, finit par dire Tuck, Dieu m'a donné une belle leçon.

Il tendit la main à Azeem. Ce dernier la regarda. Le moine insista.

— Je t'en prie, ce serait un honneur pour moi.

Azeem hocha la tête et saisit la main tendue. Tuck partit d'un rire tonitruant, puis attira le Maure stupéfait contre sa poitrine et l'y écrasa.

— Viens, barbare, mon ami, tonna-t-il en le relâchant. Allons ouvrir un tonneau, toi et moi, et je m'efforcerai de convertir ton âme de païen.

— Hélas, s'empressa de répondre Azeem, ma foi ne m'autorise pas...

— Notre Dieu a brassé cette bibine, mon frère, coupa Tuck. Oserais-tu lui faire cet affront ?

Azeem sourit.

— Si tu le prends ainsi...

212

Et ils s'en furent à la recherche de la bière sacrée sous les acclamations et les applaudissements de la foule. Les musiciens entamèrent une gigue endiablée, et tout le monde se remit à danser. Marianne se tenait près du feu et observait, portant encore quelques traces du sang de l'accouchement. Quelqu'un se mit à tousser poliment derrière elle, et, alors qu'elle se retournait avec un sourire destiné à Robin, elle se trouva nez à nez avec un Gilles l'Écarlate tout intimidé. Ce dernier s'était nettoyé, et il avait l'air presque présentable. Il était grand, sombre et beau; il avait un vague air de ressemblance avec Robin. Il lui offrit une fleur, d'un air presque charmant.

– Si le cœur vous en dit, milady, m'accorderez-vous cette danse?

Marianne lui sourit et chercha désespérément un prétexte pour refuser. Puis, regardant derrière lui, elle vit avec soulagement Robin sortir de l'ombre. L'Écarlate se retourna immédiatement pour voir ce qu'elle regardait, et se figea en voyant Robin. Une menace frémit sur ses traits; Marianne se raidit, s'attendant à quelque ennui, mais Robin se contenta de sourire aimablement.

– La dame a déjà un cavalier, Gilles.

Marianne adressa un sourire d'excuse à l'Écarlate, qui hocha lentement la tête, comme s'il s'était de toute façon attendu à quelque chose de ce genre. Il tourna les talons et, la fleur toujours à la main, s'éloigna dans l'obscurité, ignorant Robin. Robin et Marianne le suivirent des yeux un instant, puis se

tournèrent l'un vers l'autre et se regardèrent.
Marianne lui essuya une trace de sang sur la joue, et
Robin en fit autant sur elle. Leurs yeux se croisèrent,
et leur respiration s'intensifia. Robin sourit soudain,
souleva Marianne dans ses bras et la porta au milieu
des danseurs. Les mots étaient devenus inutiles.

L'aube pointait sans hâte parmi les brumes matinales qui voilaient les bords de la rivière. Le jour
était tranquille et prometteur. Des cygnes glissaient
majestueusement sur l'eau, apparaissant puis dispa-
raissant dans les brumes, tels des fantômes silencieux. Un simple radeau attendait sur la rive, maintenu par un vieux passeur enveloppé dans un épais
manteau pour se protéger des gelées matinales.
Sarah fit grimper son cheval et celui de Marianne
sur le radeau tandis que Robin escortait sa dame le
long de la rive en pente. Marianne jeta un regard
soupçonneux au radeau et leva un sourcil vers son
compagnon.

— Pourquoi ce radeau ?

— Afin que vous ne puissiez pas retrouver le chemin, répondit Robin. Surtout si quelqu'un d'autre
vous obligeait à le lui indiquer.

Il tendit la main et écarta la longue boucle de cheveux qui retombait sans cesse sur son front.

— Ce fut bon de vous revoir, Marianne.

Elle sourit.

— Tout le plaisir était pour moi.

Ils s'en seraient peut-être dit davantage, mais ils entendirent Bouc, Duncan et le cheval blanc de Robin arriver derrière eux. Le charme était rompu. Duncan avait l'air confus, encore plus mécontent que d'ordinaire. Robin prit les mains de Marianne dans les siennes.

— J'ai deux faveurs à vous demander.

Marianne lui adressa un sourire espiègle.

— Seulement deux ? Très bien, mon bon sire, quel sera la première ?

— Prenez Duncan avec vous, murmura Robin. Avec ce qui nous attend, je crains pour sa santé et sa sécurité. Accordez-lui le gîte et le couvert. Ma famille lui doit beaucoup.

Duncan, au moment où il passait avec Bouc, s'agrippa aveuglément au bras de Robin.

— Maître Robin, vous vous débarrassez de moi ?

— Mon vieil ami, expliqua Robin gentiment, je veux que tu escortes Marianne chez elle. Je crains pour sa sécurité en ces temps troublés.

Duncan se détendit un peu et hocha la tête d'un air compréhensif.

— Bien sûr, maître Robin.

Bouc le guida près du radeau. Marianne se tourna vers Robin.

— Et la seconde faveur ?

Robin la regarda calmement.

— Vous êtes la cousine du roi. Vous seule pouvez lui faire savoir ce qui se trame à Nottingham. Il vous croira.

215

Marianne lui rendit son regard.

— Si je faisais une chose pareille, et que le shérif l'apprenne, je pourrais perdre tout ce que j'ai. Moi aussi, j'ai charge d'âmes.

— Le ferez-vous pour le roi?

— Non. Je le ferai pour vous.

Elle embrassa rapidement Robin, puis tourna les talons et s'avança vers le radeau. Sarah était déjà en train de remettre son bandeau en place. Duncan sourit en entendant Marianne s'installer à ses côtés.

— Il vous aime, milady, murmura-t-il.

Sentant sa surprise, il sourit.

— Je suis peut-être aveugle, mais je peux encore voir certaines choses.

Marianne se retourna vers la rive, tenant son bandeau à la main, tandis que le passeur faisait avancer lentement le radeau à l'aide de sa perche. Sur la rive, Robin la regardait. Leurs yeux se croisèrent, et aucun d'eux ne détourna le regard jusqu'à ce qu'ils soient tous les deux engloutis par les brumes.

10

Trahison

Marianne arpentait patiemment le bureau de l'évêque, attendant que celui-ci la rejoigne, et lançait un regard inquiet du côté de la porte à chaque fois qu'elle croyait entendre quelqu'un arriver. Elle respirait profondément afin de se calmer et serrait contre sa poitrine la lettre qu'elle avait écrite, comme si elle avait peur que quelqu'un fasse irruption et la lui arrache. Elle finit par se forcer à s'arrêter et s'assit dans l'un des fauteuils scandaleusement confortables. L'évêque ne devait pas voir à quel point elle était agitée. Il se demanderait sans doute ce que cette lettre pouvait contenir. Il était déjà bien suffisant qu'elle risque sa vie pour entrer en contact avec le roi. Elle ne se pardonnerait jamais de mettre également en péril la vie d'un innocent.

Elle embrassa du regard le vaste bureau, cherchant à se distraire, et découvrit la pièce sous un angle nouveau. Elle n'y voyait rien de vraiment extraordinaire ; simplement les installations et le mobilier habituels, ainsi que quelques tapis qui recouvraient le sol de part en part. Un décor attendu dans la maison d'un riche notable. Un homme possédant des biens et des richesses. Mais Marianne songea aux conditions de vie des hommes dans la forêt et se rappela les histoires qu'ils avaient racontées à propos de l'oppression du shérif. Elle regarda à nouveau le riche mobilier et les épais tapis et ne put s'empêcher de penser à la quantité de nourriture et autres nécessités que tout cela représentait. La table aurait pu nourrir une famille pendant un an. Cette carafe, et le vin qu'elle contenait, auraient pu protéger une autre famille du terrible froid de l'hiver. Marianne eut une moue triste, incertaine du chemin que prenaient ses pensées. Les riches avaient-ils donc le droit de festoyer pendant que les pauvres mouraient de faim?

La porte s'ouvrit subitement, interrompant ses pensées, et Marianne se leva presque reconnaissante en voyant l'évêque entrer dans la pièce. Elle lui fit une gracieuse révérence, lui baisa l'anneau, puis lui tendit la lettre. L'évêque la saisit, puis leva légèrement les sourcils en découvrant qu'elle portait déjà le sceau de cire rouge aux armoiries de la famille Dubois. Il leva les yeux sur Marianne, qui soutint son regard.

— Il s'agit d'une affaire personnelle, Monseigneur, mais de la plus haute importance. Elle doit partir aujourd'hui, et je n'ai trouvé personne d'autre en qui avoir confiance.

— Je comprends, mon enfant, répondit l'évêque.

Il tourna et retourna la lettre entre ses mains couvertes de bijoux, comme s'il cherchait quelque indice sur son contenu, puis adressa un sourire rassurant à Marianne.

– Je vais immédiatement demander à mon émissaire le plus digne de confiance de porter cette missive. Il attend dehors.

Il appela par la porte ouverte ; un messager entra dans le bureau et s'inclina avec cérémonie devant l'évêque et Marianne. Il avait l'air professionnel mais anonyme, comme tous ses semblables. Pour quelqu'un qui tôt ou tard apportait de mauvaises nouvelles, il valait mieux passer inaperçu. L'évêque lui transmit la lettre et, sans même la regarder, l'homme la glissa dans la sacoche de cuir qu'il portait au côté. Marianne s'avança d'un pas et le regarda avec franchise.

– Partez immédiatement pour la France. Remettez cette lettre en main propre au roi, à personne d'autre. Si vous ne pouvez pas la lui remettre, détruisez-la.

Le messager fit une nouvelle révérence en signe d'assentiment, le visage calme et totalement imperturbable. La bouche de Marianne se pinça en une ligne ferme et sévère.

– Autre chose. Ma dame de compagnie, Sarah, ira avec vous.

Le messager interrogea l'évêque du regard. Celui-ci fronça les sourcils, mécontent.

– Ma chère, est-ce bien raisonnable ? Je ne peux

pas me porter garant de sa sécurité. Le voyage n'est pas sans danger.

— J'apprécie vos inquiétudes, dit Marianne, mais Sarah est une cavalière accomplie, et parfaitement capable de prendre soin d'elle-même. J'insiste pour qu'elle accompagne votre émissaire.

L'évêque fronça à nouveau les sourcils devant tant d'insistance, mais sourit et acquiesça.

— Comme bon vous semblera, mon enfant. Comme bon vous semblera.

Sarah et le messager quittèrent la résidence de l'évêque dans l'heure qui suivit. Marianne les regarda partir jusqu'à ce qu'ils disparaissent tous les deux à l'horizon. Mais elle ne put voir le messager tirer la bride de son cheval un moment plus tard et s'arrêter. Sarah s'approcha et lui demanda ce qui n'allait pas. Le messager expliqua que son cheval semblait avoir mal à la patte de devant. Sarah se pencha pour voir, et l'homme en profita pour lui assener un violent coup de gourdin sur la nuque. Sarah, inerte, tomba dans la boue et ne bougea plus. Le messager sourit, puis fit demi-tour et revint sur ses pas.

Dans ses quartiers privés, à Nottingham, le shérif avait réuni six barons, soigneusement sélectionnés, autour d'une large table recouverte d'une nappe. Cette dernière dissimulait quelque chose, dont on distinguait cependant à peine la forme. Le shérif et ses amis portaient les robes des adorateurs du Diable, certains avec plus d'aisance que d'autres. Ils chantaient une mélodie rauque et discordante, beaucoup plus ancienne que la langue dans laquelle les paroles étaient écrites. S'ils avaient su à qui et à quoi cette chanson était dédiée à l'origine, ils auraient peut-être choisi autre chose pour leur rituel, mais, pour les barons, le culte du Diable n'était guère plus qu'un moyen qui leur permettait d'accéder au pouvoir, et le shérif, quant à lui, s'en moquait totalement. Le chant prit fin, parmi les promesses sanguinaires et blasphématoires, et le shérif se déplaça parmi les barons, distribuant à chacun une cassette d'or. L'un après l'autre, les barons ouvrirent leur présent, puis regardèrent le shérif. Le baron Forrester retourna sa cassette, et quelques centaines de pièces d'or rebondirent sur le sol nu. Il fixa le shérif des yeux sans mot dire, jusqu'à ce que la dernière soit tombée. Il avait combattu dans de nombreuses batailles et, comme tout bon soldat, savait contenir sa rage en silence.

– Qu'est-ce là ? demanda-t-il enfin.

– Un acompte, répondit le shérif.

Le baron Whitehead s'exclama :

– Vous nous avez promis des chariots d'or. Vos autres promesses sont-elles toutes aussi douteuses ?

Le shérif le regarda un moment, comme s'il voulait fixer le large visage rougeâtre dans sa mémoire, puis se détourna et enleva la nappe, qui masquait une maquette en trois dimensions. Elle représentait

221

l'Angleterre, le Pays de Galles et l'Écosse, et était recouverte d'une toile à cinq branches.

— Il y a beaucoup plus important que l'or, dit le shérif. Je vous offre beaucoup plus de terres et de pouvoir que vous n'en avez jamais rêvé. Quand je régnerai sur l'Angleterre, nous partagerons l'île en sept. Je vous offre toutes les filles de Galles. La Cornouaille avec le fer et l'argent. L'Écosse et le trône royal. Qu'est-ce que l'or en comparaison ?

Les barons se regardèrent. Leicester ricana bruyamment, sceptique, ses traits saturnins tordus par le mépris.

— Vous voulez nous acheter pour trahir le roi, alors que vous n'êtes même pas capable de faire passer l'or en toute sécurité à travers votre propre forêt.

Il regarda les barons, l'un après l'autre en souriant de façon déplaisante.

— Mes amis, pourquoi risquer notre vie et nos abattis pour un homme qui n'arrive même pas à prendre au piège le vulgaire brigand qui a marqué sa jolie frimousse ?

Tous les barons sourirent, certains se mirent même à glousser. Le shérif caressa brièvement la cicatrice sur sa joue, mais conserva son regard calme et poli.

— Vous marquez un point, milord. Comment puis-je contrôler l'Angleterre si je ne contrôle pas mon propre comté ? La réponse est simple : pour résoudre un problème particulier, il faut faire appel à une aide particulière. Ordred, tu peux entrer maintenant.

La porte s'ouvrit violemment et les barons, surpris, se retournèrent. Une immense silhouette remplit l'encadrement de la porte, et les barons ouvrirent grand la bouche en voyant le personnage baisser la tête pour passer sous le linteau. Le sol semblait trembler sous ses pas. Il s'avança lentement vers eux, et ils ne purent s'empêcher de se blottir les uns contre les autres lorsque celui-ci s'arrêta devant eux; un colosse vêtu d'une armure noire, portant un heaume en forme de tête de dragon. Il releva la visière, découvrant des traits durs et rustres, les joues couvertes des marques profondes de sa tribu et les yeux illuminés d'une implacable férocité.

— Mon Dieu, dit enfin Whitehead, oubliant où il se trouvait. Un Saxon. Vous voulez nous allier à ces sauvages?

— Pourquoi pas? demanda le shérif. Qui pourrait mieux venir à bout des hors-la-loi? Ordred et ses hommes me rapporteront mon or et la tête de ceux qui me l'ont pris.

Le baron Forrester dévisagea le gigantesque Saxon, s'efforçant de ne pas paraître impressionné, comme il sied à un soldat.

— Que peuvent faire ces... mercenaires que ne peuvent pas faire nos hommes?

Le shérif regarda le chef saxon se diriger sans hâte vers le feu qui crépitait dans l'âtre et protégeait les occupants des lieux du froid automnal infiltrant le château. De ses mains nues, ce dernier s'empara d'une bûche enflammée et la montra aux barons. Les deux hommes les plus proches ne purent réprimer un mouvement de recul, puis firent comme si de rien n'était. Ordred passa la bûche d'une main dans l'autre et garda les flammes dans sa main pendant cinq bonnes secondes sans sourciller, avant de rejeter la bûche dans l'âtre. Ses mains se mirent à fumer, mais son visage resta impassible à la douleur. Un silence respectueux mêlé de peur envahit la pièce pendant quelques instants, puis le baron Leicester ricana volontairement afin de détendre l'atmosphère

— Puisque vous n'avez pas d'or, Nottingham, comment comptez-vous payer ces sauvages ?

Le shérif lui adressa un sourire tranquille, puis détendu et indifférent.

— Autre bonne remarque, mon ami. Vous semblez particulièrement doué pour trouver des failles dans mes projets. Que faire ?... Ah, je sais.

Il saisit à deux mains une épée qui décorait le mur. Il se retourna lestement, fit tournoyer violemment la lame et l'abattit sur le cou de Leicester. Le choc envoya le baron contre le mur, et le sang jaillit de l'énorme plaie creusée dans son cou. Il regarda le shérif avec horreur, puis entoura son cou de ses deux mains, comme s'il espérait pouvoir refermer la blessure. Le sang gicla entre ses doigts. Le shérif lui sourit, prêt à porter un nouveau coup. Le baron tomba à genoux, et le shérif frappa à nouveau de toutes ses forces. La lourde lame décapita Leicester, et la tête vola dans la pièce pour atterrir sur la maquette d'Angleterre, maculant de sang collines et rivières.

Les barons s'écartèrent de la table, hurlèrent, choqués et horrifiés à la vue de la tête de Leicester, qui les regardait de ses yeux vides. Certains firent mine de partir en courant, mais le Saxon leur barrait la route. Ils se rassemblèrent, tel un groupe d'enfants apeurés, et retournèrent à leur place pour affronter le shérif qui les attendait. Celui-ci, appuyé sur son épée, souriait calmement. Il n'avait même pas perdu son souffle. Le sang l'avait éclaboussé au visage, mais il ne fit pas un geste pour s'essuyer.

— J'ai toujours préféré résoudre les problèmes par des méthodes directes, dit-il d'un ton joyeux. Y compris le problème Robin des Bois. Quelqu'un parmi vous y voit-il un inconvénient?

Les barons firent non de la tête.

— Bien, dit le shérif. Je suis ravi que nous ayons pu avoir cette petite discussion. Avez-vous quelque chose d'autre à me dire avant de partir?

Les barons se regardèrent, puis Forrester prit la parole nerveusement.

— Supposons qu'Ordred et ses hommes récupèrent votre or et s'occupent des hors-la-loi, il vous faudra encore vous unir au sang royal pour que nous puissions agir ouvertement.

Le baron Whitehead acquiesça vivement.

— Alors, vous pourrez légitimement prétendre au trône, et de nombreux hommes d'influence se joindront à nous, ceux-là même qui ne se laisseraient pas simplement convaincre par de l'or et des promesses.

Nottingham sourit.

— Soyez tranquilles, mes amis. J'ai déjà songé à quelqu'un.

Marianne Dubois s'éveilla soudain d'un sommeil agité, persuadée d'avoir entendu un bruit. Elle s'assit dans son lit et scruta les alentours. Le clair de lune qui brillait par la fenêtre lui montra que la chambre était vide, mais, en se concentrant, elle entendit des cris et des martèlements sourds dans une partie éloignée du manoir. Elle bondit hors du lit, enfila un vêtement et s'empara de l'unique chandelle qu'elle gardait allumée en cas de nécessité ou pour ses déplacements intimes du matin. Si ce satané valet d'écurie s'était encore saoulé...

Elle sortit de la pièce d'un air affairé, mais hésita à s'avancer dans le couloir, et écouta. Le clair de lune éclairait toute la longueur du corridor désert, mais les bruits semblaient s'amplifier, comme s'ils se rapprochaient. Un long frisson parcourut soudain Marianne, qui se rendit compte, pour la première fois, combien elle était vulnérable dans cette immense demeure isolée, avec une poignée de serviteurs, des femmes pour la plupart. Elle secoua rapidement la tête. Elle devait réfléchir. Elle retourna dans sa chambre, ouvrit le tiroir de son secrétaire et en sortit un couteau très simple, mais bien aiguisé. Elle le soupesa dans sa main, puis quitta la pièce et s'avança sans bruit dans le couloir, puis dans l'escalier, la chandelle dans une main et le couteau dans l'autre.

Le vestibule était désert, mais les bruits s'amplifiaient. Marianne s'arrêta, hésitante, au pied des marches, s'efforçant de déterminer la proximité des bruits. Il lui semblait qu'une armée avait envahi la maison. Elle distinguait le son de différentes voix, certaines furieuses, d'autres effrayées, ainsi que des claquements de portes. Si la maison était envahie, c'était sans doute elle qu'on recherchait. Dans ce cas, plus tôt elle réussirait à sortir de là et à s'échapper, mieux ce serait. Elle s'inquiéterait plus tard de savoir où elle irait se réfugier ensuite. Elle s'approuva intérieurement et se faufila silencieusement vers la cuisine, qui se trouvait à l'arrière de la maison. De là, il n'y avait pas loin à courir pour atteindre les écuries. Mais elle ne pouvait pas simplement s'enfuir en laissant ses gens à la merci de ses ennemis... Et elle ne pouvait pas abandonner Duncan, aveugle et sans défense, après avoir accepté d'en assumer la responsabilité. Elle ralentit le pas tout en luttant avec sa conscience, puis fit une grimace en se rendant compte qu'il lui fallait partir. Elle ne pouvait pas aider ses gens toute seule. Il lui fallait partir chercher du secours.

Brandissant son couteau, Marianne pénétra furtivement dans la cuisine obscure. La lueur de la chandelle n'éclairait pas grand-chose dans l'obscurité profonde. Du coin de l'œil, elle perçut un mouvement et se retourna brusquement, le cœur battant et le couteau prêt à servir. Un chat bondit et traversa la pièce en direction de la porte. Marianne se détendit un peu.

— Sors de là, Nicodemus, dit-elle vivement. Va chasser les souris pour mériter ton logis.

Le chat la regarda d'un air furieux, siffla de défi, puis disparut dans l'ombre. Marianne secoua la tête en souriant, mais un bras la saisit par-derrière et l'étrangla. Elle se débattit de toutes ses forces, puis s'arrêta à la sensation d'une épée pointée sur ses côtes.

— Lâchez votre lame, dit l'homme derrière elle d'une voix de basse, presque amusée.

Marianne répondit, la gorge sèche :

— Ce n'est qu'un couteau. Que se passe-t-il ? Auriez-vous peur d'être en position d'infériorité ?

L'étreinte se resserra autour de son cou, lui coupant la respiration, et elle sentit l'épée s'enfoncer douloureusement entre ses côtes. Elle laissa tomber son couteau, et son attaquant relâcha sa prise, la repoussant violemment en avant. Elle s'écrasa contre la table de cuisine, se retourna et, tout en massant sa gorge endolorie, dévisagea le soldat qui se tenait devant elle. L'homme était grand et musclé, et portait une cotte de mailles endommagée, dépourvue de tout insigne ou couleur permettant de l'identifier. Probablement un mercenaire. Quiconque s'en prenait à elle ne tenait sans doute pas à se faire connaître trop vite. Le soldat sourit d'une façon déplaisante et leva légèrement son épée afin de la pointer entre les seins de sa victime.

– Je suis censé vous prendre vivante, fillette, mais personne ne m'a interdit de m'amuser d'abord un peu. Je n'ai jamais vu le corps d'une damoiselle. Enlève ta robe, ma belle, avant que je ne le fasse moi-même.

Marianne s'efforçait de ne pas tressaillir au son de la voix ni à la lueur qui brillait dans le regard de l'homme. Il serait impossible de le raisonner. Le feu au sang, il avait perdu toute capacité de jugement. Avec un peu de chance, il aurait peut-être également perdu son bon sens. Ce n'était pas parce qu'elle avait lâché son couteau qu'elle se retrouvait sans défense. Elle leva la main vers l'encolure de sa robe et défit le premier bouton, prenant son temps avant de passer au second. L'homme suivait avidement chacun de ses mouvements. Marianne glissa subrepticement sa main libre derrière elle. Le poivrier se trouvait exactement à l'endroit où elle se souvenait l'avoir vu la dernière fois, et elle en releva doucement le couvercle tout en défaisant le troisième, puis le quatrième bouton de sa robe. La respiration du soldat s'accéléra, et il se pencha légèrement en avant. Marianne s'empara brusquement du poivrier et lui en jeta le contenu au visage.

L'homme émit un hurlement rauque à la brûlure soudaine qu'il ressentit aux yeux, puis se mit à battre aveuglément les airs de son épée. Marianne esquiva un dangereux moulinet et lui décocha un violent coup de pied dans l'aine. Le soldat tomba à genoux, les larmes ruisselant le long de son visage.

Marianne se précipita vers la cheminée, saisit une lourde broche métallique, la souleva des deux mains et la maintint en équilibre sur la poitrine de son adversaire. La porte s'ouvrit subitement derrière elle, et d'autres soldats envahirent la pièce. Ils lui tombèrent dessus avant même qu'elle n'ait eu le temps de se retourner, lui arrachèrent la broche et l'entraînèrent de force à l'extérieur.

La cour était remplie de soldats qui entraient et sortaient du manoir en courant, ramenant de force les domestiques récalcitrants. Des voix criant des ordres et d'autres répondant de même retentirent dans la nuit ; certains soldats tenaient des torches enflammées à la main ; le sang de Marianne se glaça dans ses veines. Un homme plus âgé s'avança vers elle, l'air froid et très professionnel.

— Faites ce qu'on vous dit, milady, et personne ne sera blessé. Si vous n'obéissez pas, je donne l'ordre à mes hommes de tuer tous les serviteurs et de mettre le feu à votre demeure. Me suis-je bien fait comprendre ?

— Oui, répondit Marianne. Très bien. Je ne ferai aucune difficulté. Qui êtes-vous ? Pourquoi faites-vous cela ?

Le soldat sourit.

— Quelqu'un veut vous parler, milady.

Duncan écoutait à la porte des écuries. A force de vivre dans l'obscurité, son ouïe s'était affinée, et il avait été le premier à entendre les soldats arriver. Le temps qu'il tire sa vieille carcasse hors du lit, les soldats avaient investi les lieux, mais il était malgré tout parvenu à les éviter. Il était beaucoup plus habitué qu'eux à se déplacer dans le noir. Mais que faire, que faire?... Il ne pouvait pas combattre ces gens, mais peut-être réussirait-il à joindre la seule personne qui le pouvait. Maître Robin saurait quoi faire. Il savait toujours. Duncan avança silencieusement à tâtons dans l'écurie et s'approcha des chevaux. Il fallait faire vite. Les soldats ne tarderaient pas à venir ici. Il localisa rapidement le cheval de Robin, grâce à son odeur qui lui était familière et aussi caractéristique qu'une voix. Il n'avait pas le temps de seller la bête, mais il parvint à fixer la bride et les rênes. Il caressa gentiment la nuque du cheval et lui murmura à l'oreille :

— Cette nuit, mon vieil ami, je dois me fier à tes yeux.

Il grimpa sur le dos de l'animal en prenant appui sur un bloc de bois, empoigna les rênes, se cala et talonna le flanc de sa monture. Le cheval bondit en avant, sortit de l'écurie comme un ouragan et chargea dans la cour, éparpillant les soldats de part et d'autre. Duncan s'agrippa fortement à l'animal, qui filait au cœur de la nuit; l'aveugle indiquait vaguement au coursier la direction dans laquelle il pensait trouver Sherwood. Duncan força l'allure autant qu'il put, puis tendit l'oreille à l'écoute de ses éventuels poursuivants. Aucun bruit de sabots ne lui parvint dans le silence de la nuit. Sans doute les soldats avaient-ils pensé qu'il n'était pas nécessaire de s'inquiéter. Duncan sourit d'un air mauvais. Il allait leur montrer. Il s'accrocha fermement et accéléra l'allure.

Le vieillard ne vit pas les sombres silhouettes qui le suivaient en silence.

Il retrouva aisément la route de Sherwood. Celle-ci était bien tracée, et le cheval avait déjà parcouru le chemin. Duncan n'avait donc qu'à indiquer vaguement la bonne direction. Le cheval ralentit cependant et s'arrêta subitement. Il se mit à hennir lorsque Duncan tenta de le persuader de continuer, et ce dernier fit une grimace. Il se rappelait vaguement qu'il y avait quelque part un croisement et faillit paniquer en s'apercevant qu'il n'avait plus aucune idée de la direction à suivre. S'il optait pour la mauvaise route, il pouvait se retrouver à des lieues de Sherwood. Et il manquerait à ses engagements envers son maître bien-aimé. Il respira profondément, poussa un soupir et relâcha les rênes.

— A toi de jouer, mon vieux, dit-il d'une voix rauque. Conduis-nous à la maison. Conduis-nous à maître Robin.

Le cheval hennit doucement en entendant le nom, hésita, puis s'engagea au trot sur le sentier de gauche, en direction de la forêt.

Duncan ne sut jamais combien de temps dura le trajet. Pour lui, ce fut un cauchemar interminable, rempli de sons et de virages inconnus. L'air froid de la nuit le transperçait, et le vent lui cinglait violemment le visage et les mains. Il n'avait pas eu le temps de prendre un manteau, et sa tenue de nuit toute fine le protégeait très peu du froid mordant. L'énergie colossale qu'il avait dû dépenser cette nuit-là avait épuisé toutes ses forces, et il ne pouvait plus que s'accrocher à sa monture. Mais il sentit lorsque le cheval arriva enfin dans la forêt. Les sons et les parfums familiers de la nuit dans les bois le rassurèrent, et lui mirent du baume au cœur. Il s'efforça d'écouter tandis que l'animal poursuivait son chemin. La cascade. Où était la cascade ? Il tendit l'oreille pour percevoir autre chose que le bruissement des feuilles et le doux hululement d'une chouette, puis se redressa légèrement lorsqu'au loin il perçut un faible gargouillement. Il sourit, soulagé, et guida sa monture dans cette direction.

Il était très fatigué maintenant, effondré sur le dos du cheval, mais tenant bon par simple détermination. Il lui semblait parfois entendre des bruits derrière lui, dans l'obscurité, comme si on le suivait, mais, dès qu'il arrêtait le cheval pour écouter, il n'entendait plus que les bruits tranquilles de la forêt. Il persévéra ainsi, vieillard fatigué qui tentait de faire de son mieux pour ceux qu'il aimait.

Et la mort et la damnation suivaient derrière.

Haut dans les branches, un guetteur vit le cavalier solitaire approcher et décocha une flèche au milieu du camp afin d'alerter les autres. Robin se retourna, stupéfait, à la vue de la flèche plantée dans le sol. Il ameuta d'un geste de la tête, une demi-douzaine de ses hommes avec lesquels il se dirigea silencieusement vers la clairière. La nuit semblait calme. Robin fronça les sourcils en levant les yeux vers le guetteur, qui lui indiqua de la main le cheval et son cavalier. Azeem assembla rapidement son télescope et regarda, s'efforçant de pénétrer les ténèbres, puis rabaissa l'instrument et se tourna vers Robin d'un air interdit.

– C'est Duncan.

– Duncan? répondit Robin d'un air incrédule. Pourquoi est-il revenu ici? Et comment diable a-t-il pu retrouver le chemin tout seul?

Il courut vers le cavalier avant que quiconque n'ait eu le temps de lui fournir une réponse. Azeem se précipita sur ses pas. Le cheval hennit en reconnaissant Robin, et Duncan, réveillé par le bruit, faillit tomber. Robin le rattrapa et l'aida doucement à mettre pied à terre. Le vieillard semblait encore plus frêle et vulnérable que jamais, mais il agrippa le bras de Robin avec une force extraordinaire. Robin tenta de le calmer, mais la peur et la nécessité qui l'avaient conduit jusque-là ne le lâchaient pas. Il s'efforça de parler, mais sa gorge sèche ne put émettre qu'un son rauque. Il tapa du pied par terre en signe de frustration, prêt à pleurer.

– Du calme, Duncan, dit Robin sur un ton apaisant. Que s'est-il passé?

La gorge serrée, le vieux serviteur s'efforça de parler.

Maître Robin, Dieu merci... Les hommes de Nottingham nous ont attaqués.

– Marianne... commença Robin.

Son cœur se serra.

– Qu'est-il arrivé à Marianne ?

Une flèche transperça les airs et atterrit derrière eux, dans la clairière, suivie d'une autre, puis d'une autre. Des flèches sifflaient de toute part dans le camp, tandis que les guetteurs se faisaient toujours plus nombreux à donner l'alarme. Les hommes piétinaient sur place dans la confusion, s'emparant de leurs armes, à la recherche de l'ennemi. Azeem scruta à nouveau la nuit à travers son télescope. Après quelques instants, il l'abaissa et tourna vers Robin un regard horrifié.

– Qu'Allah nous protège...

Robin lui arracha le télescope des mains et regarda à son tour. Au loin, sur une hauteur encore calme et silencieuse, dans le clair de lune, une petite armée de Saxons chevauchait derrière une colossale silhouette en armure noire. Il y en avait des centaines, vêtus de peaux et d'armures de cuir, et portant des heaumes aux formes d'animaux sauvages. Leurs visages étaient couverts de cicatrices et de marques peintes, selon les anciennes coutumes, et, immobiles dans le clair de lune, ils ressemblaient davantage à des fantômes qu'à des hommes ; vestiges du sinistre passé de l'Angleterre, d'une époque antérieure à la civilisation, durant laquelle la bestialité régnait sur le pays.

Robin abaissa le télescope et Gilles l'Écarlate le lui prit des mains. Robin regarda le visage fatigué mais fier de Duncan.

— Duncan...

L'Écarlate jeta le télescope à Azeem et se tourna furieusement vers Robin.

— Sois maudit, damoiseau! Cet imbécile de serviteur les a directement conduits à nous!

Puis il tourna les talons et retourna à la clairière en courant, donnant l'alarme.

Duncan fit un effort pour s'asseoir, le visage horrifié.

— Quoi?

— Des Saxons! cria Bouc, courant à la suite de l'Écarlate. Des centaines de Saxons! Ils arrivent!

Sur la hauteur, Ordred, le chef des Saxons, regardait d'un air impassible ces hommes qui couraient dans tous les sens dans leur pathétique petit village, telles des fourmis affolées. Ils allaient s'amuser cette nuit. Du sang, de la fureur et le viol des femmes de l'ennemi. Il entendit un cheval s'avancer à ses côtés, mais ne se retourna pas. Il savait que c'était le shérif. Personne d'autre n'aurait oser s'approcher de lui en un pareil moment. Il se tourna sans hâte sur sa selle et s'inclina avec cérémonie. Le shérif hocha brièvement la tête en signe de reconnaissance et baissa les yeux sur la clairière. Vêtu d'une cotte de mailles complète, il brillait de mille feux d'argent dans le clair de lune. Derrière lui, attendant patiemment au pied de la hauteur, se cachaient des rangées et des rangées d'hommes armés d'arbalètes. Le shérif détourna enfin les yeux de la clairière et adressa un regard froid à Ordred.

– Souviens-toi, je veux des prisonniers.

Le chef saxon fixa sa proie des yeux, puis grogna d'une voix plus bestiale qu'humaine :

– Nous sommes venus pour nous battre.

– Néanmoins, coupa le shérif, j'ai besoin de prisonniers. Tue et brûle tout ton saoul, mais laisse-moi quelques survivants que je pendrai plus tard. Il faut y mettre les formes. C'est la manière civilisée.

Ordred tira son épée et l'éleva à bout de bras. Puis il rabattit en arrière son casque à tête de dragon et hurla à la mort en gaélique. Les rangs de Saxons massés derrière lui renversèrent la tête et lui répondirent par un hululement sinistre, qui glaça le sang du shérif. Le chef fit avancer sa monture, imité par ses hommes. D'un seul coup, ils se mirent à dévaler la pente et chargèrent sur le camp des hors-la-loi comme un raz de marée. Le clair de lune faisait luire leurs épées, leurs haches et leurs yeux féroces.

Petit Jean criait des ordres à ses hommes. Ceux-ci couraient se mettre à leurs postes afin de couvrir la fuite des femmes et des enfants, qui grimpèrent se réfugier dans les arbres, à l'aide des échelles de corde. Les derniers arrivés au camp rassemblèrent leurs armes et leur courage. Le fracas des chevaux saxons emplit la nuit. Le sol se mit à trembler sous les pieds des hors-la-loi. Ils s'emparèrent de leurs armes, ajustèrent leurs flèches et attendirent en silence. Robin leur avait fait répéter l'exercice maintes fois en vue d'une attaque, mais personne n'avait jamais vraiment cru que l'occasion se présenterait réellement. Personne ne devait jamais trouver le camp. Il était trop bien caché, les chemins qui y menaient trop bien surveillés. Mais, maintenant, le shérif et ses hommes, soutenus par une armée de barbares venue du Nord, les avaient bel et bien trouvés, et tous les exercices et les entraînements qu'ils avaient suivis ne leur semblaient plus vraiment suffisants.

Robin et son petit groupe se précipitèrent à l'arrière du camp, les Saxons sur leurs talons. Les cris de guerre assourdissants de ces sauvages semblaient tout près, mais aucun d'entre eux ne prit le temps de se retourner pour leur jeter un coup d'œil. Les arbres ralentissaient les chevaux, mais c'était tout. Robin emmena de force Duncan avec lui, mais s'aperçut rapidement que le vieil homme, trop faible et exténué, n'atteindrait pas la clairière. Essayer de le porter aussi loin signifiait leur mort à tous deux. Il s'arrêta brutalement, lâcha Duncan et se tourna pour affronter les Saxons. Il visa, puis décocha quatre flèches en l'espace de quelques secondes. Quatre des Saxons tombèrent de leur cheval, comme s'ils avaient été balayés par des mains invisibles. La charge ne ralentit pas, les autres poursuivaient leur course.

Azeem fit demi-tour et courut rejoindre Robin, qui ajustait calmement une nouvelle flèche. Les

Saxons étaient maintenant tout près. Le Maure plissa les yeux afin de mieux juger la vitesse et la progression de l'ennemi, puis, d'un geste expert, fit tournoyer son cimeterre au bon moment. Les deux Saxons qui allaient le dépasser hurlèrent en tombant de selle. Leur sang gicla dans l'air glacé de la nuit. Azeem se précipita pour les achever. Un autre Saxon chargea sur Robin tandis que le Maure s'affairait. Bouc, qui s'apprêtait à avertir son chef d'un cri, se rendit compte qu'il n'avait pas le temps et lança sa dague avec l'énergie du désespoir. Elle s'enfonça jusqu'à la garde dans la gorge du Saxon, et le sauvage chercha à tâtons l'arme qui le tuait, avant de retomber inerte sur l'encolure de son cheval.

Duncan s'efforçait d'avancer vers le camp en titubant. Il entendait ce qui se passait autour de lui et sentait le sang frais dans la nuit, bien que ne sachant pas à qui il appartenait. Des hommes mouraient, et cela par sa faute. Il avait conduit l'ennemi jusque-là. Il trébucha sur un cadavre, et sa respiration s'arrêta presque tandis qu'il cherchait à reconnaître le visage en le palpant du bout des doigts. Il reprit enfin son souffle en découvrant les marques tribales, puis se mit à fouiller le sol imbibé de sang, en quête de l'épée du barbare. Il se releva ensuite en tenant la lame, l'air désespéré. Il pencha la tête sur le côté, se concentra sur le bruit des chevaux qui se rapprochaient et brandit son arme au dernier moment. Il sentit la lame s'enfoncer profondément dans quelque chose qui passait, puis quelqu'un hurla de rage et de douleur. Les deux Saxons suivants frappèrent Duncan en même temps, et celui-ci se retrouva en pièces. Les chevaux qui arrivaient derrière le piétinèrent au passage.

Robin se battait dos à dos avec Azeem lorsqu'il vit le vieillard s'effondrer, mais les chevaux qui se pressaient tout autour de lui ne lui permirent pas de faire quoi que ce soit. La bousculade diminua, et Robin put se frayer un chemin parmi les cavaliers pour rejoindre le vieux serviteur. Au premier coup d'œil, il sut que Duncan était mourant, mais le vieil homme avait encore assez de force pour se cramponner à la main de son maître, agenouillé auprès de lui. Ses lèvres se mirent à bouger, mais Robin dut se pencher complètement sur lui pour saisir les quelques mots qu'il prononça.

— Pardonnez un vieil imbécile, maître Robin.

Puis il mourut. Robin resta agenouillé pendant quelques instants, incapable d'y croire. Duncan avait été à ses côtés pendant la majeure partie de sa vie. Un serviteur, un compagnon, un ami. Et le shérif l'avait utilisé et s'en était débarrassé, comme s'il représentait une quantité négligeable. Robin se remit sur ses pieds, l'épée à la main, une rage froide lui redonnant force pour un nouveau projet. D'autres Saxons surgissaient de la nuit avec fracas et se dirigeaient vers lui. Robin rengaina son épée, décocha une flèche et tua l'un d'eux. Il n'eut de cesse de tirer, faisant des trous dans les rangs massés devant lui, mais finit par manquer de flèches avant de manquer de cibles. Il s'adossa à un arbre, tira à nouveau son épée et embrassa les alentours d'un coup d'œil. Il n'était pas loin du bord de la clairière. Il pouvait voir Petit Jean et Gilles l'Écarlate continuer d'organiser la défense du camp tandis que les Saxons chargeaient dans la clairière, éparpillant les hommes devant eux. Robin appela Petit Jean, qui se retourna vivement dans sa direction.

– Fais-les grimper aux arbres, Jean! Nous ne pouvons pas les battre au sol, mais ils ne peuvent pas nous suivre dans les arbres!

– Bon Dieu, c'est vrai, gronda l'Écarlate, qui se dirigea vers l'échelle la plus proche.

Petit Jean l'attrapa par l'épaule et le retint.

– Les autres peuvent y aller, mais toi et moi nous tenons bon jusqu'à ce que Robin et les autres soient en sécurité! Maintenant, fais-moi voir ce dont tu es capable avec cet arc dont tu sais si bien parler!

Hommes et femmes couraient désespérément vers les arbres et les échelles de corde tandis que les Saxons envahissaient le camp. Des flèches se mirent à pleuvoir sur les cavaliers, touchant certains d'entre eux, mais trop souvent rebondissant sur les boucliers levés. Les Saxons savaient se protéger. Bouc tira jusqu'à sa dernière flèche, puis grimpa à l'échelle la plus proche. Quelqu'un se trouvait juste derrière lui, mais ce dernier ne put franchir que deux ou trois barreaux avant d'être arraché de la corde par un cavalier. Bouc regarda avec impuissance le Saxon poursuivre sa course, traînant derrière lui son compagnon hurlant, pour l'empaler sur une branche cassée.

Les cris et les rires féroces des Saxons, qui abattaient indifféremment hommes et femmes, retentissaient dans la nuit. Le sang giclait sous le clair de lune et détrempait la terre piétinée. De tous côtés s'élevaient les hurlements des blessés et des mourants. Gilles l'Écarlate fonçait parmi les cavaliers, donnant des coups de dague à droite et à gauche, pour tenter de rejoindre l'échelle la plus proche. Un Saxon chargea droit sur lui, lui barrant la route. L'Écarlate visa le visage peint. La dague se ficha en plein dans l'œil gauche du barbare, qui tomba en arrière, sans même un cri. L'Écarlate sourit méchamment, se hissa sur le dos du cheval et s'en servit comme d'un tremplin pour atteindre l'échelle.

Robin et les autres firent enfin irruption dans la clairière, essoufflés et choqués à la vue de tant de morts et de destructions. Les cadavres jonchaient le sol dans des mares de sang, et les cabanes de bois enflammées illuminaient l'obscurité. Robin s'empara d'un carquois plein de flèches, qui gisait auprès de l'un de ses hommes morts, mais les Saxons étaient partout, maintenant. A croire que deux barbares étaient toujours prêts à remplacer celui qui venait d'être abattu. L'air se remplit à nouveau de flèches quand les arbalétriers du shérif entrèrent en scène. Robin jura calmement et cria à tous les hommes se trouvant encore dans la clairière de s'abriter dans les arbres. Il tira son épée et se dirigea vers l'échelle la plus proche, poussant Azeem et Petit Jean devant lui.

Ils progressèrent pas à pas parmi les épées et les haches, qui les assaillaient de toute part. Azeem arriva le premier à l'échelle et l'escalada avec naturel. Petit Jean grimpa derrière lui, son poids faisant craquer et grincer les cordes. Les Saxons, à cheval comme à pied, traversaient la clairière, l'épée dégoulinante de sang. Robin s'efforçait de faire tournoyer son arme autour de lui afin d'ouvrir un passage qui lui permettrait de rejoindre l'échelle, mais il était complètement encerclé et il savait que l'un ou l'autre des assaillants ne tarderait pas à atteindre sa cible. Il avait toujours été meilleur à l'arc qu'à l'épée. Petit Jean lui cria d'attraper un barreau de l'échelle et de s'y suspendre. Robin trouva enfin la force nécessaire pour enrouler son bras libre autour du barreau inférieur. Les hommes sur la plate-forme hissèrent l'échelle, emportant Robin. Les Saxons hurlèrent de fureur en voyant leur proie leur échapper, et Robin dut relever les jambes aussi haut qu'il le put pour se mettre hors d'atteinte de leurs épées.

Il se cramponna de toutes ses forces tandis que l'échelle s'élevait dans les airs, puis regarda en bas, irrésistiblement attiré par la vue de ce que l'on avait fait subir à son camp, à ses gens. En effet, aussi loin que portait son regard, les Saxons avançaient à travers la clairière sans rencontrer d'obstacle, tranchant, en guise de trophées, les mains et les oreilles des hommes abattus, et mettant le feu à tout ce qui semblait pouvoir brûler. Il ne restait plus désormais que la forteresse aérienne et les gens qui la tenaient.

Robin finit par atteindre la plate-forme, et de nombreuses mains l'aidèrent à se hisser. Il remercia tout le monde d'un signe de tête et regarda vivement autour de lui afin d'évaluer la situation. Hommes, femmes et enfants se massaient sur les plates-formes et les ponts de corde. Ils étaient loin, cependant, d'être aussi nombreux qu'ils l'auraient dû. Robin secoua la tête et pinça les lèvres. L'heure de la vengeance viendrait plus tard; pour l'instant, sa première priorité devait être la sécurité des survivants. Il était clair qu'il n'y avait plus de survivants en bas, et il donna l'ordre qu'on relève toutes les échelles de corde hors de portée des Saxons. Les hommes hissèrent les échelles, aux barreaux desquelles se cramponnaient quelques barbares. Robin ordonna de les couper. Les Saxons retombèrent en poussant des hurlements.

Les hors-la-loi et les hommes du shérif échangèrent quelques flèches, sans grand effet, puis les soldats battirent subitement en retraite. Un soudain silence envahit la nuit, uniquement interrompu par le crépitement des flammes des cabanes en feu. Les Saxons se mirent à l'aise et observèrent patiemment la scène. Les hommes de Robin, embarrassés, se regardèrent. Ils étaient en sécurité dans les arbres, à l'abri des carreaux des arbalétriers et des torches des Saxons. Tout barbare qui serait assez fou pour tenter de mettre le feu à l'un des arbres gigantesques serait immédiatement abattu par une douzaine de flèches avant même de s'en être approché, et les Saxons le savaient.

Alors, surgissant de la nuit, une boule de feu de la taille d'une tête d'homme traversa les airs et s'écrasa au sommet d'un arbre. Une hutte se mit à flamber, les flammes léchèrent le pont de corde qui se trouvait à côté. Un hors-la-loi poussa un hurlement perçant en sentant ses vêtements et ses cheveux prendre feu. Hommes et femmes reculèrent pour fuir la chaleur cuisante. Les arbres retentirent des cris de la torche humaine qui bascula du haut de la plate-forme et tomba sur le sol, telle une comète. Ses cris s'arrêtèrent dès qu'il heurta le sol, mais les flammes continuèrent de crépiter. D'autres boules de feu jaillirent de la nuit et s'abattirent sur la forteresse aérienne. La fumée et les flammes se répandirent rapidement dans la panique générale. Les archers du shérif envoyèrent des flèches enflammées, qui créèrent de nouveaux foyers, mais Robin ne pouvait détourner son regard de la nuit. « Des catapultes. Ils utilisent des catapultes. » Il avait tout prévu, sauf les catapultes.

Une flèche siffla et se ficha dans la plate-forme, à ses pieds. Il la saisit d'un air absent, l'éteignit et la laissa retomber dans la clairière. Reprenant tout à coup ses esprits, il cria à ses gens de tenir bon et de se servir des seaux d'eau qu'il avait fait installer dans les huttes. Les hommes se mirent à aller et venir en titubant dans l'épaisse et suffocante fumée noire pour éteindre les flammes là où ils pouvaient, mais le feu semblait réagir plus vite qu'eux : le bois sec de la forteresse ne résistait pas.

Les boules de feu et les flèches enflammées ne cessaient de pleuvoir.

Petit Jean s'avança d'un air volontaire parmi les hommes afin de les apaiser et de les réconforter. Là où on ne pouvait accéder, les seaux d'eau étaient déplacés à l'aide de poulies. Des chaînes humaines se constituèrent afin d'acheminer l'eau là où elle était nécessaire. Robin courait le long des ponts de corde, décochant flèche sur flèche sur les archers en bas afin de couvrir ses hommes. Un seau d'eau à la main, Gilles l'Écarlate se mit à courir le long d'un pont en feu. Les cordes cédaient sur son passage, mais il se força à ne pas regarder en bas. La cime des arbres était une véritable fournaise, l'eau qu'il transportait ne représentait guère plus qu'un crachat, mais il se serait fait pendre plutôt que de céder. Gilles l'Écarlate n'abandonnait jamais.

Le pont finit par s'effondrer sous lui, et il se jeta en avant sur la plate-forme. Il atterrit sur le rebord, commença à glisser en arrière, mais réussit finalement à escalader. Il regarda en bas et ricana joyeusement en voyant la masse de cordes en feu retomber sur les Saxons. Il tendit son seau à moitié vide à une paire de mains désespérées et essuya la sueur de son visage tout en s'accordant un instant de répit. La fumée noire l'enveloppa et rendit sa respiration douloureuse. Il s'accroupit alors et aperçut le shérif

246

tranquillement assis sur son cheval au bord de la clairière, ravi de la vue que lui offrait le massacre ordonné par ses soins. L'Écarlate ricana et s'empara de son arc, mais le vent changea de direction, et la fumée revint sur lui. L'occasion était passée.

Robin décocha sa dernière flèche, s'appuya exténué contre le mur d'une hutte et jeta un regard d'impuissance autour de lui. Le feu tenait la forteresse, les flammes gagnaient les arbres, l'un après l'autre. Il n'y avait plus rien à faire. Le feu les avait vaincus. Il ne lui restait plus qu'à sauver le maximum de ses gens. Il organisa un petit groupe d'archers chargés de couvrir hommes, femmes et enfants, qui descendraient par les échelles et les cordes de secours. Les fuyards atteignirent le sol à quelques mètres de la clairière et se dispersèrent à l'abri des bois. Mais, là aussi, des Saxons les attendaient.

Bouc se retrouva encerclé par quatre sauvages souriants, dont les yeux brillaient d'une lueur froide au milieu de leurs visages peints. Il tira son épée, s'adossa à l'arbre le plus proche et leur cracha son défi. Les Saxons se massèrent autour de lui. Il brandit son arme.

Tuck fit tomber un barbare à l'aide de son bâton et le roua de coups. Il sentait les os de l'homme craquer et murmurait des prières de pénitence dans sa barbe. Il ne remarqua pas le second Saxon s'approcher dans son dos. Le barbare souleva son épée pour lui assener un coup mortel, mais Azeem surgit de l'obscurité et l'embrocha. Tuck se retourna en entendant les cris d'agonie du Saxon et adressa un hochement de tête reconnaissant au Maure. Ils disparurent ensemble au milieu des arbres.

En haut, Gilles l'Écarlate saisit Petit Jean par le bras et lui indiqua d'un geste furieux Robin, qui courait le long d'un pont enfumé, fuyant le feu et les combats. Le visage de l'Écarlate était rouge de colère et reflétait une sorte de déception.

— Regarde où va ton précieux héros maintenant, hein ? s'écria-t-il au-dessus des clameurs de la nuit. Il sauve sa peau, le gredin !

Petit Jean détourna la tête, et son sang ne fit qu'un tour à la vue de son fils Petit Loup qui, du bord de la clairière, abattait des Saxons, se servant de son arc aussi tranquillement qu'à l'entraînement. Jean lui cria de se sauver en vitesse tant qu'il en était encore temps, mais le garçonnet ne pouvait pas l'entendre. Jean se pencha par-dessus la plate-forme pour essayer à nouveau, les yeux rivés sur son fils. Petit Loup leva enfin la tête vers lui, ajusta immédiatement une flèche à son arc et le mit en joue. Jean resta figé sur place, et Petit Loup tira. La flèche transperça le Saxon qui avait silencieusement grimpé le long d'une échelle oubliée, juste en-dessous de Jean. Ce dernier eut à peine le temps de regarder le barbare dans les yeux, que déjà l'homme agonisant lâchait prise et retombait dans l'épaisse fumée. Jean se retourna vers son fils pour le féliciter, mais son sourire fier s'estompa à la vue des trois hommes du shérif qui s'emparaient de Petit Loup et l'emmenaient de force. Petit Jean hurla sa rage impuissante et redescendit dans la clairière. Il ne s'aperçut pas qu'il pleurait et ne s'en serait pas préoccupé si seulement il l'avait remarqué.

Robin dévala le pont de corde et se précipita dans une hutte en flammes, se protégeant le visage de son bras replié. La chaleur insupportable lui desséchait les poumons, et il devait s'efforcer de respirer le moins possible. Il scruta les alentours de la hutte remplie de fumée, fronçant le nez à l'odeur de roussi provenant de ses propres cheveux. Fanny était étendue sur son lit au fond de la cabane, protégeant son enfant de son corps. Robin l'aida à se lever, les enveloppa tous les deux de son manteau et plaça l'enfant entre sa mère et lui afin de le protéger. Puis il guida Fanny à travers le feu vers la porte, et enfin, dehors, sur la plate-forme. La chaleur leur parut un supplice interminable. Ils réussirent enfin à passer les flammes et se retrouvèrent dans la nuit.

Le pont de corde était à peine assez large pour une personne, Robin fit donc passer Fanny devant, l'encourageant de sa voix calme et rassurante. Elle serra les dents, avança pas à pas, refusant de céder à la chaleur. Le bébé était miraculeusement calme, regardant les flammes infernales de ses yeux écarquillés où l'effroi se mêlait à l'admiration.

Robin regarda par-dessus son épaule. Il ne restait plus de la cabane et de la plate-forme, qu'ils venaient de quitter, que d'immenses flammes, qui noyaient la cime des arbres d'une épaisse fumée noire. Des étincelles avaient mis en flammes l'extrémité du pont, et le feu gagnait maintenant les cordes derrière eux. Robin cria à Fanny de se dépêcher, et l'urgence qui pointait dans sa voix incita la jeune femme à redoubler d'efforts. Les flammes déferlaient par vagues, le pont craquait et fléchissait dangereusement. Fanny atteignit saine et sauve la plate-forme suivante, serrant le bébé contre elle, et se retourna pour voir Robin, qui avançait avec peine à travers l'épaisse fumée. Le feu dévorait tout. Les cordes cédèrent brutalement sous les pieds de Robin. Fanny hurla en le voyant tomber, une main tendue vers elle comme pour demander de l'aide. Il disparut totalement. Fanny cria son nom à maintes reprises, sans succès. Elle se détourna, ravalant ses larmes, de peur d'effrayer son enfant.

Tout en bas, sur une branche en feu, pendait un simple médaillon aux armoiries de la famille Locksley. Un Saxon s'en empara, testa l'or entre ses dents, puis l'enfonça à sa ceinture avant de disparaître à nouveau dans la fumée du camp dévasté.

Il était de bon matin, le soleil levant rougissant à peine le ciel, lorsque les hommes du shérif ramenèrent à Nottingham une foule d'hommes, de femmes et d'enfants en haillons. Nombre d'entre eux étaient blessés, souffrant de brûlures ou d'asphyxie, mais les soldats les conduisaient brutalement vers leur destin, usant de toute la cruauté dont ils étaient capables pour les faire avancer. Le shérif parcourut à grands pas le groupe de hors-la-loi; il était à la recherche du visage de Robin et exigeait qu'on le lui désigne. Personne ne broncha. Le shérif écarta les gens de l'épaule; la cicatrice empourprée sur sa joue contrastait avec le blanc de sa peau. Robin des Bois devait être quelque part. Il devait être là, sinon tout cela n'aurait servi à rien. Ses yeux se posèrent alors sur Petit Loup, et il empoigna ce dernier par les épaules. Ses doigts s'enfonçaient douloureusement, mais l'enfant réagit à peine.

– Où se cache Locksley, mon garçon? demanda le shérif d'une voix rauque. Où est Robin des Bois?

– Mort, répondit Petit Loup d'une voix morne. Mère l'a vu tomber.

Le shérif le dévisagea longuement, puis le relâcha. Il se tint immobile, les yeux perdus dans le vague, tandis que les hors-la-loi reprenaient péniblement leur marche, emmenant l'enfant. Derrière eux venaient d'autres soldats, chancelant sous le poids du butin repris.

Dans la chapelle du shérif, au château de Nottingham, l'évêque célébrait une messe privée, à laquelle Marianne Dubois assistait. Elle était agenouillée devant le prélat, la tête humblement baissée. La scène était silencieuse et calme. Une poignée de soldats se tenait entre elle et les deux portes: elle était prisonnière. Le latin ronronnant de l'évêque réconfortait Marianne, dont les pensées erraient comme des âmes en peine. Le shérif devait savoir quelque chose, mais quoi ? Si elle ne faisait pas attention, elle pourrait finir par se condamner elle-même. Elle sourit tristement. Elle n'aurait pas survécu aussi longtemps toute seule si elle n'avait pas appris à tenir sa langue.

L'évêque s'interrompit brusquement lorsque la porte s'ouvrit sur le shérif. Vêtu de ses plus beaux atours, il arborait un air triomphant qui ne laissait place à aucun doute. Il sourit à Marianne, et celle-ci eut un mouvement de recul intérieur à la vue de la lueur qui brillait dans les yeux de Nottingham. Sans avoir besoin qu'on lui dise quoi que ce soit, elle sut que quelque chose était arrivé. Quelque chose de terrible.

— Lady Marianne, dit le shérif, je suis désolé de vous avoir fait attendre.

Marianne se leva précipitamment. Elle ne s'agenouillerait pas devant lui.

— De quel droit me faites-vous enlever pour me garder prisonnière ?

— Vous vous méprenez sur mes intentions, répondit tranquillement le shérif. Je vous ai fait venir ici pour votre propre sécurité, afin de vous assurer ma protection.

— De quoi voulez-vous me protéger ? demanda-t-elle sur un ton glacial.

— Mais de vous-même, milady. Il semble que vous fréquentiez les hors-la-loi.

Marianne garda la tête haute et affronta le regard du shérif sans sourciller.

– D'où tenez-vous pareils mensonges ?

Le shérif fouilla dans sa tunique et sortit la lettre que Marianne avait écrite au roi Richard. Le cœur de Lady Dubois fit un bond à la vue du sceau rouge brisé.

– D'où ? Mais de votre propre main, milady.

Interloquée, Marianne regarda l'évêque. Celui-ci haussa les épaules.

– Je suis désolé, mon enfant. Mais il m'a paru évident que l'on vous détournait du droit chemin.

– Et maintenant, Marianne, dit le shérif. Que vais-je faire de vous ?

11

Secrets

Le shérif emmena Marianne sur un balcon, qui surplombait la cour intérieure principale, et lui montra ce qu'il restait des compagnons de Robin des Bois. Dans le froid matinal, maculés de boue et de sang, couverts de brûlures à vif, les malheureux étaient enchaînés les uns aux autres. Il y avait des hommes, des femmes, des enfants, tous silencieux, ne laissant entendre aucune supplication, paralysés par la douleur, la perte des leurs et l'horreur qui frappe tout animal pris au piège. Des soldats montaient nonchalamment la garde auprès d'eux, les regroupaient par petit nombre pour les conduire aux cachots. D'autres se tenaient tout autour de la cour, l'arme prête, et regardaient les hors-la-loi avec des yeux froids et fixes, espérant que l'un d'entre eux serait assez stupide pour tenter quelque chose afin de pouvoir y mettre fin. Personne ne bougea.

Marianne regarda un par un tous ces visages qu'elle connaissait et pensa que son cœur allait se briser. Pour elle comme pour eux, le camp de

Sherwood avait représenté un doux rêve, le simple rêve de la liberté, mais désormais celui-ci était détruit, et la dure réalité reprenait ses droits. Et, au moment où elle pensa qu'elle ne pourrait plus en souffrir davantage, son regard tomba sur Sarah, sa dame de compagnie portée disparue. C'est elle, Marianne, qui l'avait envoyée stupidement vers le danger et la trahison. Quelqu'un venait de rouer la pauvre femme de coups, les marques en étaient encore fraîches sur son visage et dans ses yeux effrayés et suppliants. Marianne détourna les yeux. Jamais de sa vie elle n'avait ressenti un tel sentiment d'impuissance et de découragement. Le shérif se rapprocha d'elle.

— C'est fini, dit-il sur un ton calme. Le hors-la-loi appartient désormais au passé. Aujourd'hui, j'ai rendu justice à ce comté.

Il se tut un instant et regarda Marianne comme s'il attendait une réponse. Elle ne dit rien. Il sourit vaguement et regarda à nouveau les prisonniers rassemblés en contrebas.

— J'ai décidé de pendre dix des meneurs, à titre d'exemple. En cadeau de mariage, j'ai l'intention d'être généreux, je vous offre la vie des autres et de leurs familles. Et celle de votre perfide dame de compagnie, bien sûr.

— Et qui suis-je donc censée épouser ?

— Interrogez votre cœur, Marianne, intervint l'évêque en s'avançant à son tour sur le balcon.

Il jeta un rapide coup d'œil aux prisonniers et grimaça un instant à la vue de leur état misérable, puis il adressa un sourire charmant à Marianne.

– Une union entre vous et la maison de Nottingham n'offrirait-elle pas un espoir de renouveau, une
occasion de panser les plaies de ce pays?

Marianne lui renvoya un regard tellement méprisant que l'évêque se tut et détourna la tête, incapable
de soutenir ces yeux implacablement accusateurs.
Marianne sourit sans émotion.

– Un seul homme se préoccupe réellement des
blessures de notre comté, celui-là même qui s'efforçait de les panser: Robin des Bois.

Le shérif fouilla à l'intérieur de sa tunique et sortit une chaîne à laquelle pendait un médaillon en or.
Il la déposa gentiment dans la main de Marianne.
Elle baissa les yeux et regarda le fier médaillon aux
armoiries de la famille Locksley. Les larmes qu'elle
retenait depuis déjà longtemps lui brûlèrent les yeux.

– Non, murmura-t-elle enfin. Ce n'est pas vrai.
Je ne peux le croire.

– Il y a un cadavre, si vous désirez une autre
preuve, dit le shérif. J'ai bien peur qu'il ne soit horriblement calciné, mais vous pourrez le voir, si vous y
tenez.

Marianne ferma les yeux, la main tellement serrée sur le médaillon qu'elle en avait les articulations
blanchies, mais elle ne proféra aucun son.

– Je suis vraiment désolé, Marianne, dit le shérif.
Je n'avais rien contre Locksley jusqu'à ce qu'il s'en
prenne à moi. Il était fort et courageux. Un ennemi
respectable. J'aime à penser qu'en d'autres lieux et
en d'autres temps nous aurions pu être amis. Mais,

au lieu de cela, il a gaspillé sa vie dans des rêves stupides et des tocades utopiques. Combien de vies encore voulez-vous gaspiller ?

Il attendit, mais Marianne ne lui donna aucune réponse. Il la prit fermement par la main et la ramena à l'intérieur, la conduisant par différents passages et escaliers pour arriver dans la cour, où les enfants attendaient encore sous bonne garde. Le shérif fit un geste désinvolte dans leur direction.

— Si beaux, si pleins de vie... si joliment inconscients de la brièveté et de la précarité de la vie.

Il lui pressa doucement la main.

— Marianne, notre union permettrait à ces enfants de devenir nos alliés en grandissant. Vous devez comprendre, je ne peux pas les laisser grandir pour qu'ils deviennent mes ennemis.

Il attendit patiemment une réponse, mais Marianne se contenta de fixer les enfants des yeux, comme s'ils n'étaient pas là. Le shérif lui saisit le menton et lui tourna la tête vers lui.

— Je partagerai tout ce que j'ai avec vous. Je veux seulement vous entendre dire oui.

La mâchoire de Marianne se serra, et, bien qu'elle soit maintenant tournée vers le shérif, ses yeux étaient encore remplis de la vue des enfants.

— Très bien, milord. Je n'ai pas le choix. Oui.

Le shérif sourit et lui lâcha le menton, puis il se tourna vers l'évêque, qui venait de les rejoindre, légèrement essouflé par la descente des escaliers.

— Ah, mon vieil ami. Conduisez Lady Marianne

dans ses quartiers, et veillez à son confort. Je suis sûr qu'elle finira par voir les avantages que présentent nos fiançailles.

L'évêque tendit la main vers Marianne, mais elle passa à côté de lui en pleurs et se dirigea vers le château, courant presque, comme si elle pouvait ainsi fuir la réalité. Tenant toujours le médaillon de Robin serré dans sa main, elle murmura son nom une fois qu'elle eut quitté la lumière de la cour et se fut retrouvée dans l'obscurité du château.

Une brise glaciale traversait lentement la clairière, faisant virevolter les cendres noires et déplaçant par instant un léger filet de fumée âcre au-dessus des restes du camp de Sherwood. Des corps noircis gisaient partout, certains tendant encore des mains raidies et calcinées, implorant aveuglément l'aide de quelqu'un qui ne vint jamais. Il ne restait plus des huttes du village que des carcasses et des poutres brûlées. Les maisons mortes des hommes morts. Et, partout, l'odeur de viande brûlée.

Petit Jean, Azeem et frère Tuck erraient parmi les décombres, cherchant désespérément une trace de vie, un signe, quelque chose qui leur redonnerait l'espoir que tout n'était pas perdu. Quelque chose qui leur donnerait une raison de vivre. Mais, partout où leurs yeux se posaient, il n'y avait que la mort et la désolation ; la fin d'un rêve. Petit Jean s'arrêta brusquement et s'agenouilla pour ramasser un arc à moitié brûlé, mais dont on distinguait encore nettement les gravures.

– Robin... dit-il doucement.

Les autres hochèrent la tête. C'était presque une prière. Il secoua tristement la tête, mais son cœur s'arrêta presque de battre à la vue d'une sombre silhouette surgie devant lui parmi les arbres. Petit Jean se releva rapidement et brandit son bâton, prêt à se battre. Puis il reconnut la personne, et son sang se glaça dans ses veines.

– Mon Dieu, qu'ai-je fait ? Robin, je t'en supplie, va reposer en paix...

Robin lui adressa un sourire épuisé.

– Je ne suis pas un esprit, Jean. Bien que j'aie pu le devenir, si une branche n'avait arrêté ma chute. Si le shérif pense que je suis mort, il aura peut-être pitié de mes gens.

Petit Jean se mit brusquement à rire et serra Robin très fort dans ses bras de géant.

– Le shérif n'était pas le seul à te compter parmi les morts ! J'aurais dû savoir que tu survivrais, en dépit de tout ce que le shérif pouvait te faire !

Lorsque Jean l'eut relâché, Robin regarda autour de lui et constata le carnage subi par ce qui, récemment encore, avait été une communauté prospère.

– Il aurait peut-être mieux valu que je meure. C'est moi qui suis la cause de tout cela.

Petit Jean lui passa un bras autour des épaules et l'emmena doucement un peu plus loin.

– Viens. Certains d'entre nous ont survécu. Te voir leur remontera le moral.

Ils guidèrent Robin parmi les arbres mais, ils

avaient beau avoir tourné le dos au camp jonché de cadavres, son image restait gravée dans leur cœur.

Dans un profond cachot du château de Nottingham, les dix hommes désignés pour mourir étaient enchaînés aux murs incrustés de sang séché et de crasse. Pas un ne se plaignait de sa douleur ni de sa condition. Une eau putride leur léchait les chevilles, et parfois des choses bougeaient en dessous. Mais il faisait trop sombre pour distinguer quoi que ce soit. Un rat passa près de Gilles l'Écarlate, et celui-ci lui jeta un violent coup de pied.

— Laisse ça, dit une voix dans l'obscurité. C'est notre dîner.

Certains réussirent à émettre un petit rire, mais le faible son fut rapidement englouti par l'obscurité. Ils savaient tous qu'aucun d'entre eux ne quitterait jamais ce cachot, sinon pour aller à la salle des tortures ou pour monter sur la potence. Leur mort avait déjà été décidée; restait à savoir quand et comment elle surviendrait. Leur seul espoir était que ce soit le plus rapidement possible.

Une énorme clé tourna dans une serrure, puis les prisonniers regardèrent dans la direction d'où leur parvenait le bruit des verrous lourdement tirés. Certains tentèrent de se mettre debout en dépit de leurs entraves, mais la plupart étaient tellement abattus qu'ils n'avaient plus la force suffisante pour cette faible provocation. La porte s'ouvrit brusquement, et ils durent tourner la tête lorsque la lumière des torches illumina le cachot. Le shérif fit une très légère grimace en posant le pied dans l'eau immonde, puis regarda lentement autour de lui, tandis qu'une demi-douzaine de gardes s'empressaient à ses côtés. Le shérif ne s'aventurait jamais à prendre des risques inutiles. Même un animal enchaîné pouvait être dangereux, particulièrement lorsqu'il savait qu'il n'avait plus rien à perdre. Nottingham s'avança vers le premier prisonnier et lui sourit.

— Préfères-tu souffrir ou mourir ?

L'homme le regarda sans ciller, les yeux encore à moitié clos pour se protéger de la lumière crue, mais ni ses chaînes ni le sordide de sa condition ne pouvaient lui enlever sa dignité face à son persécuteur.

— Donnez-moi la mort, répondit-il sans ambages.

Les autres l'approuvèrent d'un grognement sourd.

Le shérif prétendit considérer la chose pendant quelques instants, puis fit signe de la tête à ses gardes.

— A la torture.

Les soldats détachèrent les chaînes et emmenèrent le prisonnier avec eux, indifférents à sa résistance et à ses injures. Le shérif se tourna vers le suivant.

— Et toi, la souffrance ou la mort ?

L'homme réfléchit rapidement.

— La souffrance ? risqua-t-il.

Le shérif fit un signe de tête à ses gardes.

— A la torture.

Il recula et sourit aux autres prisonniers tandis

que leur compagnon était emmené de force, en dépit de ses coups de pied et de ses hurlements.

— Vous voyez, ce que vous direz n'a aucune espèce d'importance. Vous serez tous torturés.

Il retourna vers un homme à l'air particulièrement effrayé.

— Je me suis laissé dire que Robin des Bois est toujours en vie. Vous me direz tout ce que vous savez de ce gredin. Où il peut se cacher... tout. Ensuite, une fois que je vous aurai extorqué jusqu'à la plus petite information, vous serez tous pendus. Puis nous attraperons Robin des Bois et nous lui ferons subir le même sort.

— Il y a une solution plus rapide, dit Gilles l'Écarlate. Laissez-moi sortir d'ici, et je le tuerai moi-même.

Les autres, d'abord suffoqués, se mirent à pousser des cris de colère et à proférer des menaces. Le shérif fit signe à ses gardes de les faire taire rapidement, sous la menace et les coups. Petit Loup, furieux, fit racler ses chaînes et dévisagea l'Écarlate d'un air mauvais. Le shérif s'approcha et se planta devant Gilles, l'observant d'un air intéressé, comme s'il avait découvert une nouvelle variété d'insecte sous une pierre. L'Écarlate affronta le regard méprisant sans ciller.

— S'il est en vie, je sais où le trouver, expliqua-t-il. Je pourrai m'approcher de lui. Je suis l'un de ses hommes; il ne me soupçonnera pas.

Petit Loup fit un mouvement brusque, aussitôt entravé par ses chaînes, grognant comme un animal.

— Il sait que tu l'as toujours détesté, traître!

L'un des gardes fit taire l'enfant.

Le shérif, les yeux toujours fixés sur l'Écarlate, n'y prêta aucune attention. Gilles souriait froidement.

— Robin des Bois est un imbécile qui fait confiance à tout le monde. Il me croira parce qu'il ne supporterait pas l'idée que l'un de ses propres hommes ne l'aime pas. Et, même s'il ne me croit pas, il me tuera, et vous n'aurez rien perdu.

Le shérif tira son épée et s'avança. L'Écarlate tenta de reculer, mais fut arrêté par le mur. Le shérif lui ouvrit la bouche à l'aide de sa lame et glissa délicatement la pointe entre ses dents.

— Si tu échoues, dit-il avec calme, et que Locksley ne te tue pas, je m'occuperai personnellement de couper ta vilaine langue de menteur.

Il retira l'épée, mais ne la rengaina pas. L'Écarlate répondit la gorge serrée, s'efforçant de sourire.

— Si je réussis, je veux la liberté et la récompense pour la tête de Robin.

— Bien sûr, dit le shérif.

Puis il se tourna vers ses gardes.

— A la torture.

Il se retourna ensuite vers l'Écarlate stupéfait et lui adressa un sourire faussement gêné.

— Ça fera plus vrai.

Il se mit à rire doucement tandis que les gardes libéraient Gilles et le conduisaient à l'extérieur. L'horrible écho semblait encore retentir dans le cachot après son départ.

La journée s'écoula, puis la nuit. L'aube se leva enfin de nouveau sur Sherwood. Robin remplissait la toute dernière tombe. Exténué au point de ne plus sentir ni la souffrance ni la fatigue. Seule une sombre détermination et la culpabilité qui le rongeait le poussaient à continuer. Il tassa la terre du long monticule, puis se releva d'un geste lent pour regarder autour de lui. La clairière était transformée en cimetière. Un nombre incalculable de tombes remplissaient l'espace ouvert où s'était tenu un village plein de vie, de rires et d'espoir. Frère Tuck se déplaçait lentement parmi les monticules de terre pour planter de grossières croix, faites du bois noirci des huttes incendiées. Il murmura une bénédiction sur chacune d'elles, ajoutant le nom du mort lorsque le feu n'avait pas trop endommagé le corps et qu'il était encore possible de l'identifier. Les noms étaient rares. Impitoyable, le feu avait ravagé les lieux.

Aucun des Saxons morts n'était enterré dans la clairière. Ils avaient été traînés dans les bois pour y pourrir. Robin s'appuya sur sa pelle et s'autorisa un moment de répit. Les brumes matinales enveloppaient la clairière, tel un linceul, qui donnait un air presque serein au cimetière, mais Robin avait autre chose en tête. Aucune de ces âmes ne reposerait en paix tant que leur mort ne serait pas vengée. Il entendit des pas. C'était Azeem, qui portait Duncan dans ses bras. Robin lui fit un signe de la tête, et le

Maure déposa le cadavre avec douceur dans la tombe qui lui était destinée.

— C'est ma fierté qui a conduit à ce malheur, dit Robin d'une voix faible.

— Non, répondit Azeem. Tu as rendu la fierté à ces hommes. Tu leur as donné l'envie de défendre leur vie.

Robin regarda Duncan dans sa tombe. Le vieillard semblait aussi petit et vulnérable qu'un jouet cassé.

— J'ai été fou de le laisser partir. Et encore plus fou de penser que j'avais parfaitement tout prévu.

Azeem le regarda posément.

— Je me souviens d'un sage qui disait : « Il n'y a pas d'homme parfait sur cette terre, seulement des intentions parfaites. »

Robin regarda à son tour le visage calme et indulgent du Maure, la gorge serrée tandis qu'il s'efforçait de contrôler les émotions qui le submergeaient.

— Tu as fait honneur à tes compatriotes hier, Azeem. Tu as mieux combattu que vingt chevaliers anglais réunis.

Robin leva sa pelle, mais ne put se résoudre à recouvrir de terre son vieux compagnon. Azeem s'empara de l'outil.

— Je m'en charge. Va te reposer, mon ami.

Robin acquiesça lentement, puis s'éloigna en titubant. Quelques instants plus tard, il arriva près d'un ruisseau tranquille, à l'écart de la clairière. Il s'agenouilla et s'aspergea le visage et la nuque d'eau glacée. Le choc le réveilla complètement pour la première fois depuis le matin, et il resta agenouillé à retrouver son souffle. Il était grand temps qu'il se remette à faire marcher sa cervelle. Depuis l'attaque, il fonctionnait uniquement sur ses émotions, mais maintenant il était temps de réfléchir au moyen de remettre les choses en ordre. Si seulement cela était possible. Il ruminait en fixant l'eau des yeux sans la voir, lorsque soudain il aperçut un second reflet à côté du sien. Il leva vivement la tête et dévisagea le personnage qui se tenait à côté de lui.

— On devient imprudent, Robin, dit Gilles l'Écarlate. Il fut un temps où je n'aurais pas réussi à ramper vers toi comme je viens de le faire.

Robin se remit péniblement debout et lui adressa un large sourire.

— Gilles! Je croyais que tu avais été pris!

— Je l'ai été, confirma l'Écarlate.

— Alors, comment t'es-tu échappé?

— J'ai promis de te tuer.

Les mots semblèrent suspendus dans l'air tranquille du matin, lourds d'intention et de non-dits. L'Écarlate regarda derrière Robin, qui se retourna pour voir arriver Petit Jean. Le géant regardait l'Écarlate d'un air furieux.

— Je vais tordre ton cou de poulet, Gilles l'Écarlate! Bouc, va me chercher une corde!

— Non! s'exclama Robin. Il y a eu suffisamment de morts ici.

— Ça ne sera jamais assez, dit Jean. Pas tant que les traîtres comme lui seront encore en vie.

Il saisit l'Écarlate par les épaules et l'entraîna sans résistance dans la clairière pour lui montrer la multitude des tombes. Azeem finissait juste de tasser celle de Duncan. Il leva des yeux pleins de curiosité sur Gilles, qui le regarda d'un air impassible. Bouc et Fanny apparurent aux cris de Jean et jetèrent à l'Écarlate un regard furieux. Tuck le dévisagea avec un profond mépris. Petit Jean le secoua brutalement en le tenant par les épaules.

— Personne ne s'échappe des geôles du shérif sans s'être compromis avec lui !

— Fouillez-le, dit Fanny avec hargne. Il doit avoir un couteau caché quelque part.

Bouc fit un signe de tête affirmatif, l'épée à la main, prêt à parer toute éventuelle attaque de l'Écarlate. Ce dernier affrontait ses accusateurs sans ciller et sans mot dire. Jean le palpa vaguement de la tête aux pieds, puis lui ouvrit la chemise d'un geste brusque. Tout le monde resta bouche bée. L'Écarlate avait la poitrine couverte de vilaines plaies à peine refermées et de brûlures encore fraîches. Jean lâcha la chemise, et Gilles cacha ses blessures avec dignité.

— Bon sang, murmura Jean.

— Laissez-le parler, dit Robin.

L'Écarlate les regarda un à un, puis dit d'une voix étrangement calme :

— Je suis porteur d'un message de la part du shérif de Nottingham. Dix de nos hommes seront pendus sur la place de la ville samedi, à midi tapante.

— Et mon garçon ? s'exclama Fanny.

Gilles se tourna vers elle, s'excusant presque.

— Petit Loup en fait partie.

Fanny détourna la tête et enfouit son visage dans la poitrine de Petit Jean. Il lui caressa doucement l'épaule, les yeux dévorés par une rage folle.

— Ce n'est pas tout, continua l'Écarlate. La pendaison entre dans le cadre de réjouissances plus générales données en l'honneur du mariage du shérif.

Bouc ricana avec dérision.

— Et quelle est donc l'heureuse élue?

L'Écarlate se tourna vers Robin.

— C'est Lady Marianne qui lui a accordé sa main.

— Marianne? répéta Tuck en fronçant les sourcils. Le shérif s'unit à la famille royale?

Petit Jean hocha la tête furieux.

— Ouais, et, avec le roi Richard absent, il ne tardera pas à essayer de s'emparer également du trône.

Ils s'aperçurent alors que la nouvelle devait accabler Robin, et ils se tournèrent vers lui, observant un silence gêné. Mais Robin était bien le seul d'entre eux à ne montrer aucune surprise. Il regarda Gilles sans fléchir, l'air sombrement décidé.

— Je suppose que cette nouvelle est le prétexte qui devait te permettre de t'approcher de moi pour me tuer. C'est bien cela, Gilles?

Ce dernier esquissa un sourire.

— Pas immédiatement, bien sûr.

— Quelles sont tes intentions, Gilles?

— Cela dépend de toi, Locksley. Je n'ai jamais eu

confiance en toi; ce n'est un secret pour personne. Eh bien, maintenant, c'est l'heure de vérité. Tu nous as tenu de beaux discours sur la fierté, l'honneur et le courage qu'il faut pour combattre l'injustice. N'as-tu pas changé d'avis, après tout ce qui s'est passé? Es-tu prêt à terminer ce que tu as commencé, maintenant que tu es seul et que tu ne peux plus te cacher derrière une armée de hors-la-loi?

Robin le regarda en silence pendant quelques instants, puis se tourna vers la clairière remplie de tombes. Petit Jean se précipita à sa défense.

— Laisse-le en paix, Gilles. C'est fini. Ce serait de la folie de nous battre seuls contre les hommes du shérif.

L'Écarlate l'ignora, ses yeux ne quittaient pas Robin.

— Tu vas rester et combattre avec nous jusqu'à ce que nous soyons tous morts? Ou vas-tu nous tourner le dos et fuir comme le beau damoiseau pour lequel je t'ai toujours pris?

Robin lui jeta un regard furieux, Gilles avait enfin fait mouche.

— D'où te vient cette haine féroce que tu me voues, Gilles l'Écarlate?

— D'où vient-elle, Robin? Mais de ce que notre père t'aimait plus que moi!

Tout le monde en resta muet de stupeur. L'Écarlate hocha la tête, tenant visiblement à son sentiment d'injustice autant qu'à un vieil ami.

— Toi et moi sommes frères, Robin de Locksley.

Je suis le fils de la femme qui a remplacé ta mère...
pendant quelque temps, jusqu'à ce que ta colère la
sépare de notre père.

Tous se mirent à regarder Gilles, puis Robin, puis
Gilles de nouveau. En cherchant bien, il y avait en
effet une ressemblance. Robin s'avança lentement
vers Gilles et le regarda droit dans les yeux.

– Je ne savais pas, Gilles.

– Ton père non plus, répondit l'Écarlate d'une
voix rauque. Ma mère ne lui a jamais rien dit. Elle
aurait eu trop honte de retourner le voir après l'avoir
quitté.

Il se tourna vers les autres, qui, surpris, observaient la scène en silence.

– Sachez ceci : j'ai plus de raisons de haïr Robin
que quiconque, mais... j'ai découvert que j'ose croire
en lui.

Robin serra Gilles dans ses bras. Les deux
hommes s'étreignirent avec force, essayant de ravaler
les larmes qui les avaient séparés. Les autres échan-
geaient des sourires confus mais ravis. Les deux
frères finirent par se séparer, s'efforçant de faire
comme s'ils n'avaient pas les yeux mouillés de
larmes. Robin sourit à ses amis.

– J'ai un frère ! J'ai toujours voulu avoir un frère.

– Aujourd'hui, nous sommes tous frères, dit
Azeem. Si ce n'est de sang, en tout cas de combat.

Il désigna le cimetière d'un geste.

– Allons-nous oublier ce que ces gens ont donné
pour la cause à laquelle nous avons cru et partir

chacun de notre côté ?... Ou allons-nous faire corps comme de véritables frères pour sauver ceux qui nous sauveraient s'ils le pouvaient ?

Tuck s'avança aux côtés du Maure.

– Si mon païen de frère reste, je reste aussi !

– Ouais ! s'écria Bouc. Frères jusqu'au bout !

Petit Jean rit et secoua la tête.

– Merde alors ! On est tous dans la merde.

Robin embrassa du regard tous les visages souriants et, fier d'eux, sourit à son tour.

– La partie n'est pas perdue, mes amis. Nous n'avons pas dit notre dernier mot.

Dans le cachot du château de Nottingham, les dix condamnés pendaient mollement à leurs chaînes, profitant d'un moment de répit avant que la torture ne reprenne. Aucun d'eux n'avait échappé aux fouets, aux couteaux et aux fers rougis, pas même Petit Loup. Dans le noir, certains gémissaient tandis que d'autres priaient et que d'autres encore sanglotaient ouvertement. Personne ne leur en tenait rigueur. Et qu'ils aient parlé ou non de Robin, seule leur conscience pouvait le dire. Le bruit faible mais distinct de la potence en construction leur pavenait de l'extérieur.

Petit Loup se mordait les lèvres pour s'empêcher de pleurer et regardait fixement le mince filet de lumière qui perçait très haut dans le mur. La fente n'était pas assez large pour qu'on puisse parler de fenêtre, mais c'était la seule lumière qu'ils pouvaient apercevoir. Le soir commençait à tomber, et la lumière s'assombrissait. Lorsqu'elle disparut complètement, Petit Loup perdit également tout espoir. Il savait qu'il allait mourir avec les autres, mais jusque-là il n'y avait pas vraiment cru.

Il avait espéré que son père viendrait le sauver, ou Robin... mais tout au fond de lui-même il était désormais certain qu'ils étaient morts tous les deux. Peut-être les retrouverait-il, une fois mort, et se retrouveraient-ils tous ensemble dans une forêt du paradis. Il avait peur, mais, à sa grande surprise, il découvrit qu'il avait surtout peur de ne pas avoir la force d'aller au-devant de sa mort avec dignité. Il ne voulait pas s'effondrer devant tout le monde, qu'on le traîne au gibet, hurlant et pleurant. C'est ce que le shérif voulait, et Petit Loup préférait mourir que de lui donner ce plaisir. Il était un hors-la-loi et fier de l'être. Il serra dans sa main ensanglantée son crucifix en bois et s'en voulut de ne pas connaître les vraies prières.

— Seigneur, c'est Petit Loup. Si vous en avez décidé ainsi et que cette nuit est la dernière de ma vie, je vous en prie, Seigneur, donnez-moi le courage de mourir fièrement. Et... prenez soin de ma famille et des plus jeunes.

Il ne trouvait plus rien d'autre à dire. Il regarda la lumière s'éteindre tout en haut du mur et la nuit se refermer lentement sur lui.

Le shérif arpentait joyeusement sa chambre, se

272

régalant les yeux à la vue de son or étalé dans d'énormes coffres éparpillés dans la pièce. De temps à autre, il plongeait la main dans la masse de pièces d'or et la remuait doucement, se délectant de la sensation de l'or entre ses doigts. Une chambre remplie d'or, dix hors-la-loi à pendre et Marianne pour fiancée. Que demander de plus à la vie ? A part le trône d'Angleterre ? Il s'occuperait également de cela, le moment venu.

Son scribe le suivait précipitamment, avec un air de chien battu, totalement soumis depuis que le shérif lui avait fait couper la langue. Il griffonna rapidement quelques mots sur une ardoise qu'il tendit au shérif en le tirant timidement par la manche. Le shérif baissa les yeux pour lire, puis sourit au malheureux scribe en sueur.

– Ma promise déborde de joie. Merci. Tout va bien. J'ai récupéré la plus grande partie de mon trésor, Robin des Bois est battu et presque certainement mort, et les barons se sont engagés à soutenir mon accession au trône. Tout va bien... comme prévu.

Il s'appuya contre le mur et, satisfait à la vue de ses richesses, eut du mal à dissimuler son ravissement. Tout cela lui appartenait. Les belles parures, les beaux meubles... Le shérif sourit et caressa de la main le mur auquel il était adossé. Soudain surpris, il regarda l'endroit où ses doigts venaient de découvrir un petit trou. Il examina la chose de plus près, et son étonnement se transforma en mauvaise humeur, car il se rendit compte que le trou avait été délibérément camouflé dans la structure du mur. Il pivota sur ses talons et dévisagea le scribe.

— C'est toi qui t'amuses à m'espionner, petit crapaud ?

Le malheureux secoua la tête avec véhémence et s'agenouilla devant son maître. Il commençait à gribouiller sur son ardoise pour se disculper, mais le shérif l'avait déjà oublié.

— Qui a bien pu forer un trou pareil ?... Qui cherche à m'espionner dans mon intimité ?...

Il s'interrompit, car la réponse lui apparut clairement. Une rage bouillonnante surgit en lui, et il crut qu'il allait exploser. Il commençait à comprendre certaines choses.

Mortianna !

Il quitta la pièce en courant, et le scribe poussa un soupir de soulagement. Il s'apprêtait à lui faire un geste obscène tandis qu'il avait le dos tourné, mais se ravisa. Qui sait qui pouvait le voir.

Le shérif fulminait tout en dévalant les couloirs et les escaliers faiblement éclairés qui le menaient dans les profondeurs du château. Sa rage augmentait à mesure qu'il se rapprochait du domaine de Mortianna. Il fit enfin irruption dans la chambre de la sorcière et scruta l'obscurité autour de lui.

— Mortianna ! Où es-tu ? Maudits soient tes yeux !

Un bruit de pas traînant et de sifflements familiers

emplirent la pièce lorsque la sorcière émergea de l'ombre. Elle posa ses yeux rouges et troublants sur lui.

— Tu viens trop tôt. Les signes n'ont pas encore parlé.

La moutarde monta au nez de Nottingham et il s'avança, poings serrés.

— Ça suffit! Je ne crois plus à ces sornettes.

Mortianna détourna les yeux du regard embrasé et fouilla dans le sac de runes, qui pendait à son poignet.

— Puisque tu sembles si impatient, je vais quand même essayer pour toi.

Elle éparpilla les runes sur le sol devant elle en suivant toujours le même rite sanglant. Elle poussa un doux gémissement en voyant le dessin formé par les runes et commença à rouler les yeux en arrière.

— L'union... le sang du Lion et la maison de Nottingham. Nouveau pouvoir, nouvelles âmes...

Le shérif s'avança et donna délibérément un coup de pied dans les pièces de bois.

— Ça suffit! J'ai découvert le trou! Le trou que tu as percé dans le mur pour m'espionner! Tu as osé m'espionner! Dis-moi la vérité, au moins une fois dans ta vie, espèce de vieille bique!

Mortianna se releva, abandonnant ses activités avec désinvolture, et sourit au shérif, d'un air presque condescendant.

— Pourquoi ce subit intérêt pour la vérité? Cela ne t'a jamais servi, jusqu'ici. Ce n'est pas la vérité qui a fait de Lord Nottingham ce qu'il est aujourd'hui, c'est bien Mortianna.

Le shérif leva la main pour la frapper, mais quelque chose dans le regard calme de la vieille l'arrêta au dernier moment.

— Espèce de monstruosité ! Je te méprise. Sitôt marié, je te ferai jeter à la rue ! Sans ma protection, tu ne vivras pas longtemps. Tu seras brûlée vive, comme toutes les sorcières.

Il s'interrompit en entendant le rire rauque de Mortianna, et ne put réprimer un mouvement de recul lorsqu'elle s'avança vers lui, le menaçant de son doigt décharné. Elle lui rit au visage, et l'horrible son se répercuta sur tous les murs environnants.

— Sans moi, petit lord, tu n'es rien. Tu ne pèses pas plus que la paille, tu es un moustique, tu es moins que rien. Tu es ma chair. J'ai volé un nouveau-né dans ce même château, et je l'ai tué pour que tu puisses prendre sa place. Tu es mon fils, Nottingham !

Le shérif, interloqué, la dévisagea, et elle rit de plus belle.

— Tu me méprises ? Tu es moi ! Tu sais bien au fond de ta petite âme mesquine que je dis la vérité. Toute ma vie j'ai été un monstre, mais, lorsque tu auras engrossé Lady Marianne et que mon petit-fils sera assis sur le trône d'Angleterre, ce sera mon sang, ma mauvaise graine qui régnera ! Qui sera le monstre, alors ?

Le shérif se détourna d'elle et fit travailler son

cerveau à toute vitesse. Les titres de shérif et de lord se transmettaient par les liens du sang. Le sang du père. Si Mortianna parlait contre lui... Même sans preuve, la simple accusation pouvait suffire à lui barrer le trône. Et il ne pouvait pas courir le risque de la tuer. Mortianna avait certainement pris ses précautions... La sorcière s'avança brusquement vers lui et le saisit par le bras. La force surnaturelle de sa poigne osseuse le fit grimacer.

– Ce n'est pas le moment de douter, petit lord ! Ensemble, nous sommes forts. Qui ne tente rien n'a rien.

Le shérif acquiesça sans mot dire, et elle le relâcha. Il s'éloigna d'elle à reculons, quitta la pièce, mais emporta avec lui le souvenir de son sourire triomphant jusque dans les parties du château qu'il tenait sous son règne.

Robin et ses hommes frissonnaient dans le froid matinal tandis qu'Azeem mesurait une petite quantité de la poudre noire qu'il conservait dans une bourse en cuir. L'Écarlate se pencha au-dessus du feu pour se réchauffer les mains, mais le coup d'œil que lui lança Azeem le fit déguerpir. Le Maure versa la poudre dans le foyer, et une boule de feu éclata à trois mètres environ au-dessus d'eux, dans une explosion qui provoqua un nuage de fumée âcre. Les autres reculèrent, criant, jurant sous la surprise et agitant les mains pour chasser la fumée. Ils se calmèrent rapidement lorsqu'ils s'aperçurent qu'ils ne couraient aucun danger, et se regardèrent d'un air penaud. Azeem sourit.

— Les mystères de la poudre noire sont nombreux. Mon peuple poursuit ses expériences dans ce domaine depuis qu'un marchand en a rapporté du lointain Cathay [1].

Tuck prit une pincée de poudre dans ses doigts et la renifla d'un air soupçonneux.

— Ça sent la magie, si vous voulez mon avis.

Robin se retourna vers la carte de Nottingham, qu'il venait de dessiner grossièrement par terre.

— J'userai de tous les moyens possibles et imaginables pour sauver mes gens. Maintenant, écoutez bien.

Il attendit que les autres se soient rassemblés autour de lui.

— Bouc, tu te posteras près de la porte afin de barrer la route aux renforts. Jean, tu resteras près de ce mur pour couvrir notre fuite. Je me cacherai là, sous la potence, et je délivrerai nos hommes au signal.

— Non, s'écria l'Écarlate. Je m'en charge. Nous avons besoin de toi pour nous couvrir avec ton arc.

Robin fronça légèrement les sourcils en levant les yeux sur son tout nouveau frère.

— C'est dangereux, Gilles.

— Toi aussi, quand tu vises, lui répondit l'Écarlate en souriant.

_____

1. Nom donné à la Chine au Moyen Age, (_N.d.T._).

278

Robin hocha la tête en signe d'acquiescement, puis il s'adressa à Tuck et Azeem.

— Je ne sais pas très bien ce qu'Azeem concocte, mais en tout cas nous devons tous nous préparer. Pour réussir, nous devons agir tous ensemble. Nous ne sommes peut-être que six, mais...

— Sept, coupa Fanny.

Elle sortit des arbres, un arc à la main, et s'avança vers eux, la tête haute.

— Que diable penses-tu donc faire, ma fille ? Et, d'abord, qu'as-tu fait des enfants ? demanda Petit Jean.

— Ils sont en sécurité, chez ma mère. Et je viens avec vous.

— As-tu perdu la tête ? Tu n'es certainement pas en état de nous accompagner. Pas après tout ce que tu viens de subir. Tu as gravement souffert, ma fille...

Fanny grimaça.

— Après avoir mis au monde huit enfants, tu me parles de souffrance. Notre Petit Loup va être pendu, et tu veux que je reste sagement à la maison ? Au diable. Je sais me servir d'un arc, c'est tout ce qui compte.

Petit Jean jeta un regard suppliant à Robin pour qu'il la dissuade. Ce dernier réfléchit en regardant le menton déterminé de Fanny, puis lui donna son accord.

— Entendu, Fanny, tu te posteras là...

Petit Jean secoua la tête d'un air écœuré.

12

Règlements de comptes

La foule se pressait sur la place principale de Nottingham pour célébrer le mariage du shérif et assister à la pendaison des hors-la-loi. Aucun d'entre eux ne s'intéressait au mariage, et la plupart ne souhaitait aucunement voir de braves gens mourir, mais ils étaient contraints d'y assister : ordre du shérif. Ses hommes étaient partis tôt le matin pour informer les citoyens que leur absence serait considérée comme une insulte et un crime, et que quiconque serait surpris à ne pas se tenir au bon endroit pour applaudir au bon moment le regretterait. Et c'est pourquoi tout le comté s'était déplacé, quittant qui sa ville, qui son village et qui son hameau. En son for intérieur, chacun espérait un miracle.

La foule s'avançait lentement par la porte principale de la ville, sous les regards méfiants des soldats qui fouillaient systématiquement hommes, femmes et enfants avant de les laisser passer. Les couteaux et les dagues s'amoncelaient au pied de la porte. Les gardes répondaient aux tentatives de discussion par

une totale indifférence ou par un coup négligemment porté sur la tête, accompagné de l'ordre d'avancer. Le shérif ne voulait prendre aucun risque. Il avait invité les barons qui le soutenaient dans sa marche vers le trône à venir assister aux exécutions et à son mariage avec une cousine du roi, et il était décidé à ce que tout se passe bien.

Une charrette montait lourdement vers la porte, tirée par un cheval à l'air perclus d'ennui. Frère Tuck fit arrêter l'animal au signal des soldats et adressa un sourire aimable à ceux-ci, désireux de prouver sa bonne volonté et son respect de l'autorité. L'un des gardes s'approcha pour examiner les tonneaux qu'il transportait, puis dévisagea l'homme assis au côté du moine. Le personnage silencieux avait l'air costaud sous sa houppelande, mais il avait les mains et le visage couverts de bandages. Le soldat décida qu'il ne fouillerait pas celui-là. L'homme pouvait bien avoir caché quelque chose sous son manteau, mais il n'avait aucune envie d'aller le dénicher. Il recula d'un pas, au cas où, et s'adressa à Tuck.

— Qu'est-ce que tu transportes là, mon frère?

— La meilleure bière du comté, dit frère Tuck avec enthousiasme, que Lord Nottingham destine à ses hommes courageux. C'est une bière spéciale, détonante.

Le soldat se dérida enfin et leur fit signe de poursuivre leur chemin. Tuck persuada son cheval d'avancer, et, en dépit des craquements et des

embardées, la charrette arriva sur la place, devant le château. A la porte, Fanny charmait les gardes de son sourire le plus engageant. Elle portait sa plus jolie robe et un grand panier tressé. Les soldats ignorèrent son sourire et lui firent signe d'ouvrir le panier. Fanny haussa les épaules et s'exécuta sans ambages.

— Ce n'est que de la corde, mes très chers. Des fois que le shérif viendrait à en manquer.

Elle se mit à glousser d'un rire si désagréable que les gardes lui firent signe de passer en échangeant un hochement de tête. On voyait vraiment de tout, les jours de pendaison. Ils se retournèrent vers la porte, puis reculèrent d'un bond en voyant arriver une bande de Saxons qui comparaient les oreilles coupées et autres trésors recueillis dans le camp de Sherwood. Les sauvages se dirigèrent vers la place en riant fort et en bousculant quiconque ne dégageait pas le chemin assez rapidement. Personne n'était assez fou pour protester, et encore moins les soldats. Ils n'étaient pas suffisamment payés pour s'occuper des Saxons. Ils regardèrent délibérément dans l'autre direction et se concentrèrent sur les manants, qui affluaient toujours. Ils ne remarquèrent donc pas l'un des Saxons fausser compagnie au reste de la troupe et disparaître à l'abri d'un coin d'ombre.

Il jeta un coup d'œil autour de lui pour s'assurer que personne ne le regardait et enleva son casque à tête de sanglier pour se gratter frénétiquement le nez. Bouc soupira de plaisir en sentant la démangeaison disparaître. Il ne comprenait pas comment

les Saxons pouvaient supporter ces satanés casques. Ils donnaient chaud, faisaient transpirer et on ne voyait rien à travers. Il profita de l'occasion pour examiner attentivement la herse et la porte qui permettait de passer de la place au château. Il sourit brièvement, puis remit rapidement son casque en place à la vue d'un soldat qui regardait dans sa direction. Bouc traversa la place d'un air fanfaron, lançant des regards féroces à la cantonade, comme il sied à un bon Saxon, et les gens lui ouvrirent largement le passage.

Le long des remparts extérieurs, un grand paysan avançait en titubant, le dos courbé en deux sous le poids d'un énorme fagot de bois de chauffe. La charge n'était en réalité pas si lourde, mais cela lui donnait une bonne excuse pour garder la tête baissée, cacher son visage et sa taille. Il s'appuya contre le mur, faisant mine de souffler un peu, et se cacha des passants derrière son chapeau à bord flottant. Une corde se déroula tout à coup du haut du mur. Petit Jean l'agrippa et y attacha son fardeau, puis tira deux fois pour signaler que la voie était libre.

A l'autre bout, sur un petit parapet, Fanny empoigna fermement la corde et la hissa rapidement de l'autre côté du mur en l'enroulant. Elle défit le tout, attacha une extrémité de la corde à un poteau qui, par bonheur, se trouvait là, puis jeta l'autre extrémité par-dessus le mur.

Petit Jean se tenait toujours en bas, les bras croisés sur sa large poitrine, et sifflait d'un air qu'il se plaisait à penser être des plus désinvoltes. Les quelques curieux qui le dévisagèrent se hâtèrent de passer leur chemin en voyant Jean leur lancer son regard le plus noir. Il avait toujours cru en son efficacité. La corde claqua à côté de lui, et il l'enroula rapidement autour de la taille. Après avoir attendu que la voie soit dégagée, il escalada le mur.

Sur la place principale, Tuck et son compagnon emmailloté dans ses bandages s'affairaient à décharger les tonneaux de la charrette et les disposaient soigneusement à différents emplacements, tout autour de la place. L'homme bandé déposa l'un d'eux avec précaution sur le bord de la potence surélevée, contre l'un des poteaux. Il fit une pause, puis examina le gibet pendant de longues minutes. Dix cordes pendaient d'une longue poutre transversale, tels les fruits pourris d'un arbre en décomposition. Un soldat zélé s'approcha, la mine renfrognée, et désigna d'un geste brusque le tonneau, qui se trouvait devant lui. Les autres se dispersèrent sur la place.

— Pouvez-vous bien me dire ce que vous fabriquez là ?

— Nous distribuons des collations en l'honneur des noces de Monseigneur, répondit Tuck, qui s'approcha vivement et s'inclina en souriant gracieusement au garde. Dites-moi, mon brave, quelque chose ne va pas ?

— Ouais, rétorqua le soldat. Vous.

Il saisit l'homme aux bandages par le bras et l'écarta de la potence.

284

– Enlève-moi ce tonneau de là. Plus vite que ça!

Tuck s'inclina à nouveau et se retourna vers son compagnon.

– César l'a dit, mon ami. Rassemblons nos offrandes et partons.

– Qu'est-ce qu'il a, celui-là? demanda le soldat avec suspicion. Il n'a pas de langue?

– Hélas, non, répondit Tuck. Mon ami est membre du vénérable et saint ordre des Lépreux.

Le garde recula si vite qu'il s'emmêla les jambes et faillit tomber. Tuck et le soi-disant lépreux laissèrent le soldat regarder avec horreur la main avec laquelle il avait écarté l'homme aux bandages de la potence. Il était couvert de sueur.

Fanny s'était confortablement installée sur le bord du parapet, le fagot et le panier à ses côtés. Elle tira deux épées du tas de bois et les laissa négligemment tomber par-dessus le parapet. Celles-ci firent un bruit sourd en heurtant le sol où elles se fichèrent et se balancèrent un instant. Un Saxon à tête de sanglier accompagné d'un autre homme passa par-là et ramassa les armes, qu'ils s'empressèrent tous deux de dissimuler sous leur manteau en poursuivant leur route. Un soldat s'avança sur le parapet et dévisagea Fanny d'un air soupçonneux. Elle lui sourit innocemment et remonta légèrement ses jupes pour dévoiler un peu plus ses jambes.

– Je ne fais rien de mal ici, mon chéri, protesta-t-elle de sa plus jolie voix. J'aime bien les pendaisons, et puis on a une jolie vue d'ici, n'est-ce pas?

Le soldat se retourna machinalement pour regarder en bas quand Petit Jean, qui atteignait le haut du mur au même instant, l'attrapa au collet. Le garde eut juste le temps d'afficher un air surpris avant que Jean le fasse basculer par-dessus le mur. Un bref hurlement accompagna le bruit sourd de la chute, puis ce fut le silence. Petit Jean descendit du mur et s'assit sur le parapet à côté de Fanny. Il fit sortir un arc et une poignée de flèches du tas de fagots, puis jeta un regard sévère à sa femme.

– Tu vois ce qu'il arrive quand tu flirtes avec les étrangers !

En bas, près de la potence, un jeune voleur crasseux se promenait tranquillement parmi la foule, le regard innocent et les mains agiles, mais ses efforts ne furent pas énormément récompensés, car les passants étaient pour la plupart des manants. Il se glissa derrière quelqu'un qui semblait avoir davantage à lui offrir, souleva adroitement le manteau de sa victime et attrapa la bourse qui pendait à sa ceinture. Mais, alors, il se figea, car il vit que l'homme portait illégalement une épée. Tandis qu'il hésitait, une large main se referma sur la sienne. Gilles l'Écarlate lui adressa un sourire narquois.

– Tu vas au-devant de gros ennuis par ici, bonhomme. Maintenant, disparais, ou je fais des nœuds avec tes doigts.

Le voleur se fondit dans la foule dès que Gilles l'eut lâché. Ce dernier sourit et enfonça son visage au plus profond de son capuchon. La foule se mit en branle, tandis que les gens autour de Gilles désignaient du doigt le balcon du château, qui surplombait la cour. L'Écarlate leva la tête et fit grise mine en découvrant le shérif présentant sa future épouse à la foule. Marianne, plus belle que jamais, était vêtue d'une somptueuse parure de mariage, mais son visage était figé dans une expression forcée. Le shérif, aussi magnifiquement vêtu, souriait et riait pompeusement avec les barons venus manifester publiquement leur approbation en faveur de son union avec la cousine du roi. Ordred, le chef des Saxons, se tenait en retrait sur le balcon, sombre et silencieux, comme toujours, dans son armure noire polie. La foule les acclama, sous les encouragements des gardes environnants.

Il semblait parfois à Marianne que tout cela n'était qu'un rêve, un cauchemar, qui disparaîtrait à son réveil. Mais elle ne s'accordait jamais cette pensée très longtemps. Il aurait été beaucoup plus facile de se laisser aller et de se réfugier dans une folie confortable où plus rien ne la toucherait. C'eût été facile. Les hommes de Robin étaient morts ou prisonniers. Il ne restait plus d'espoir de justice. Robin était mort. Terriblement facile. Mais Marianne ne pouvait pas fuir comme ça la réalité. Ce n'était pas dans sa nature. Elle pouvait encore sauver quelques-uns des prisonniers et Sarah. En tant qu'épouse du shérif, elle serait au moins en mesure de protéger ses propres gens. Et peut-être, un jour, si elle conservait toute sa lucidité, finirait-elle par trouver un moyen de venger la mort de l'homme qu'elle avait aimé.

Le shérif s'affairait à la présenter aux barons. Elle ne leur prêta aucune attention. Elle n'avait pas de temps à perdre avec les traîtres. Son regard tomba sur l'énorme silhouette du chef saxon, et un frisson lui parcourut l'échine. Dans son armure noire et son casque à tête de dragon, celui-là avait l'air d'un démon tout droit sorti des enfers. Et, à croire certaines rumeurs qui couraient à propos de son futur époux, c'était peut-être ce que ce barbare était vraiment.

Elle détourna la tête pour regarder avec indifférence la place noire de monde, et son sang se glaça dans ses veines lorsqu'elle découvrit la potence aux dimensions démesurées. Dix cordes se balançaient de temps à autre sous la brise légère. Elle allait devoir assister à la pendaison. Le shérif avait insisté sur ce point. La mort des hors-la-loi symbolisait sa victoire sur Robin et devait signifier aux barons, ainsi qu'à la foule, où se trouvait le véritable pouvoir du comté de Nottingham. Marianne ferma les yeux et baissa la tête, priant pour avoir la force de regarder cette horreur sans fondre en larmes. Elle ne voulait pas offrir ce plaisir au shérif. Elle rouvrit les yeux, puis recula de stupéfaction en découvrant le shérif à ses côtés. Comme il regardait d'un air éloquent le médaillon des Locksley, qu'elle portait autour du cou, elle serra le bijou dans sa main d'un geste de protection.

— Ne pensez-vous pas, très chère, que ceci soit un peu déplacé le jour de nos noces ? murmura le shérif, s'efforçant de parler bas pour ne pas être entendu des barons.

Marianne regarda à nouveau la potence.

– Pas plus que votre cadeau de mariage, rétorqua-t-elle sans même prendre soin de baisser la voix.

Le shérif haussa les épaules, puis fit signe à ses hommes en bas.

– Il est l'heure. Amenez-les.

L'officier responsable acquiesça vivement, puis donna des ordres en criant. Les gardes se précipitèrent à leur position, puis la porte des cachots s'ouvrit brutalement, et les condamnés firent irruption dans la cour. En tête, avançaient des tambours aux costumes noirs, jouant une lente marche funèbre. Puis venaient les prisonniers, dont les yeux étaient agressés par la lumière crue après leur long séjour dans l'obscurité. Ils portaient encore leurs chaînes et leurs fers ; deux gardes escortaient chaque homme. Le shérif ne voulait prendre aucun risque. Les gardes pressèrent les prisonniers aveuglés en les tirant brutalement par leurs chaînes. Les soldats et les Saxons, qui observaient la scène, se mirent à rire et à les agonir d'injures lorsqu'ils passèrent la porte pour rejoindre la place. Mais la foule resta silencieuse.

Marianne s'efforça de rester digne, bien que la vue de ces malheureux lui déchire le cœur, mais elle faillit s'étrangler en reconnaissant un visage familier dans la foule. Tuck était en train de garer sa charrette chargée de tonneaux près du mur d'enceinte de la ville. Il descendit du véhicule, jeta un coup d'œil nerveux à sa marchandise, puis, accompagné d'un homme en houppelande, détela le cheval et s'éloigna rapidement dans la foule, qui avait maintenant envahi la plus grande partie de la place. Marianne détourna vivement la tête, de peur que le shérif ne remarque sa réaction, puis regarda négligemment la foule sur la place. Elle ne tarda pas à découvrir Fanny assise sur le parapet du mur du fond, en compagnie d'un homme de grande taille, vêtu d'un manteau, qui ne pouvait être que Petit Jean. Ce dernier farfouillait subrepticement dans un énorme fagot de bois.

Soudain, la foule s'agita devant elle, ce qui lui fit tourner à nouveau les yeux vers la potence. Un soldat blessé, le visage à moitié enfoui sous un crasseux bandage taché de sang, bousculait les gens pour passer, à l'aide d'une béquille dont il se servait comme d'une arme. Il injuria violemment la foule d'une voix rauque et cassée, et se fraya un passage en direction du mur du fond. Il passa devant la charrette de Tuck sans même y prêter attention et grimpa sur le parapet. La voix et la démarche étaient déguisées, mais Marianne les aurait reconnues n'importe où. Robin. Le shérif avait menti. Robin était vivant...

Marianne ne savait plus si elle devait rire, pleurer ou hurler. Elle sentit ses joues rougir d'un feu brûlant et se détourna légèrement du shérif afin de ne pas attirer son attention ni sa méfiance. Avec la plus grande discrétion possible, elle observa Robin progresser ; elle respirait à peine dès qu'un garde ou un soldat regardait dans la direction de celui qu'elle aimait, mais personne n'empêcha ce dernier de s'installer confortablement à son tour sur le parapet.

Le dernier des prisonniers apparut sur la place, se frottant les yeux sous la forte luminosité et titubant sur ses jambes malhabiles. Bien qu'abattu par le poids de ses chaînes, de la fatigue et de son désespoir, Petit Loup regarda autour de lui d'un air de défi. Toutefois, la vue d'un visage familier dans la foule raviva ses forces. Il hurla de rage et se jeta sur Gilles l'Écarlate. Il ne réussit cependant pas à effectuer plus d'une demi-douzaine de pas avant que les gardes ne s'emparent de lui et ne le jettent à terre, le rouant de coups tandis qu'il se débattait pour se relever. Des gens se mirent à protester de colère, et un homme s'avança pour intervenir. Deux soldats lui firent un croc-en-jambe et le frappèrent à terre sauvagement.

Le shérif, qui observait le tumulte du haut de son balcon, sourit froidement en apercevant l'objet de la colère de Petit Loup. Il fit signe à l'un des gardes à cheval, qui précipita sa monture dans la foule, saisit l'Écarlate par le col avant qu'il ne puisse s'échapper et l'entraîna de force sous le balcon. Le shérif lui sourit tandis que des soldats emmenaient Petit Loup à moitié inconscient au gibet.

— Tiens, mon cher renégat. Je me demandais ce que tu étais devenu. As-tu réussi ?

La gorge serrée, Gilles se creusait désespérément la cervelle pour trouver un moyen de s'en sortir, mais tout le monde avait les yeux fixés sur lui. Le shérif et Marianne, plus particulièrement, le dévisageaient froidement. Aucun des deux ne lui semblait dans des dispositions amicales envers lui.

— J'ai trouvé le repaire de Locksley, dit-il enfin, tout en continuant de réfléchir au plus vite. Hélas, il était déjà mort.

— Tu en es sûr ? demanda le shérif sur un ton sec. As-tu vu son corps ?

— Eh bien, non, répondit l'Écarlate. Mais il y avait une tombe...

Le shérif fit signe à deux de ses hommes. Ceux-ci fouillèrent Gilles brutalement et sortirent son épée. Le shérif secoua tristement la tête.

— Où va le monde si on ne peut même plus avoir confiance en ses propres traîtres ?

Il hocha la tête en direction de ses soldats.

— Qu'on le pende avec les autres.

Les soldats entraînèrent Gilles vers la potence en dépit de sa résistance et de ses protestations. Le shérif se tourna vers Marianne et fronça un sourcil interrogateur en découvrant l'hostilité peinte sur son visage.

— Vous m'aviez juré que Robin était mort, dit Marianne. Vous m'avez même juré avoir vu son corps.

Le shérif haussa les épaules.

— J'ai menti.

Sur son parapet, Robin ne pouvait pas croire que son plan avait aussi mal tourné. Il tourna les yeux vers une niche dissimulée à l'autre bout du parapet, où l'homme emmailloté s'était débarrassé de ses bandages, découvrant un Azeem très inquiet. Ils échangèrent un regard inquiet. Puis Robin garnit son arc d'une corde et saisit quelques flèches.

Près de la potence, l'Écarlate continuait à se débattre et à insulter ses gardes tandis que ceux-ci le hissaient sur le promontoir. Les deux hommes le maintinrent fermement pendant que le bourreau plaçait une nouvelle corde sur la poutre centrale. Ce dernier s'arrêta en découvrant qu'il n'y avait pas assez de place. Les dix autres étaient déjà épaule contre épaule, il n'y avait pas de place pour un onzième. Il se tourna vers le shérif pour attendre les ordres, et Gilles adressa à ce dernier un regard de reproche.

— Eh bien, Lord shérif, compte tenu du nombre des participants, je me vois dans l'obligation de décliner votre charmante invitation, avec tout le respect que je vous dois.

Le bourreau lui lança un regard furieux, fouilla la potence des yeux, puis afficha un sourire désagréable en découvrant le tonneau que Tuck avait déposé plus tôt sur l'estrade, debout au pied du gibet. Il traîna l'Écarlate dans cette direction, le força à s'agenouiller et l'attacha fermement, de sorte que sa tête repose sur le haut du tonneau. Puis il posa une hache géante à côté et tapota la tête de Gilles d'un geste faussement rassurant.

— On trouve toujours de la place, mon gars. Mais les retardataires et les petits cons dans ton genre sont servis les derniers.

Sur le parapet, Azeem observait la scène avec incrédulité. Il avait déjà enflammé une flèche passée au goudron, qu'il s'apprêtait à envoyer sur le tonneau auquel, justement, Gilles se trouvait maintenant attaché. La flèche devait mettre le feu à la poudre dissimulée dans le tonneau, détruire le gibet et permettre alors de libérer les condamnés dans la cohue provoquée par la fumée. Maintenant, Azeem n'avait plus aucune idée de la suite des événements. Il était impossible de contourner les gardes sans une diversion quelconque. Il se tourna vers son ami, qui songeait en faisant grise mine.

Robin, impuissant, regardait le bourreau se diriger nonchalamment vers la rangée des condamnés, les faire grimper sur un tabouret, puis leur passer la corde au cou. Petit Loup était le premier de la file, le premier qui allait mourir. Le bourreau avait prévu un haut tabouret spécialement pour lui. Petit Loup tremblait légèrement, mais gardait la tête haute et la bouche résolument fermée. Sur le parapet, Petit Jean et Fanny regardaient, horrifiés à l'idée de ne pas pouvoir intervenir. Ils se tournèrent vers Robin, qui s'efforçait encore de trouver une solution.

Soudain, la foule fut parcourue d'un mouvement d'agitation. Tuck se frayait un passage jusqu'à la potence. Il bénissait tout le monde et tout ce qui se trouvait sur son chemin, hurlant qu'on le laisse accomplir l'œuvre du Seigneur et espérant trouver quelque chose d'utile à faire dès qu'il aurait rejoint les prisonniers.

Il y était pratiquement parvenu, lorsqu'un roulement de tambour se fit entendre ; le silence tomba sur l'assemblée. Le bourreau s'avança et repoussa le tabouret de Petit Loup d'un coup de pied. Fanny hurla et Petit Jean se mit debout, l'arc à la main. Petit Loup pendait sans défense au gibet, se tordant et donnant des coups de pied, tandis que le nœud se resserrait autour de son cou. Jean jeta son arc, tira son épée et se mit à courir sur le parapet en hurlant de rage. Des soldats se précipitèrent pour lui barrer la route, et il fonça sur eux sans ralentir. Il les transperça aisément de son épée, accompagnant son geste de tout son poids et de sa force, mais ils étaient trop nombreux, et sa charge fut rapidement ralentie, puis arrêtée, et il dut alors se battre pour se défendre.

Robin se leva, brandit son arc et visa soigneusement la corde tournoyante du gibet de Petit Loup. La distance était trop grande, la cible petite et mouvante, et, du coin de l'œil, Robin voyait déjà les soldats se ruer dans sa direction, l'épée en avant. Il respira profondément, calmement, refusant de se laisser aller à la précipitation. Puis il décocha sa flèche et sauta immédiatement du parapet en évitant le violent moulinet que le premier soldat dirigeait contre lui. Il ne quitta pas un instant des yeux la corde de Petit Loup, mais jura de déception en voyant que sa flèche ne l'avait que partiellement rompue. Celle-ci commençait à s'effilocher, mais tenait bon. Petit Loup avait les yeux exorbités et tirait la langue, essayant de retrouver sa respiration.

Robin atterrit lourdement, l'arc toujours en main. Il lui restait une seule flèche. Il se remit sur ses pieds, attendit quelques secondes que ses idées s'éclaircissent, puis banda son arc. C'était sa dernière chance, les soldats le poursuivaient de tous les côtés. Il respira profondément, calmement. « Es-tu capable de tirer en cas de nécessité ? » Le monde se réduisit au petit morceau de corde effilochée au-dessus de la tête de Petit Loup. Robin visa et tira d'un geste sûr, et la corde céda brusquement sous l'impact du projectile. Petit Loup tomba sur l'estrade, cherchant sa respiration tandis que le nœud se desserrait.

La foule se tourna comme un seul homme pour voir qui pouvait avoir réussi un tel coup et fut suffoquée en reconnaissant Robin des Bois. Sur le balcon, le shérif en resta bouche bée. Puis Marianne rompit le silence en poussant des cris de joie et en acclamant Robin. Azeem décocha sa flèche enduite de bitume sur la charrette de Tuck. Le véhicule et le mur disparurent dans une énorme explosion. Le sol trembla sous l'effondrement d'une partie du mur, et une épaisse fumée noire s'éleva dans les airs. Les soldats qui poursuivaient Robin s'arrêtèrent et regardèrent autour d'eux d'un air ébahi. La foule prise de panique se mit à courir dans toutes les directions. Petit Jean continua à se battre, se frayant un chemin parmi les soldats à coups d'épée, résolu à atteindre la potence. Le shérif se pencha au-dessus du balcon, le visage cramoisi de rage et de frustration, et s'adressa à ses hommes en hurlant.

— Faites venir des renforts! Bourreau, pends-les tous! Sur-le-champ!

Le bourreau se rua sur les condamnés et écarta les tabourets sous les pieds de chacun. Les prisonniers poussèrent des cris étouffés, la gorge écrasée par la corde, essayant de se débattre. Petit Loup se releva tremblant et ses yeux se remplirent d'effroi à la vue du spectacle. Il saisit l'homme le plus proche par les jambes et tenta de le soulever afin de desserrer l'étreinte de la corde. L'homme était lourd, et Petit Loup avait perdu toutes ses forces, mais il continua de le soulever en faisant appel à toute sa volonté.

Bouc tira son épée et coupa la corde qui retenait la herse de la porte du château. La lourde grille retomba comme un couperet sur un bataillon de soldats qui se précipitaient de la cour vers la place, et les écrasa.

Tuck faisait de grands moulinets avec son gourdin pour s'ouvrir un passage parmi la foule et les soldats, résolu à approcher ses compagnons, qui s'étranglaient lentement au bout de leur corde. Il parvint à escalader l'estrade, saisit l'un d'entre eux par les jambes, le souleva, mais, avant qu'il n'ait réussi à le libérer, des gardes se ruèrent sur lui de toutes parts. Il s'efforça tant bien que mal à les tenir à distance à l'aide de son arme, tout en continuant à soutenir le malheureux pendu.

Gilles l'Écarlate luttait contre la corde qui le maintenait au baril de poudre, mais le bourreau avait fait du bon travail. Ses liens très serrés n'offraient aucune prise. Impuissant, il dut se contenter de regarder le bourreau s'arrêter près de lui et s'emparer de la hache qu'il avait déposée à ses côtés.

Voyant le bourreau soulever sa hache, Robin se précipita sur la potence. Le soldat qui se mit en travers de son chemin fut abattu sans que Robin ralentisse sa course. Le sol trembla à nouveau lorsqu'Azeem provoqua une nouvelle explosion, éparpillant les soldats comme de la paille au vent. Robin hocha la tête en signe de remerciement et montra son arc vide. Le Maure mit une flèche à son arc et visa le poteau de bois à côté de son ami. Robin s'empara de la flèche et l'ajusta à son arc.

Le bourreau se retourna vers Petit Loup et Tuck, qui essayaient toujours de libérer deux des condamnés, et se mit à rire. Petit Loup appela la foule à l'aide, mais personne ne fit un geste, bien que certains se sentent mal à l'aise. Bouc, qui s'efforçait de rejoindre la potence, fut arrêté en chemin par des soldats beaucoup trop nombreux.

Le bourreau regarda avec calme l'Écarlate à genoux devant lui, souleva sa hache, indifférent au bruit et à la confusion qui régnait autour d'eux. Il avait une tâche à accomplir, et, comme il tirait sa fierté du travail bien fait, rien d'autre ne comptait à ses yeux. De l'autre côté de la place, Robin mit en joue avec l'unique flèche qui lui restait. Il venait de réussir deux coups magistraux, et le troisième devait également faire mouche. La hache du bourreau s'éleva, puis s'immobilisa dans les airs. Robin se concentra, et la scène lui sembla tout à coup calme et silencieuse. Il ne voyait plus que le visage du bourreau. La hache se mit à redescendre vers le cou de Gilles. Robin tira. Le bourreau chancela en arrière, et la hache lui glissa des mains, comme si elle était soudain devenue trop lourde. La flèche s'était logée dans l'œil gauche. Le bourreau porta une main hésitante à son visage, comme s'il ne pouvait pas croire ce qui lui arrivait, puis toute sa force sembla disparaître d'un seul coup, et il s'effondra sur l'estrade. Gilles poussa un énorme soupir et se remit à respirer normalement.

Couvert de blessures, Petit Jean fit irruption parmi un groupe de soldats, continuant à faire tournoyer violemment son épée dans des rugissements de taureau. Il fonça vers la potence, dispersa les gardes qui assaillaient Tuck et Petit Loup et donna un violent coup d'épaule contre le montant du gibet qu'Azeem avait eut l'intention de faire exploser à l'aide de la poudre noire. Le bois massif se fendit puis céda sous son poids, et le gibet s'effondra totalement en renversant les neuf prisonniers suffoquant sur l'estrade. Petit Jean tituba, embrassa brièvement Petit Loup, puis tous deux se mirent en devoir de libérer les autres. Côte à côte, Tuck et Bouc retenaient les soldats à distance. Petit Jean appela la foule à l'aide, la maudissant et la suppliant en même temps, mais personne ne se décidait, bien que les gens aient été touchés par ses paroles, mais les soldats et une longue habitude de la servitude les intimidaient toujours.

Du haut du balcon surplombant le tumulte, les barons se regardèrent puis se tournèrent vers le shérif. Le baron Forrester s'avança comme porte-parole et tenta d'attirer l'attention du shérif d'une petite toux significative. Ce dernier ne leur prêtait aucune attention, il regardait la bataille qui se déroulait à ses pieds avec une expression désespérée. Le baron toussa à nouveau, plus fort. Le shérif se retourna lentement. Forrester tenta de lui adresser un regard glacial.

– Vous nous avez donné votre parole que vous teniez désormais le comté, Nottingham. Est-ce là votre idée du pouvoir ?

Le shérif tira son épée et dévisagea le baron d'un air songeur et interrogateur. Forrester sentit son sang se glacer dans ses veines. Il voyait sa mort dans les yeux noirs et indifférents du shérif. L'instant ne dura pas, le shérif tourna les yeux vers Ordred, le chef des Saxons, qui attendait patiemment en retrait.

– Ordred, il semble qu'il y ait de l'agitation sur la place. Pourrais-tu t'en occuper, s'il te plaît ?

Le Saxon acquiesça en silence, puis s'avança au bord du balcon. Les barons lui cédèrent le passage. Ordred jeta un coup d'œil sur la place, puis sourit à l'idée de la bataille et du sang. C'est alors qu'il aperçut Bouc, déguisé en Saxon, qui se battait aux côtés des hors-la-loi contre les hommes du shérif. Il rugit de hargne à l'adresse du Saxon qui semblait avoir

300

trahi les siens, puis tira son épée de Viking et sauta du balcon. Il fut entraîné dans sa chute par le poids de son armure, mais ses jambes fortements musclées amortirent le choc. Il se dirigea sans plus de façon vers Bouc, l'épée à la main, la mort sur le visage.

Marianne vit une chance de s'échapper et s'avança brusquement au bord du balcon avec l'intention de sauter pour retrouver la liberté. Le shérif la retint au dernier moment et la tira en arrière. Elle lui décocha un coup de poing, mais ce dernier l'esquiva et le geste ne fit que lui effleurer les cheveux. Il lui empoigna le bras fermement et l'entraîna vers la fenêtre en dépit de sa résistance. Il avait le visage calme et détendu, comme s'il avait enfin trouvé la solution du problème qui le laissait perplexe.

Robin cria à ses hommes qui étaient sur l'estrade de fuir par la brèche qu'Azeem avait creusée dans le mur extérieur à l'aide de sa poudre, et ceux-ci se précipitèrent dans la direction indiquée. Bouc et Petit Jean, à leur tête, abattaient les soldats assez fous pour se mettre en travers de leur route. Azeem et Fanny les couvraient du haut du parapet en envoyant des flèches enflammées. Robin abattit un soldat d'un seul coup et risqua un coup d'œil rapide en direction du balcon afin de s'assurer que Marianne était saine et sauve. Juste à temps pour voir le shérif entraîner sa bien-aimée à l'intérieur du château. Son sang ne fit qu'un tour et la rage et la peur de perdre Marianne l'aidèrent à franchir le mur de soldats qui le séparait du château. Il retira deux flèches du corps de ses victimes, puis leva les yeux et découvrit que deux gardes à cheval fonçaient sur lui. Plus moyen de s'échapper. D'ailleurs, il n'avait aucune intention de fuir. Il banda son arc, visa et tira les deux flèches en même temps. Les soldats furent fauchés en arrière comme si une main invisible les avait balayés. Robin se hâta. Marianne avait besoin de lui. Le reste n'avait plus aucune importance.

Du haut de son parapet, Azeem regarda avec incrédulité Robin courir seul vers le château tandis que les autres partaient dans la direction opposée. Il se mit rapidement sur ses pieds, rejeta sa houppelande en arrière, révélant sa peau noire et son visage d'étranger, et appela ses compagnons en criant. Ces derniers levèrent la tête et trébuchèrent en le voyant. Il commença à parler et, tout à coup, la place se fit silencieuse : soldats, hors-la-loi et badauds le regardèrent en silence. Sa grosse voix retentit sur la place, et personne ne put détourner les yeux.

— Anglais! Je ne suis pas l'un des vôtres, et pourtant je me bats pour vous. Je me bats contre le tyran qui tient vos vies entre ses mains, sans connaître ni pitié ni justice. Si j'ose m'insurger contre votre seigneur et maître, n'oserez-vous pas en faire autant? Joignez-vous à nous maintenant. Joignez-vous à Robin des Bois, et vos noms passeront à la postérité!

La foule regarda Robin partant comme un seul homme se battre contre ce qui restait des forces du shérif, et, dans un hurlement, tout le monde se jeta sur les soldats, les gardes et les Saxons pour les écraser. Un parfum de révolution emplit l'air d'une odeur riche et entêtante, et la foule accompagnée des hors-la-loi fonça en direction du château. Le plus gros de la troupe se dirigea vers la porte de la cour, sur les traces de Robin, tandis que les autres escaladaient le mur et le balcon afin d'atteindre les barons. Ces derniers reculèrent pour fuir, mais découvrirent que le shérif avait verrouillé la porte derrière lui lorsqu'il était parti avec Marianne. Les barons sortirent leurs épées, mais ils s'effondrèrent rapidement sous une pluie d'épées, de gourdins et de poings en furie.

Le chef des Saxons se taillait un chemin parmi la foule à grands coups d'épée, sans se préoccuper de savoir qui il tuait. Il ne laisserait personne l'empêcher de rejoindre Bouc. Il parvint finalement à l'approcher près des débris de la potence, et lui envoya un violent coup de lame. Bouc esquiva à la dernière minute, et la lourde épée se brisa en deux derrière lui, sur le montant. Poussant un rugissement de fureur, Ordred jeta à terre la garde inutilisable. Il chercha rapidement des yeux une autre arme, et son regard tomba sur le tonneau auquel Gilles l'Écarlate avait été attaché. Il s'en empara et le souleva aisément dans les airs. Bouc recula, sachant trop bien ce qu'un tel poids représentait pour son humble personne. Ordred éclata de rire, mais Gilles décocha une flèche enflammée, qui se planta dans le tonneau, et la poudre noire explosa, déchiquetant le colosse saxon. Le casque à tête de dragon roula par terre au pied de l'Écarlate, et celui-ci le regarda en grimaçant.

— Jamais aimé ce machin-là.

Robin esquivait les flèches que tiraient les soldats coincés derrière la herse baissée bloquant l'unique passage vers la cour. Il hurla de rage et d'impuissance en apercevant le shérif, qui entraînait Marianne dans les profondeurs du château. La foule déferla autour de Robin et s'efforça de soulever la herse. Le shérif fit une halte pour jeter un bref coup d'œil sur cette foule assoiffée ne désirant plus que sa mort et se tourna calmement vers la garde le plus proche, sans prêter aucune attention aux efforts de Marianne pour se libérer.

— Bloquez cette entrée, et défendez-la jusqu'à la mort. Et faites venir l'évêque dans ma chapelle privée. Immédiatement.

Le garde hocha la tête en signe d'aquiescement et s'éloigna pour crier des ordres à ses hommes. Le shérif sourit à Marianne et l'entraîna dans le château.

Impatient, Robin regardait la foule lutter contre la herse. A la recherche d'une autre issue, son regard tomba sur une catapulte géante qui se trouvait à proximité, ressemblant comme une sœur à celles que le shérif avait utilisées contre son camp. Celle-ci était armée, mais non chargée, et tournée en direction du mur qui séparait la cour de la place. Robin sourit. Ce n'était certainement pas le chemin auquel il aurait songé en premier, mais puisqu'il n'avait pas le

304

choix... Il courut vers l'engin et s'installa dans le panier qui servait aux projectiles. Azeem fit soudain irruption de l'autre côté de la catapulte et grimpa à côté de lui. Ils se tournèrent vers le mur qui s'élevait devant eux, puis échangèrent un regard.

— En vaut-elle la peine ? demanda Azeem.

Robin sourit.

— Au point de mourir pour elle.

Azeem lui sourit à son tour, puis hocha la tête. Robin coupa la corde qui retenait l'engin. La subite détente projeta les deux hommes par-dessus le mur dans une longue courbe. Robin en eut la respiration coupée et sentit son estomac se nouer. Pendant quelques instants, il eut l'impression de voler dans les airs. A peine s'en fut-il aperçu que la cour lui sembla approcher à une vitesse affolante. Il se prépara mentalement. Les deux hommes s'écrasèrent sur un appentis en bois adossé au mur du château. Celui-ci s'effondra sous leur poids, mais amortit suffisamment leur chute pour qu'ils se relèvent plus ou moins indemnes. Robin se dirigea vers l'entrée principale avec Azeem à ses côtés, tous deux l'air tout à fait résolu. Deux soldats commirent l'erreur fatale de tenter de les arrêter. Les deux amis les terrassèrent d'un seul coup et poursuivirent leur route sans même ralentir. Marianne avait besoin de leur aide. Le reste n'avait aucune importance.

Du haut d'une des hautes fenêtres de la chapelle privée de Nottingham, Mortianna observait les hommes du shérif lutter contre les manants. Ils lui faisaient penser à des fourmis qui se battaient stupidement pour des choses futiles, mais les hommes lui avaient toujours semblé ainsi. Pourtant, elle n'avait jamais commis l'erreur de sous-estimer le mal que ces fourmis pouvaient faire, une fois galvanisées par la colère et la détermination.

Un bruit de pas précipités la fit se détourner de la fenêtre. Son fils arrivait en compagnie de sa promise récalcitrante. Mortianna savait ce que la foule en délire signifiait pour lui, même si lui ne le savait pas. Elle n'avait plus besoin de s'en remettre à ses runes pour lire son avenir. Ni le sien. Elle adressa un vague sourire à l'évêque, qui faisait nerveusement les cent pas devant l'autel. Il transpirait, et ses mains tremblaient. Visiblement, quelque chose le tracassait. Il jeta un regard dans sa direction et elle lui sourit.

– Nous sommes perdus, dit-elle avec calme.

L'évêque émit un grognement et détourna les yeux; pour une fois, sa peur de mourir dépassait celle que la vieille sorcière lui inspirait. Il sut que les choses tournaient mal dès qu'il vit les hommes du shérif débarquer chez lui sans cérémonie pour l'emmener dans ce sinistre endroit. La charmante petite pièce destinée au recueillement et au culte avait été sauvagement transformée. Le sol et les murs étaient maculés de sang d'animaux morts, dont les petits corps étaient empalés sur des lances devant l'autel. Une tête de chèvre coupée lançait son regard torve du haut de l'autel, et le calice en or à côté d'elle était rempli de sang. Le crucifix accroché au mur avait été tourné la tête en bas. L'évêque serrait les poings, mais ne pouvait réprimer le sentiment de peur et d'impuissance qui grondait en lui. Il était pris au piège dans cette horrible pièce, face à tout ce qu'il avait voulu ignorer jusque-là.

La porte s'ouvrit brusquement, et le shérif fit irruption, tenant toujours fermement Marianne par le bras. L'évêque pivota sur ses talons pour lui faire face, se tordant les mains de désespoir.

– C'est la rébellion, milord! Il nous faut fuir tant qu'il en est encore temps!

Le shérif lui répondit par un signe de tête négatif.

– Mariez-nous.

– Quoi?

L'évêque lui jeta un regard interdit.

– Vous marier?

– Marianne et moi. Maintenant.

Marianne tenta de se dégager de l'étreinte du shérif et lui cracha au visage.

– Jamais je ne vous épouserai! Jamais!

Mortianna s'avança et gifla Marianne calmement. La force inattendue du soufflet projeta Marianne contre le shérif. Le shérif s'essuya le visage et jeta un regard désapprobateur à la vieille albinos.

– Cette femme va être mon épouse, mère. Vous allez devoir apprendre à vous entendre.

Mortianna fit la grimace et posa la paume de sa main sur le ventre de Marianne.

– Tout n'est peut-être pas perdu. Elle est fertile. Prends-la maintenant. Elle nous donnera un fils.

Le shérif empoigna Mortianna par le col de sa robe et la souleva de terre. Il la secoua comme une poupée de chiffon avant de la repousser, succombant à la rage et au dégoût.

— C'est tout ce qui te préoccupe, n'est-ce pas ? Ton précieux petit-fils sur le trône d'Angleterre ! Je n'ai jamais compté pour toi, à part comme moyen d'arriver à tes fins. Au diable l'enfant, va te faire voir ! Je la prendrai, mais pas avant que nous soyons convenablement mariés. Pour une fois dans ma vie, je veux quelque chose de pur !

L'évêque regardait anxieusement par la fenêtre. Son visage blêmit en voyant la foule déferler dans la cour sous la herse relevée. Les quelques soldats restant furent balayés, et le peuple assaillit le château. Le prélat chancela en arrière et tourna un visage horrifié vers le shérif.

— Bon sang, nous devons immédiatement partir ! C'est de la folie de rester !

Mortianna se rua sur l'évêque et le griffa au visage de ses ongles longs et acérés. Surpris, celui-ci poussa un hurlement de douleur en tombant à la renverse, le visage ruisselant de larmes, de surprise et de sang. Mortianna lui adressa un sourire et lui tapota gentiment la joue qui était restée indemne.

— Maintenant, marie-les si tu ne veux pas avoir affaire à moi.

Robin et Azeem couraient comme des fous dans le château, dévalant couloir après couloir, se débarrassant des soldats, qui perdaient leur assurance. Les soldats et les domestiques armés semblaient toujours plus nombreux à vouloir leur bloquer le passage, mais les deux hommes étaient résolus à ne pas se laisser ralentir ou dévier de leur course. Le sang gouttait de leurs épées, et le sol derrière eux était jonché de cadavres. Ils finirent par manquer d'attaquants, mais Robin fut obligé d'admettre qu'il s'était perdu. Il menaça un soldat blessé de la pointe de son épée.

– Où est-elle? Où est Lady Marianne?

En voyant le regard de Robin, l'homme se dit que ce n'était pas le moment de jouer les héros. Surtout pas pour le salaire que lui versait le shérif.

– Elle est dans la chapelle. Par là.

Robin repoussa le soldat et fonça dans le couloir qu'il lui avait indiqué. Azeem le suivit.

Dans la chapelle, devant l'autel souillé de sang, l'évêque butait sur les expressions latines que comportait la cérémonie du mariage. Il souleva le calice impur de ses mains tremblantes et le tendit au shérif, qui but avec impatience. L'évêque l'offrit ensuite à Marianne, mais elle le rejeta d'un geste brutal. L'évêque eut un mouvement de recul, car un peu de sang avait éclaboussé sa manche.

Quelque chose de lourd s'écrasa contre la porte et en fit trembler le chambranle. Mortianna se retourna et jeta un coup d'œil pensif. Elle avait déjà verrouillé et barré la porte, puis poussé l'énorme pêne. Celle-ci était donc solidement fermée. Elle pouvait retenir une armée. Le shérif fit un geste impatient pour signifier à l'évêque de poursuivre la cérémonie. Il tenait toujours Marianne par le bras, tellement fort que les articulations de ses doigts en étaient blanchies. L'évêque reprit à contrecœur, criant pour se faire entendre au-dessus des craquements provenant de la porte.

— Vous, Cédric, Lord Nottingham, acceptez-vous de prendre cette femme pour épouse...

— Oui, oui, coupa le shérif. Allez, continuez.

Mortianna s'approcha de Marianne par-derrière et lui lia les bras tout en jetant un regard incertain vers la porte. Le pêne tenait bon, mais la porte elle-même commençait à se fissurer par endroits.

— Hâtez-vous! siffla Mortianna. C'est la mort, si nous sommes pris ici!

La gorge serrée, l'évêque poursuivit :

— Vous, Marianne Dubois...

Le shérif, de sa main, couvrit la bouche de Marianne avant qu'elle n'ait pu répondre.

— Oui, bien sûr qu'elle accepte. Bon, ça y est. Nous sommes mariés. Merci pour le service, l'évêque. Maintenant, enlève-toi de mon chemin.

Il se tourna en souriant vers Marianne, toujours fermement tenue par Mortianna, et commença à déboutonner sa tunique.

Robin et Azeem haletaient fortement tout en s'efforçant d'enfoncer la porte à l'aide de la statue qu'ils avaient trouvée à proximité. C'était une reproduction grandeur nature du shérif, qui leur avait semblé particulièrement appropriée. La porte tremblait et craquait, mais ne cédait pas. La tête de la statue se rompit subitement et roula par terre. Robin lâcha la statue et regarda désespérément autour de lui. Le shérif était là. Robin entendait sa voix à travers la porte. Il devait y avoir une autre entrée. Il le fallait.

Le shérif arracha Marianne des pattes de Mortianna et la jeta à terre. Puis il se laissa tomber sur elle, la clouant au sol de tout son poids, ses mains tenant les poignets de la jeune femme. Elle se débattit furieusement, tenta de soulever l'homme et de le repousser, mais ne réussit même pas à libérer une main pour le frapper. Le shérif l'examina en silence et le vide de son regard parut plus terrible à Marianne que s'il avait reflété la lubricité ou la colère. Il lui rabattit les mains de force et posa les genoux sur ses bras. Il déchira ensuite sa robe. Mortianna contemplait la scène d'un air ravi. Paniqué, l'évêque bredouillait la fin de la cérémonie. Le shérif s'interrompit brusquement pour regarder la porte par-dessus son épaule, puis leva les yeux vers Mortianna.

Celle-ci hocha la tête, puis disparut par une petite porte.

Dans le couloir, Azeem, exténué, était adossé au mur et grommelait quelque chose de désagréable à propos des portes en chêne anglaises. Robin laissa tomber la statue et chercha désespérément l'inspiration autour de lui. Une idée lui vint tout à coup. Il n'y aurait pas pensé en d'autres circonstances. Mais les choses étant ce qu'elles étaient... Il cria à Azeem de continuer avec la statue, tandis qu'il grimpait le long des escaliers les plus proches.

Sa dernière visite au château de Nottingham ne datait pas de la veille, et il fut soulagé de voir que les marches le conduisaient bien à l'endroit auquel il avait pensé. Il arriva à une porte qui donnait sur le toit, une large étendue de pierres inégales et d'ardoises qui surplombait l'unique fenêtre de la chapelle. Il regarda en bas et le regretta aussitôt. Il se trouvait diablement haut. Heureusement, la distance qui le séparait de l'ouverture ne semblait pas aussi longue. Une oriflamme flottait au vent, pas trop loin de lui. Il l'arracha de son support et attacha l'une des extrémités à une solide gargouille.

Azeem continuait de marteler la porte de la chapelle à l'aide de la tête de la statue. La porte grinçait et tremblait sous les coups, mais ne cédait pas. Un cri de rage perçant le fit subitement se retourner, et il découvrit Mortianna, surgie de nulle part, qui se précipitait sur lui, une lance dans les mains. Azeem se jeta sur le côté, mais la pointe de la lance se planta dans sa cuisse et le plaqua contre la porte de la chapelle. La douleur aveuglante le laissa un instant pantelant, puis il empoigna la hampe des deux mains afin d'empêcher Mortianna de la retirer pour le transpercer à nouveau. Ils se firent front pendant quelques instants, tous deux haletant sous l'effort. Alors, le visage de Mortianna se décomposa, car elle venait de s'apercevoir avec horreur que le visage noir du Maure était couvert de tatouages. Elle ne put que murmurer.

– L'homme peint...

Elle approcha sa main griffue du visage du Maure. Azeem fit un mouvement en arrière, saisit la tête de la statue et l'abattit sur la vieille. Mortianna recula à la vue de la tête de son fils, et Azeem en profita pour arracher la lance de sa cuisse, serrant les dents sous la nouvelle vague de douleur, affaibli par le flot de sang qui coulait le long de sa jambe. Mortianna se jeta sur le Maure et chercha à lui arracher les yeux. Il leva la lance à son encontre, l'arc-boutant contre la porte derrière lui, et la vieille s'empala dans sa rage aveugle.

Une fois encore, ils se retrouvaient face à face, pantelants. Mortianna regarda la pointe de la lance qui lui transperçait les côtes juste en dessous du cœur, puis elle leva les yeux sur Azeem. Alors, lentement, horriblement, elle s'avança sur la lance, enfonçant celle-ci au plus profond de son corps, afin de mettre la main sur l'homme qui signifiait sa mort. Le sang gicla sur le sol. Elle émit un grognement lorsque la lance lui transperça le dos. Elle sourit à Azeem et continua de se rapprocher pas à pas, refusant la mort.

Il se servit de l'arme pour la repousser, puis lâcha celle-ci afin de fuir le vieille sorcière étrange aussi rapidement que sa jambe blessée le lui permettait. Mortianna saisit la lance et la retira de son corps. Elle demeura ainsi debout pendant quelques instants, l'arme à la main, regardant le sang épais jaillir de sa blessure. Puis la force surnaturelle qui l'habitait sembla la quitter, et, les yeux perdus dans le vague, elle se détourna lentement d'Azeem. Elle tituba le long du couloir, laissant une traînée rouge derrière elle. Azeem secoua lentement la tête et banda solidement sa cuisse à l'aide d'un morceau d'étoffe. Ce n'était pas le moment de se poser des questions. Il ramassa la tête sculptée et recommença à marteler la porte.

A l'intérieur de la chapelle, le shérif clouait Marianne au sol. Il souriait à sa victime aux traits furibonds et attendait que l'évêque prononce les derniers mots de la cérémonie du mariage. Il avait complètement perdu la notion du temps et de l'espace. Le monde se réduisait maintenant pour lui à cette seule pièce, à cet instant, à cette femme. Il voulait épouser Marianne. Personne ne l'en empêcherait. Le martèlement de son sang à sa tempe surpassait largement celui de la porte. Marianne luttait violemment pour se libérer. Son visage ruisselait de larmes trahissant sa rage impuissante, mais il ne les voyait pas.

Robin mesura d'un coup d'œil la distance qui le séparait du sol, s'agrippa à l'extrémité de l'oriflamme, puis se lança dans le vide. L'oriflamme se déroula et le propulsa au-dessus de la cour puis, ayant atteint le bout de sa course, ramena Robin contre le mur du château. La fenêtre de la chapelle surgit brutalement devant lui, et il modifia sa prise afin d'être sûr de heurter la fenêtre en plein milieu. Il traversa les vitraux les pieds devant, lâcha l'oriflamme et atterrit dans une roulade.

Le souffle coupé par la chute, il fut toutefois à nouveau sur ses pieds en un instant, évaluant la situation d'un regard, l'épée à la main. L'évêque le regarda bouche bée, puis se tourna et fila au plus vite par la petite porte. Robin ne le remarqua même pas. Tout comme le shérif, sa vision du monde se réduisait aux seules choses qui lui importaient : Marianne et le shérif. Robin s'avança lentement vers eux. Le shérif relâcha Marianne et se releva sans hâte. Marianne en profita pour rouler au loin en emportant ses vêtements.

— Tu permets, Locksley ? dit le shérif sur un ton calme. Marianne et moi aimerions être seuls. Nous venons juste de nous marier.

Robin leva son épée.

— Dans ce cas, prépare-toi à la quitter et à rejoindre les enfers.

Le shérif remit un peu d'ordre dans ses vêtements et tira son épée.

– Pressé de mourir pour une femme ? La luxure
te rend stupide. Je la veux également, mais je ne
serais pas assez fou pour mourir pour elle. Cette
lame ne te dit rien, Locksley ?

Il montra à Robin la garde de son épée. Robin
reconnut immédiatement le crucifix sculpté. L'épée
de son père.

– Oui, dit le shérif, j'ai tué ton père, de sa propre
épée. Il est donc juste, n'est-ce pas, que je te tue avec
également ?

Robin affronta son regard.

– Je n'ai rien à craindre de l'épée de mon père.

Les deux hommes se rapprochèrent et s'effleu-
rèrent de la pointe de l'épée.

L'évêque vidait frénétiquement les coffres de
l'église pour enfouir toutes leurs richesses dans les
poches de son manteau de voyage. Il regarda prestement autour de lui pour s'assurer de n'avoir rien
oublié. Il lui fallait quitter Nottingham tant que
c'était encore possible, mais il n'était pas question
qu'il s'en aille les mains vides. La porte derrière lui
s'ouvrit subitement. L'évêque, se tournant d'un air
coupable, se retrouva face à face avec Frère Tuck,
qui affichait un air sombrement résolu. L'évêque
remarqua le gourdin que le moine tenait à la main et
aventura un sourire. Tuck ne souriait pas.

– Alors, dit-il sèchement, c'était donc vrai. Tu as
vendu ton âme au Diable. Pour une coquette somme,
à ce que je vois.

316

L'évêque se redressa et défia son interlocuteur du regard.

– Le Seigneur a dit « Rendez à César ce qui appartient à César ». C'est tout ce que j'ai fait. Je le jure.

Tuck s'avança lentement sur l'évêque.

– Ce n'est pas tout. Tu as accusé des hommes innocents d'adorer le Diable et tu les as laissés exécuter, alors que tu savais pertinemment que l'on pratiquait la magie noire sous ce toit, ici même où seule la foi et la justice devaient avoir leur place.

L'évêque sourit et hocha la tête, comme il l'eût fait en face d'un élève qui venait de commettre une simple erreur de compréhension.

– Tout ceci n'est qu'un terrible malentendu. Allez, frère Tuck, je suis certain que vous ne frapperiez pas un frère de robe.

– Réfléchissez-y, répondit Tuck.

L'évêque haussa les épaules, puis se précipita sur lui avec le couteau qu'il avait discrètement sorti de sa manche. Tuck esquiva le coup, avec une vitesse surprenante pour un homme de sa corpulence, et assena un coup de gourdin à son adversaire en l'accompagnant de tout son poids. L'évêque perdit l'équilibre et tomba. Il traversa la fenêtre qui se trouvait derrière lui et disparut dans les airs. La chute fut longue, et il hurla tout aussi longuement.

Tuck se pencha par la fenêtre et bénit le corps, qui gisait mort sur le sol. Puis il se détourna, posa son gourdin et se servit un verre avec le vin qui avait appartenu au défunt évêque.

– Que la volonté du Seigneur s'accomplisse, dit-il cérémonieusement. Avec un peu d'aide.

Robin et le shérif s'affrontaient en duel au beau milieu de la chapelle, croisant et décroisant le fer si rapidement qu'il eût été difficile au spectateur de suivre la scène. Des étincelles jaillissaient dans les airs à chaque fois que leurs épées se rencontraient, et l'on n'entendait plus que le tintement de l'acier contre l'acier, les claquements et les glissements de pieds sur le sol et les grognements des deux hommes sous l'effort. Chacun cherchait à dépasser ses propres limites. L'heure était venue, tous deux le savaient. Jamais plus il ne se battraient avec une telle hargne, jamais plus pour un tel enjeu.

Marianne s'était recroquevillée sous l'autel profanateur, hors de portée, et cherchait désespérément des yeux quelque chose qui puisse lui servir d'arme. La porte principale tremblait et vibrait sous les assauts d'Azeem, mais ne cédait toujours pas, et Marianne ne pouvait pas contourner les deux hommes pour aller retirer le pêne.

Robin cligna des yeux, car la sueur l'aveuglait, et recula prudemment tandis que le shérif redoublait d'efforts dans ses attaques. Robin avait toujours mieux su se servir d'un arc que d'une épée, et le shérif semblait pouvoir le battre sur ce terrain. Il rejeta cette pensée avec colère. Il lui fallait être à la hauteur. Les deux hommes fendaient l'air de leurs épées

318

à travers la pièce, sans que la supériorité de l'un puisse s'affirmer très longtemps sur l'autre. Robin haletait, son dos et le bras tenant l'épée étaient fourbus de devoir constamment parer les coups du shérif, mais il continuait à se battre, bien au-delà de ce que tout autre homme eût pu supporter. Il ne pouvait pas abandonner. Il ne se battait pas simplement pour sa vie. Il se battait pour Marianne. Pour ses hommes. Pour l'Angleterre elle-même.

Un coup violent fit chanceler Robin. Le shérif se mit à rire, le regard cruellement échauffé.

— Tu es aussi faible que ton Dieu, Locksley.

Nottingham fit tournoyer sa lame dans un geste long et bas, et Robin rassembla ses forces pour esquiver d'un saut. Il retomba sur ses pieds et profita de la perte d'équilibre du shérif pour lui assener un coup. Le shérif se baissa, mais l'épée de Robin coupa malgré tout une bonne poignée de cheveux. Robin fit une grimace féroce.

— S'il le faut, je t'aurai par petits morceaux, Nottingham.

Il indiqua la joue de son adversaire d'un geste moqueur, rappelant au shérif qu'il l'avait déjà blessé une fois. Le shérif gronda comme un animal.

— C'est moi qui t'aurai aujourd'hui, tu es un homme mort.

Il pivota subitement, saisit Marianne par le bras et la fit sortir de sa cachette. Il l'attira violemment vers lui, l'embrassa puis la repoussa en riant. Robin hurla de rage et se jeta sur lui. Les deux épées s'écrasèrent l'une sur l'autre, et celle de Robin se fracassa en deux. Celle qui avait appartenu à son père était plus lourde et de meilleure qualité. Robin recula prestement, mais trébucha sur les débris d'un banc. Il s'étala par terre, et la garde de son épée brisée lui glissa des mains. Le shérif fonça droit sur lui et lui posa la pointe de son arme sur la gorge. Robin lança un regard désespéré vers Marianne, mais elle gisait toujours à l'endroit où le shérif l'avait fait tomber, étourdie par sa chute. Le shérif lui jeta un bref regard et rit doucement.

– Elle est à moi, désormais!

Il s'apprêtait à porter le coup mortel, faisant durer l'instant pour mieux le savourer, lorsque Robin s'empara brusquement de sa dague et la planta dans les côtes de son adversaire. La scène s'immobilisa un instant, sans qu'aucun des deux hommes ne bouge, puis le shérif abaissa lentement son épée et regarda la garde du couteau qui lui transperçait le flanc. Il fronça légèrement les sourcils en reconnaissant les pierres précieuses qui l'ornaient, cadeau qu'il avait offert à Marianne, puis hocha la tête d'un air las, comme s'il avait dû s'y attendre. Il lâcha son arme. Ses dernières forces fuyaient. Son visage se figea en une grimace. Retirant la dague d'un mouvement brusque, il s'avança vers Marianne.

Robin se releva précipitamment et empoigna l'épée de son père. Marianne se releva également et recula en titubant, le sang se glaçant dans ses veines à la vue du shérif qui approchait. Celui-ci lui adressa un sourire méprisant et passa à côté d'elle pour s'effondrer devant la fenêtre aux vitraux brisés. Il baissa les yeux sur la scène qui se déroulait au pied du château tandis que son corps se vidait de son sang : avec l'aide de la populace, les hommes de Robin avaient mis les soldats en déroute et envahissaient son domaine. Il se retourna ensuite vers Robin et Marianne, qui se tenaient côte à côte, puis regarda la tache rouge qui grandissait sur son flanc.

– Je me demande, dit-il d'une voix rauque, qui était mon père.

Ses traits se déformèrent sous la douleur qui l'assaillit. Il bascula et tomba, mort.

La porte de la chapelle finit brusquement par s'ouvrir, et Azeem, Bouc et Petit Jean firent irruption dans la pièce, prêts à se battre. Ils s'arrêtèrent en découvrant le corps immobile du shérif et abaissèrent leurs armes. Robin, soulagé et exténué, lâcha son épée et se tourna vers Marianne.

Mais, tout à coup, une sombre silhouette surgit de derrière une tapisserie. Mortianna! Elle brandit son couteau et siffla une menace funeste, prête à frapper Robin. Mais Azeem fut plus rapide. Il ramassa une épée et la lança. Il visait bien.

Mortianna s'écroula, l'épée plantée en pleine poitrine. Elle se tordit sur le sol dans un dernier effort pour agripper le corps du shérif, désireuse qu'elle était de le garder sous son contrôle, même dans la mort. Après un horrible frémissement, Mortianna poussa son ultime soupir et s'immobilisa.

Azeem se tourna vers Robin.

– J'ai rempli ma promesse, chrétien.

Robin hocha la tête et lui adressa un sourire fatigué. Il prit ensuite Marianne dans les bras, et ils restèrent enlacés un long moment. Marianne porta une main tremblante vers le visage de Robin, comme si elle avait peur de le voir disparaître dans un rêve.

– Tu es venu me chercher! Tu es vivant!

Robin la regarda droit dans les yeux.

– Je mourrais plutôt que de t'abandonner à un autre homme.

Ils s'embrassèrent comme s'ils devaient ne jamais s'arrêter. Au bout d'un moment, Azeem et Petit Jean échangèrent un regard et quittèrent la chapelle, emmenant avec eux Bouc, fasciné.

C'était un simple mariage, en plein cœur de Sherwood, et Tuck officiait devant une assemblée de hors-la-loi. Le soleil dardait ses rayons dorés à travers la cathédrale verdoyante que formaient les arbres de la forêt. La voix de Tuck résonnait haut et fort dans la torpeur de l'après-midi tandis qu'il unissait Robin et Marianne. Il esquissa un léger sourire avant de formuler la fameuse question qu'il était tenu de poser mais qui, dans ces circonstances, était ridicule.

– Si quelqu'un dans cette assemblée a une raison de s'opposer au mariage de ces deux-là...

– Attendez!

La voix soudaine était forte et autoritaire.

– J'ai une raison, en effet.

L'assemblée stupéfaite se retourna et se retrouva face à un cavalier de très grande taille armé de pied en cap. Une file de soldats à cheval l'escortait. Un soudain crissement d'acier sur le cuir se fit entendre tandis que les hors-la-loi sortaient leurs épées. Certains bandèrent leurs arcs et mirent froidement en joue. Tuck ramassa son gourdin. Petit Jean et Gilles l'Écarlate s'avancèrent pour protéger Robin, mais celui-ci leur fit signe de s'éloigner. Robin examina de plus près l'immense silhouette tandis que le chevalier mettait pied à terre et s'avançait seul vers Marianne et lui.

– Qui vient interrompre mon mariage ? demanda Robin.

L'homme en armure retira son heaume et découvrit un visage familier.

– Votre roi, Robin de Locksley.

– Richard ! s'exclama Marianne.

Robin et Marianne ainsi que toute l'assemblée s'agenouillèrent devant Richard Cœur de Lion. Mais aucun d'entre eux ne rengaina son arme. Le roi Richard en prit bonne note et sourit.

– Vous comprenez bien que je ne peux pas autoriser ce mariage... commença-t-il.

Il fit une pause et vit Robin lever sur lui un regard froid et interrogateur.

Le roi sourit.

– ... si ce n'est pas moi qui conduis la mariée à l'autel.

Son sourire s'élargit en regardant Marianne.

– Vous êtes resplendissante, cousine.

– Nous sommes très honorés, Votre Majesté, dit Robin.

– Tout l'honneur est pour moi, lord Locksley, répondit le roi. Grâce à vous, j'ai encore un trône. Poursuivez la cérémonie, mon frère.

Tuck rangea son gourdin et s'empressa de terminer le service avant qu'on ne vienne l'interrompre à nouveau. Robin et Marianne s'embrassèrent sous les acclamations de la foule.

– Gardez cela pour plus tard, dit Tuck au bout de quelques instants. Passons aux choses sérieuses et buvons!

Les jeunes mariés se séparèrent en riant. Fanny et Petit Loup apportèrent une superbe pièce montée, tellement haute qu'ils durent la transporter sur un chariot spécialement conçu à cet effet. Azeem tendit le couteau à Robin pour l'entamer.

– Je te souhaite de nombreux fils, mon ami, dit-il avec cérémonie. Et de nombreuses filles.

Des centaines de colombes furent lâchées pour sceller l'instant, et le battement de leurs ailes emplit la forêt. Robin, Marianne, les hors-la-loi et le roi Richard célébrèrent les noces toute la journée, puis, tard dans la nuit, dans le grand vert de Sherwood.

Table des matières

Achevé d'imprimer en octobre 1991
sur presse CAMERON,
dans les ateliers de B.C.A.
à Saint-Amand-Montrond (Cher)
pour le compte des éditions France Loisirs

- N° d'édit. 25639. — N° d'imp. 91/46. —
Dépôt légal : octobre 1991.

Imprimé en France